博《はく》覧《らん》男《だん》爵《しやく》

志川節子

祥伝社文庫

博覧男爵《はくらんだんしゃく》

Exposition universelle

目次

Alamy Stock Photo

第一章　三字経《さんじきょう》

一

芳介《よしすけ》は木立の中を歩いていた。

足を前に出すたび、地表に積もった落ち葉が藁草履《わらぞうり》の下でさりさりと音を立てる。

時折、松ぼっくりのごつっとした感触が、足裏を押し返してくる。

腹が減っていた。猛烈に減っていた。

三つ違いの兄の昼膳《ひるぜん》には里芋《さといも》の煮物《にもの》が載《の》っていたが、芳介にはなかったのだ。

「文輔《ふみすけ》は田中《たなか》家の惣領《そうりよう》だで、ひと品多いに。お前や大介《だいすけ》とは違うに」

物欲しそうな顔をしていたのが目についたのか、母、お津真《つま》は兄には聞こえぬ低い声で、数え七つになる芳介を諭《さと》した。かたわらでは、これも三つ違いの弟が膳についていたが、幼い耳には母の言葉もろくに解せなかっただろう。

不平をいう気はなかったものの、箸《はし》を置いて半刻《はんとき》（約一時間）ほどもすると腹の虫が鳴き始めた。どうにもたまらなくなって、芳介は表へ出てきたのだった。

天保《てんぽう》十五年（一八四四）、秋。

芳介が立っているのは、信州飯田城下《しんしゅういいだじょうか》、千村《ちむら》陣屋と呼ばれる役所の裏手である。芳介の父は陣屋に勤める医師で、住まいも敷地の中にあるが、漆喰塗《しっくいぬ》りの白壁の外にいる芳介からは、役所の建物はまるで見えない。

陣屋の裏手は、城下町のぐるりにめぐらされた空濠《からぼり》の土塁《どるい》を兼《か》ねていて、松や杉といった樹木が植えられていた。松も杉もいっぺんに葉を落とすことがないから、陽射《ひざ》しはかすかに頭上から洩《も》れてくるばかりで、木立の中はひんやりと湿《しめ》っている。

頰《ほお》の横を、赤トンボがかすめていった。芳介と競うつもりか、先ほどからこちらが一歩踏み出すと、ついっと追い越していく。そして、宙の一点にとどまって、芳介が追いつくのを待っている。

何だか、からかわれている気がして、芳介はぐいと手を伸ばす。赤トンボは巧《たく》みに向きを変え、袂《たもと》すれすれのところを横切った。

「この、ばかにして」

うす暗い木立から空濠のほうへ抜け出た赤トンボは、透《す》き通った光に翅《はね》をきらめかせている。空濠の一段低くなったところにひと筋の川が流れ、その向こうに、伊那谷《いなだに》の田んぼが一面に広がっていた。はるか先へ目をやれば、薄く雪をまとった赤石《あかいし》の峰々《みねみね》が、ゆったりと横たわっている。

ぐう、ぐぐう。

立ち止まった芳介を咎《とが》めるように、腹の虫が声を上げた。

ふたたび歩き出した芳介の足許《あしもと》には、白い小石が約二尺《しゃく》（六〇センチ）おきに点々と置かれている。二日ほど前、陣屋に住まう同じ齢頃《としごろ》の友だちと遊んでいたときに、芳介がつけておいた目印だった。

白い石のほかにも、芳介は日ごろから、色のついた石や形がほかとは違う石を集めている。いつだったか、巾着《きんちゃく》袋に溜《た》め込んだのを母に見つかって、家の中が土や砂で汚れるから捨ててこいと叱《しか》られたが、こういうときには大いに役に立つのだ。

小石の途切れた場所からもっとも近くに植わった松の根方に、芳介はしゃがみ込む。赤茶けた松葉や杉の葉、無数の小枝、何という名かわからないが朽《く》ちた葉っぱなどが積み重なっているあいだから、きのこの傘《かさ》がのぞいている。

ふだん食べている椎茸《しいたけ》やなめことは、見た目がいささか異なった。柄《え》は芳介の人差し指ほどの長さで膨《ふく》らみを帯び、傘はころんと丸く、淡《あわ》い灰から茶といった色合いで、ぜんたいにずんぐりしている。それが五、六本でひとつの株をこしらえていた。

このきのこを鍋《なべ》に入れて食べたら、きっと美味《うま》いずら。

家の板間に切られた囲炉裏《いろり》には、味噌汁《みそしる》の鍋が掛かっている。その日に食べるものを朝に母がまとめてこしらえるので、夜のぶんほどは残っている。

芳介の口に、唾《つば》が湧《わ》いてくる。もちろん、ひとりでこっそり食べるのだ。いま時分、兄は父に手習いを見てもらっているし、母は大介を昼寝させるために部屋へ引っ込んでいる。つまり、囲炉裏端《ばた》には誰もいない。

葉っぱや小枝を取り除《のぞ》いて、埋《う》もれているきのこを掘り出す。木綿《もめん》の着物の裾《すそ》も、藁草履の足許も、そして手もしっとりと濡《ぬ》れた枯《か》れ葉や土にまみれたが、そんなことを気にしてはいられない。

袂から取り出した手拭《てぬぐ》いにきのこを包みながら、ひとりでに笑いがこぼれた。

「芳介、父上の部屋へ行っておいな。文輔の手習いの次は、お前だそうだで」

大介を腕に抱いた母に呼び止められたのは、芳介が家に戻って半刻ほどした頃である。折しも、芳介は厠《かわや》を出てきたところだった。

「はい、母上」

着物の裾に泥汚れが残っていないのをたしかめて、奥へ向かう。

「父上、芳介にございます」

八畳間《じょうま》に入ると、父、田中隆三《りゅうぞう》が文机《ふづくえ》の前に坐《すわ》っており、

「ふむ、そちらへ」

向かいに置かれた書見台を手振りで示した。隆三は四十七歳、めりはりのきいた風貌《ふうぼう》で、目は大きく鼻柱も張っている。頭を束髪《そくはつ》にして着物の上に十徳《じっとく》をまとった、医師らしい出《い》で立ちだ。もとは漢方医だが、長崎《ながさき》へ遊学したこともあり、蘭方《らんぽう》の知見も持ち合わせていた。

父はこの部屋を書斎にしており、壁際《かべぎわ》には百味簞笥《ひゃくみだんす》のほかに、難しそうな書物がぎっちりと詰まった書棚《しょだな》、薬研《やげん》や秤《はかり》、すり鉢《ばち》といった道具が収まる棚、薬籠《やくろう》などが並んでいる。

書見台の手前に芳介が膝《ひざ》を折ると、隆三の厚い唇が動いた。芳介の目鼻立ちは父親ゆずりだと、周囲からよくいわれる。

「では、始めよう。昨日のお浚《さら》いからだ」

天保九年（一八三八）生まれの芳介はむろん、兄弟はいずれもこの家で生まれ育ったし、母も飯田の出で話し言葉には土地の訛《なま》りがある。だが、二十歳をすぎて美濃《みの》か

ら移ってきた父には、それがない。

書見台に載せられた書物を手にとり、芳介は押し頂くようにして中を開く。

昨年から、父について読み書きを習い始めた。伊呂波《いろは》を習得したのち、今年の春からは『三字経《さんじきょう》』に進んでいる。それもしまいのほうにさしかかっていた。

芳介は背筋を伸ばして、大きく息を吸う。

「爾幼学《なんじようがく》、勉《つと》めて致せ。為《な》すこと有る者は、亦《ま》た是《か》くのごとし」

「大意はいかに」

「幼くして学ぶ者は、努めて精進《しょうじん》するように。世の中の役に立つ人物は、いずれもそうなのだ。と、そのように釈します」

教わったことを思い出しながら、芳介は応《こた》える。

『三字経』は唐土《もろこし》の宋《そう》の時代にこしらえられたもので、飯田の町にある寺子屋などでも素読《そどく》の入門に用《もち》いられているそうだ。芳介が与えられたものには振り仮名がついていて、つっかえずに読める。いかめしい父と向かい合うのは、いささか窮屈な心持ちもあるが、三字ずつ綴《つづ》ってあり調子がととのっているので、声にして読むうちに楽しくなってくる。

「よかろう。続きを」

うながされて、芳介は胸を張る。

「犬は夜を守り」

ぎゅるるる。

「に、鶏は晨《あした》を司《つかさど》る」

ぎゅる、ぎゅるっ。

「い、苟《いやし》くも……、ま、ま、学ばずんば、曷《なん》ぞ、曷ぞ……」

ぎゅるん、ぎゅるるるんっ。

「どうした」

父がいぶかしそうな顔を向ける。

「は、腹が」

背筋を立てておられず、芳介は身体《からだ》を二つに折った。思わず手を当てた帯の上から
でも、腸が異様に波打っているのがわかる。さっきから腹具合がよくなかったのだ。

「腹が痛むのか」

隆三が文机をまわり込んできて、書見台を脇へのける。

芳介はうなずくのがやっとだった。きゅきゅん、ぎゅるる。腹の虫が牙《きば》を剝《む》いてい
る。

ふいに、腹を押さえていた右手が引き抜かれた。かたわらに膝をついた隆三が、芳介の脈をとり始めている。

「痛むのは腹だけか。頭は。しびれる感じは。気持ち悪くはないか」

短い問いかけに、芳介は首を縦横に動かす。

隆三が立ち上がり、部屋の襖《ふすま》を引く。

「おい、お津真、お津真」

ただならぬ声音《こわね》に、ただちに足音が近づいてくる。

「お前さま、どうなさったに」

「芳介は、昼に何を食べた」

「何って、お前さまと同じずら。あ、里芋はなかったに」

「腹痛を訴えておる」

「えッ」

母に抱きかかえられて行った厠にしゃがむと、これまでに経験したことのない水状のものが尻から放たれた。

身体の中で、とんでもないことが起きている。芳介は怖ろしくて、胸がばくばくした。

厠を出ると、母の横で父も待っており、芳介と入れ替わりで木枠の底をのぞき込む。

「どうも食あたりのようだが、はて」

「き、きのこを食うたに。味噌汁で……」

口が渇《かわ》いて、声がかすれた。

「なに、きのこだと」

「陣屋の裏に、生えていて」

まあ、と母が手で口を覆《おお》う。

「文輔、文輔はおるか」

父がふたたび声を張った。すぐに返事があり、兄が廊下《ろうか》に出てきた。

「父上、お呼びで」

「市岡《いちおか》さまを、お連れしてくれ。芳介が毒きのこを食したらしいと、そう申し上げるのだ」

「はッ」

そこから先を、芳介は途切れ途切れにしか憶《おぼ》えていない。毒という言葉が頭に渦巻《うずま》いて、己《おの》れの目もぐるぐる回った。

「芳介、目を開くのじゃ。食うたのは、これか」

いつのまにか芳介は床に寝かされていて、目の前にきのこを描いた絵と、それを差す指があった。

「ええと、少しばかり違うようだに」

「では、これか」

紙がめくられ、きのこを指先が示す。訊《たず》ねかけてくるのは、父とは違う男の声だ。

「それも、違うに」

「ふむ。柄の形はどうじゃ。それに、歯ざわりとか」

「柄は大黒さまの腹のように太っていて、歯を当てるとぷりぷりして」

とにかく、美味かった。

何ともいえぬ風味が舌によみがえったが、芳介の気はまた遠のいていく。

二

「あの折は、たまげたぞ。病人が出たというて、医者の家からお呼びが掛かったのじゃからの」

脇息《きょうそく》に肘《ひじ》をつく市岡経智《つねとも》が、懐《なつ》かしそうに目を細めた。還暦《かんれき》を少し先に控《ひか》え、目尻には皺《しわ》がくっきりと刻まれている。

「いまは嘉永《かえい》四年（一八五一）ですので、もう七年前のことになります。何かよくないものに当たったのだろうと、父もおおよその見当はついたものの、きのこを食うたと手前がいうのを聞いて、市岡さまを頼るほかないと思ったそうでして。その節は、まことに厄介《やっかい》をお掛けいたしました」

少々きまり悪い心持ちで、芳介は頭を下げる。

市岡家の居間であった。

ここ飯田は堀《ほり》家二万石の城下町だが、その一画にある千村陣屋では、徳川《とくがわ》幕府の榑木《くれき》山《やま》を管轄していた。榑木山というのは屋根板に用いる椹《さわら》や檜《ひのき》といった短材を擁《よう》する山のことで、つまりは外様《とざま》大名のお膝元に、天領を支配する役所が置かれているのである。

市岡家は千村陣屋の重職にあり、芳介の家がある役所の敷地とは通り一本を挟《はさ》んだ向かいに、家格に相応《そうおう》の立派な屋敷を構えていた。表通りに面した間口《まぐち》だけでも、四十間《けん》（約七二メートル）はある。

そうした家柄でありながら、市岡家の先祖は製糸や元結《もとゆい》などの商《あきな》いで財をなしたという経緯《いきさつ》もあって、土地の名家としても知られている。代々の当主は、本草学《ほんぞうがく》をはじめとして茶道や華道、絵画、和歌などに造詣《ぞうけい》の深い文人でもあった。

「つまるところ、きのこに充分《じゆうぶん》な火が通っておらんかったのだわ。芳介が口にしたのはシメジ。もしあれが、見た目そっくりのイッポンシメジじゃったら」

経智が脇息に肘をついたまま、首許を手刀でちょんと刎《は》ねてみせる。

「家の者に見つからぬようにと気持ちが焦《あせ》っておりましたので、生煮えを食したのでしょう。思い出すと、腋《わき》に汗をかきます」

「あれできのこが嫌いになったのではあるまいの」

「煮《に》るにしろ焼くにしろ、火が通ってくたくたになったものよりほかは食べません。父と母にも、ずいぶん叱られましたし」

芳介はぼんのくぼへ手を持っていく。隆三は、腹痛を起こした我が子を助けてくれと、自分の上役を呼び出したのだ。よほど気が動転していたのだろう。

「それにしても、市岡さまがこの図譜《ずふ》を所蔵なさっていると、父が存じ上げていたのは幸いでした。どのようなきのこを食べたかと訊ねられましても、きのこはきのことしか、子供には答えようがございませんし」

芳介は、膝の前に広げられた書物へ目をやった。

外題《げだい》には『伊奈郡菌部《いなぐんきんぶ》』とあり、つごう七十六種のきのこ類が、和名、漢名のほか特徴を捉《とら》えた絵とともに取り上げられている。それぞれの絵には平易な注釈が添えられており、食べることのできるものと、毒を持つものとの区別も記《しる》されていた。

腹を下した芳介が床の中で見せられたのが、この図譜なのである。著《あらわ》したのは、経智の先々代にあたる市岡智寛《ともひろ》であった。

市岡家や田中家が仕《つか》える千村氏は幕府の旗本《はたもと》で、本拠は美濃の久々利《くくり》にあった。代々、陣屋の重職を務めてきた市岡家では、下伊那一帯の榑木山へ見回りに出たり、飯田城下と久々利を行き来することも多く、智寛はそうした中でさまざまなきのこに実地で触れ、書物にまとめたのだろう。

「芳介が食べたのはシメジか、それともイッポンシメジか。亡き祖父の描いた絵を見ながら悩んでいたところ、大黒さまの腹のように太った柄をしていると当人がいうたのが、決め手となった」

「大黒さまの腹」

「ここじゃ」

経智の指先が紙面を差す。シメジの注釈に、「俗称大黒は柄肥大にて」と記されていた。

部屋に置かれた火鉢《ひばち》に火の気はないが、室内は暖かかった。縁側《えんがわ》に射し込む春の陽光が、障子《しょうじ》を明るく染めている。

朝のうちに田中家の患家から山菜の到来物があり、「市岡さまにも召し上がっていただきましょう」と、芳介は母にいいつかって市岡家へ届けに上がったのだ。

台所にいた女中に渡して引き返すつもりが、どういうわけか奥へ通されて経智の話し相手を務めている。七年前は市岡家の当主であった経智も、息子に家督を譲《ゆず》って隠居したのちは、役所の表向きで姿を見かけることもあまりない。

初めは山菜の話をしていたが、いつしかきのこの一件へと及んだのであった。

「手前は『三字経』を音読していたのですが、よりによって父がもっとも重きを置いている箇所で、腹具合がおかしくなったのです。身体の調子が戻っても、しばらくは同じところを繰り返すばかりで、先へ進ませてもらえませんでした」

「ほう、いかなる一節か」

「犬は夜を守り、鶏は晨を司る。苟くも学ばずんば、曷ぞ人と為さん。蚕《さん》は糸を吐《は》き、蜂《はち》は蜜《みつ》を醸《かも》す。人学ばずんば、物に如《し》かず」

芳介が諳《そら》んじるのを、経智は目をつむって聞いている。

「人たる者は、世の中に生まれ出たからには自分相応な仕事をし、世のために尽くさなければならぬ。とまあ、そうしたことを諄々《じゅんじゅん》と説《と》いて聞かされましてございます」

『三字経』を修めたのちも、父がことあるごとにこの一節を持ち出すので、いまや芳介の身には一言一句が染みついていた。

経智の目が、ゆっくりと開かれた。

「いかにも、誠実、勤勉な隆三どのらしいことじゃ。して、芳介はいま、何を学んでおる」

「このところは、『書経《しょきょう》』のほかに『日本外史《にほんがいし》』などを読んでおります」

城下には読書場と称する藩校や、町人の通う寺子屋もあるが、芳介は十四歳になったいまも父の下で学んでいた。もっとも、藩校は飯田藩士の子弟を対象にしており、芳介に門戸は開かれていない。

「ふむ。『三字経』には、養《やしな》いて教えざるは父の過ちなり、教えて厳《げん》ならざるは師の惰《おこた》りなり、との一節もある。養うのみでしっかり教え導こうとしないのは父親の過ち、教えながら厳格でないのは師匠の怠慢《たいまん》だ、という意味じゃ。隆三どのは、自身もその教えを実践しておられるのじゃな」

経智は感慨深そうな口ぶりで、

「芳介も、ゆくゆくは医者になるのであろう」

「はあ。先般、医術を学ぶために上方《かみがた》へ出ました兄のように、父は手前にも医の道へ進ませたいようですが」

「ほかに、やりたいことでもあるのか」

「そういうわけでは。しかし、兄に比《くら》べて手前は出来がよくありませんので」

芳介が頭を掻《か》くと、経智が微笑を浮かべた。

「なんにせよ、いろいろな方面に関心を持つことだ。そのぶん、視野が広がる。損をすることは、ひとつもないぞ。おお、そうじゃ」

経智がいいさして、

「少し待っていなさい」

芳介を残して部屋から出て行った。足音が、長い廊下を遠ざかっていく。

芳介は畳《たたみ》の上の『伊奈郡菌部』を拾い上げ、始めから紙をめくった。

市岡家の屋敷に上がるのは、これが初めてではない。十歳くらいまでは、この『伊奈郡菌部』のほかにも、草木や虫、鳥などの図譜を見せてほしいといって、たびたび訪ねたものだ。

だが、市岡家と田中家は、上士《じょうし》と下士《かし》の間柄である。分をわきまえるようにと父に戒《いまし》められたのもあって、いつしか気安く足を向けることもなくなっていた。

やがて、経智が部屋に戻ってきた。

「これを、芳介に見せてやろうと思うておったのじゃ」

経智はそういって、両手に抱えている木箱を畳に置いた。およそ縦《たて》六寸《すん》（約一八センチ）、横九寸（約二七センチ）、高さ五寸（約一五センチ）ほどの、ちょうど芳介の母が使っている針箱くらいの大きさだ。重箱のような造りになっていて、深さ約一寸（三センチ）の箱が五段に積み重なっている。

上に被《かぶ》せてある蓋《ふた》を取って、経智が五つの箱を芳介の前に並べた。

「ひょお、これは」

芳介の声が裏返る。

箱の中は、縦六列、横九列の格子状に仕切られており、それぞれの枡《ます》に貝殻が整然と収まっていた。

「当家では、貝類ひな型と呼んでおる。こちらの箱にはシジミ、タカラガイ、アサリなど、そちらの箱にはトリガイ、ユキガイなどがある」

「なんとうつくしい……」

芳介は息を飲んだ。

別の箱には、少しばかり広く仕切った枡に、大きめの貝が入っている。

「これらを集めて区分したのも、当家の先々代じゃ。貝の下に敷《し》かれた布を除くと、名と産地を記した台紙があるのじゃよ」

「これは何というのですか」

「ニシキガイ」

「では、これは」

「オキナガイ」

「これは」

「さすがのご先祖さまも手が回らなかったものがあるとみえて、未考とのみ記されておる」

経智が苦く笑う。

だが、芳介は前のめりになっている。

「どうやって、これだけの貝を集めたんな。飯田にも久々利にも、海はないというに」

土地の訛りになっていることにも気がつかない。

そんな芳介に、どういうわけか経智は嬉《うれ》しそうな目を向けた。

「そもそも飯田の地は、日《ひ》の本《もと》の国土を東西に分けたときのほぼ中ほどにあって、伊那街道や三州《さんしゅう》街道、秋葉《あきは》街道といった往還《おうかん》が交わる拠点となっておる。人や物資ばかりでなく、学問や芸道、宗教といったものも行き交う要衝なのじゃ」

「学問や芸道、宗教ですか」

「学者や遊芸人、僧侶といい換えてもよいぞ」

「ああ、そういうことで」

「当家は代々の当主が茶道や華道をたしなむこともあって、さまざまな客人をお迎えするが、そうした方々が土産《みやげ》がわりに諸国の産物を置いていってくださるのじゃ。また、これという手に入れたい産物があれば、その筋に通じている人に頼んだりもする」

「なるほど、それで貝が手に入るのですね」

うなずきながら、芳介の頭にひらめくことがあった。

「そうか、こうすればいいのか」

膝を叩《たた》くと、経智が眉《まゆ》をひそめる。

「何じゃ、どうした」

「じつは、子供時分から石を集めておりまして」

「石？」

「ちょっと形の変わったものや、ほかとは色が違うものを見つけては拾っています。しかしながら、これまで幾度《いくど》も、母に捨てられそうになっておりまして」

「ほう」

「この貝のように、仕切りをこしらえて収めれば、捨てられることもないのではないかと」

経智の目許が、ふっと弛《ゆる》む。

「小さな頃から、きらきらした目で図譜などを見る子じゃと思うておったが……」

「ただいまは、巾着袋に七つほど溜まっております」

「芳介は、石のどのようなところに心を惹《ひ》かれるのかな」

「見た目でしょうか。縞《しま》や霰《あられ》といった模様が入っていると、うつくしいですし」

「ふむ、ほかには」

「線を引ける石なども、面白いかと」

「石筆の一種じゃな。ほかには」

「ほかには……。何かございますか」

思案するが、これといって思いつかない。

「含まれている成分や硬さ、扱いやすさによって、石には幾通りもの使い道がある。

石垣や敷石、硯《すずり》、砥石《といし》など、その昔は鏃《やじり》にも用いられていた。芒硝《ぼうしよう》や方解石《ほうかいせき》のように薬となるものもあるし、石炭と呼ばれる黒い石は、燃えるので薪《まき》の代わりにしている土地もあるそうじゃ」

「石が薪代わりに」

「調べていけば、ほかの使い道もあるかもしれん。そうしたことに思いをめぐらせるのも楽しかろう」

芳介は目を見開かされる心持ちがした。

「関心を持つとは、そういうことじゃ。何事にも好奇の心で向かえば、珍しい物を集める楽しみ、それについての知見を得る喜び、そして、未知なることを学ぼうという意欲を味わうことができる」

経智が晴れやかな笑顔になった。

しばらくして、貝の箱を元のように積み重ねていた経智が、思いついたように口を開く。

「近ごろ、北原《きたはら》の家には顔を見せたか」

「兄が上方へ行く前に、父と兄、手前の三人でご挨拶《あいさつ》にうかがいました」

文輔が城下を発《た》ったのは、春まだ浅い頃だった。十七歳となった文輔は、すでに父から家督を継いで田中家の当主となっている。

いま少し暖かくなれば筍《たけのこ》や蕗《ふき》が採《と》れるのに、かぶ菜《な》漬けや凍《し》み大根くらいしか食べさせてやるものがないと、しきりに母がこぼしていたのが、芳介にはちょっとばかり可笑《おか》しかった。筍や蕗なら、上方にいても時季になれば食べられるはずだ。

とはいえ、母の気持ちもわからないではない。飯田は信州でも南に位置しており、木曾《きそ》や奥信濃《しなの》ほど雪深くはないが、それでも冬になると畑の土が凍り、青菜は育たなくなる。天保七年（一八三六）の飢饉《ききん》のときには、草や木の根まで掘り尽くして飢えをしのいだと聞いている。

山国ゆえ、人々は塩が不足するのも恐れていて、寒い時季には漬物《つけもの》や味噌漬けをどっさりこしらえる。毎日、しょっぱいものが続くわけで、冬の終わる頃には飽《あ》きがきたりもするのだった。

「さっきもいうたように、このところは客人をもてなすのに掛かりきりで、なかなか座光寺《ざこうじ》村へ行かれなんだ。因信《よりのぶ》どのは、息災にしておられるかの」

「手前どもがうかがった日は、折しも寺子屋では月末の小浚《こざら》いをやっていて、因信さまは大勢の寺子たちに囲まれておいででした」

芳介が応えるのを聞いて、経智が二度、三度とうなずいた。

飯田城下から北へ一里《り》（約四キロ）ほど行ったところに、座光寺村がある。北原民《たみ》右衛門《えもん》因信は、村の庄屋を務めるかたわら、寺子屋を開いていた。経智の父親と因信の母親は兄妹の間柄だから、ふたりは従兄弟《いとこ》どうしということになる。

この北原因信は、田中家にとってもゆかりの深い人物であった。

芳介の父、隆三は美濃国恵那郡《えなぐん》の生まれで、もとは小木曾《おぎそ》の姓を名乗っていた。長じて漢方医となり、二十六のとき座光寺村へ移って、北原家に身を寄せている。

その後、江戸へ移り住んだ千村陣屋出入りの医師、田中退仲の後任として千村氏の家臣の株を譲り受け、陣屋に勤めるようになった。その折、何くれと手を回して隆三を売り込んでくれたのが、北原因信なのである。

千村氏に仕えたのち、隆三は長崎へ遊学したが、それに際しても物心両面で支えてもらったと、芳介は父から聞かされている。「市岡さまと北原さまには、足を向けて寝られない」というのが父の口癖だ。

「そういえば、北原さまのお屋敷の、天井に掲《かか》げられた輿地図《よちず》について、何かお聞きになっておられますか」

輿地図とは、万国の位置が示されている絵図のことだ。

「天井に、輿地図とな」

経智が眉をひそめる。

「こう、奉書紙《ほうしょがみ》をつなぎ合わせた大きな紙に、ふたつの円が左右に配されておりまして、向かって右の円には亜細亜《アジア》や欧羅巴《ヨーロッパ》、阿弗利加《アフリカ》の大陸が、左の円には南北の亜米利加《アメリカ》の大陸が描かれているのです。『新製輿地全図《しんせいよちぜんず》』というのを引き伸ばして写したのだと、北原さまはおっしゃっていました。それが、台所の天井に掲げてございまして」

「ほう」

「主だった地名が書き込んであって、陸地と海の見分けがつきやすいように色付けもしてありました。仕上げるのに二年も掛かったそうです」

芳介の家には、隆三が長崎にいるとき手に入れた書物が何冊かあり、そのうちの地誌に載っている輿地図は芳介も目にしているので、世界が五大州と五大洋から成っていることは心得ている。しかし、北原家の台所で見上げた天井に、輿地図が大々と掲げられていたのには度肝《どぎも》を抜かれた。

「天文地理に通じた因信どののこと、輿地図を描き写すくらいはしてのけるじゃろうが、何ゆえまた台所なぞに」

「数多《あまた》の人の目に触れ、学んでもらいたいそうでして」

「そうはいうても、村の庄屋には身分ある客人が訪ねてくることも多かろう。床の間《とこのま》にでも飾ったほうがよいのではないか」

「手前の父も、そのように申し上げたのですが……。北原さまはどちらかというと、ふだんは異国の絵図などに縁のない人たち、たとえば台所の女中や村の人々に見てほしいと思っておられるようです。近いうちに同じ図をいま一枚こしらえ、寺子屋にも掲げたいとおっしゃっていました」

「ふむ」

「北原さまが手前の横に立って、あれが日の本、あれが亜米利加と指差しながら教えてくださいました。ああした大きな絵図になると、日の本がいかに小さな島国であるかが、はっきりと見て取れます。そして、世界がとてつもなく広いことも、よくわかります」

「己《おの》が目で、見てみたくなったかの」

「は」

「その、とてつもなく広い世界をじゃ」

経智の問いかけはだしぬけで、芳介は何をいわれているのか、すぐには飲み込めなかった。

「文化文政《ぶんかぶんせい》よりこのかた、日の本の海には異国の船がたびたび姿を見せておる。天保に入ってからは清国《しん》が英吉利《イギリス》と戦《いくさ》になって敗れているし、いまから五年ほど前にも、亜米利加の船が交易を求めて浦賀《うらが》に現れたそうじゃ。異国の船が、世界との道筋をつけに日の本へ通ってくるということは、いずれ日の本から世界へと通じる道筋が開けるかもしれんのだぞ」

まごまごしている芳介を、経智が愉快そうに眺《なが》めている。

三

嘉永七年（一八五四）、十七歳になった芳介は、飯田の城下町の中ほどを流れる谷《たに》川《がわ》の河原に立っていた。

やや小柄だが、無駄な肉の付いていない身体はきりりと引き締《し》まっている。太い眉の下で両目は前を見つめ、軽く引き結ばれた唇は胆力の強さをうかがわせた。

六月の空は、青く晴れ渡っていた。頭上ではセミの声がかまびすしい。谷川の幅はさほどでもないが、深く切れ込んだ谷地を流れていて、河原に下りると、日当たりのよい土手よりもいくらか涼《すず》しく感じられた。

足許には、ヨモギやカヤ、ドクダミ、ヒルガオといった草花が生い茂っていた。スベリヒユやギボウシ、ホタルブクロなど、子供時分には名を知らなかったものも、いまでは見分けがつくようになっている。

むっとするような草いきれが、芳介の肺に染み入ってくる。濃密な青い匂《にお》いは、伸び盛りの生命が散じる生気そのものだ。

「ええと、たしかこのへんに」

袴《はかま》の襞《ひだ》で草叢《くさむら》を分けながら、芳介は歩みを進める。ツユクサの葉に溜まった水玉が、袴の膝を濡らす。

「おお、あったに」

すっくと伸びた茎《くき》の丈《たけ》は二尺ばかり、葉はひとつの節に二枚が向かい合って付いており、楕円の形をして、鋸《のこぎり》の歯のようなぎざぎざに縁《ふち》どられている。地面に近い葉は大きさが三寸（約九センチ）ほどもあった。

先端のほうの一寸前後の葉を摘《つ》み取り、鼻先へ近づける。

辛味《からみ》のある爽《さわ》やかな香りが、すっと鼻腔《びこう》を抜けていった。ハッカの葉である。

笊《ざる》いっぱいに葉を摘んで家に帰ると、芳介は井戸の水で葉についている泥やごみをきれいに洗った。水気を切るあいだに、台所にある七輪《しちりん》を抱えて父の部屋に入り、壁際の棚から蘭引《ランビキ》を下ろす。台所に引き返し、水の入った桶《おけ》とハッカの葉、もろもろの道具を携《たずさ》えて戻ってくる。

蘭引は、薬種や酒、香料などを蒸留する器具で、芳介の家には、父の隆三が長崎で買った陶製のものがあった。

芳介は蘭引の下段の器《うつわ》に水を張り、中段にハッカの葉を入れると、蓋をするように上段を被せた。これで、ハッカ水をこしらえるのだ。

火を熾《おこ》した七輪に蘭引を載せ、しばらくすると、中段の注《そそ》ぎ口から一滴、二滴と露《つゆ》がしたたり落ちてくる。露は筒茶碗《つっちゃわん》で受けた。

このごろの芳介は、父の下で医者の見習いをしている。蘭引ではハッカ水をこしらえるほかにも、傷口を消毒する酒を蒸留したり、ノイバラ水をこしらえて眼病の患者に用いたりした。本草に関しては『本草綱目《ほんぞうこうもく》』や『本草和名《ほんぞうわみょう》』を読んで知見を得ている。また、『解体発蒙《かいたいはつもう》』という解剖書や、『遠西観象図説《えんせいかんしょうずせつ》』といった天文書など、父の書棚にある本を片《かた》っ端《ぱし》から読んでいた。

一刻（約二時間）ほどすると、筒茶碗に約半分のハッカ水が溜まった。

芳介は七輪の炭火を始末したのち、筒茶碗を持って仏間へ行った。

「兄上、調子はどうですか」

部屋に入ると、床で横になっている文輔の瞼《まぶた》が持ち上がった。

「先ほどから、よい香りがしているが……」

「ハッカ水をこしらえました」

そういって、芳介は床のかたわらに膝をつく。着物の袂から手拭いを取り出し、筒茶碗を傾けて、ハッカ水を少しばかり沁《し》み込ませた。

枕許に手拭いを置くと、

「ああ、この香りだ。呼吸がらくになる」

文輔が深く息を吸い込んだ。母親似《に》の柔和な顔立ちが、心地《ここち》よさそうに弛む。

「三日ほどは日持ちがしますので、いつでも使ってください」

土瓶《どびん》と湯呑《ゆの》みが載っている盆《ぼん》に、芳介が筒茶碗を置く。

家の裏庭には四坪《つぼ》ほどの畑があって、ウイキョウやカンゾウなどの薬草や、少々の蔬菜《そさい》類が育てられている。部屋の障子を開けると、畑のかたわらに植わっている林檎《りんご》の木が眺められるのだが、セミが幹に止まっているのか、わりあいに近くで鳴き声がする。

「よもや芳介がこしらえたハッカ水の世話になるとはな」

文輔の口許に、自嘲《じちょう》ぎみの笑いが浮かんだ。

遊学中の兄が病《やまい》を得て飯田に帰ってきたのは、ひと月ほど前のことだった。身体がひと回り痩《や》せ、顔の頰骨も浮き出ている兄を見て、芳介は胸を衝《つ》かれた。

文輔が枕許の手拭いを手に取り、鼻先へ持っていった。

「お前もいっぱしに、父上の手伝いを務めるようになったのだな」

「兄上が飯田におられるときなさっていたように、ハシリドコロやスギナを煎じたり、膏薬《こうやく》をこしらえたり……。ツクバネの新芽やコアジサイの葉なども、まあ、それらは薬ではありませんが、採ってきて食べてみたりもしております」

「芳介はたいそう食い意地が張っておるからな。いつだったか、そのへんに生えているきのこを食べて大騒ぎになっただろう」

「そ、それは勘弁してください」

かっと、顔が火照《ほて》った。

文輔が笑い声を上げ、その拍子にちょっと噎《む》せて咳《せ》き込んだ。

「兄上」

「たいしたことはない」

文輔が布団《ふとん》から手を出し、押さえる仕草をしてみせる。

部屋の外では、セミの声が続いている。

息をととのえた文輔が、口を開く。

「お前とこうして話をするのも、子供時分にはなかったな」

「兄上は、常に部屋にこもって書物を読んでおられました。手前はたいてい表に出て、近隣の連中と相撲《すもう》を取ったりしておりましたが」

「それでいて、ひどく懐かしい気もするのだ。兄弟というのは、不思議なものだな」

京に出た文輔は、とある蘭方医が主宰する学塾に入門した。当初は医学を学んでいたが、物理学や地理学などの講義を受けられるよその塾にも出入りするようになり、遊学は三年にも及んでいた。その間、飯田には一度も帰っていない。『医範提綱《いはんていこう》』や『気海観瀾《きかいかんらん》』などの訳書を書き写した本を何冊も携えて戻ってきたところをみると、兄は寝る間も惜《お》しんで机に向かっていたに相違ない。身体の具合が悪いのに無理を重ねたのがたたって、塾頭から故郷へ帰ることを勧《すす》められたのであった。

天井を眺めていた文輔が、芳介の顔を見る。

「お前も医者になる気があるなら、いずれどこかへ遊学しなくてはな。もともと漢方医でいらした父上も、長崎へ遊学なさったのちは、蘭方を進んで取り入れてこられた。このごろは、種痘《しゅとう》もなさっているとか」

「父上が種痘を始められて、二年ほどになります。市岡さまのお屋敷に逗留《とうりゅう》されていた大坂《おおさか》の医者が種痘をなさると聞いて、指南を請《こ》うたのです。父上が教えていただく横で手前も同坐させていただき、子供たちに痘苗《とうびょう》を植える際には手伝うようになりました」

「ふむ」

「大坂といえば、かの緒方洪庵《おがたこうあん》先生がおられるのですよね」

枕の上で、文輔が大きくうなずく。

「緒方先生は除痘館《じょとうかん》を設《もう》け、種痘の普及に努めておられる」

兄の顔の横に置かれた手拭いを拾って、芳介はハッカ水を沁み込ませた。

清涼な香りがよみがえる。

目をつむって香りを味わうと、文輔は瞼を開いた。

「ご公儀が亜米利加と和親条約を結んだのは知っているな」

「むろん、存じております」

一年前の嘉永六年（一八五三）六月、浦賀沖に現れたペリー艦隊は、日の本の開国を要求していったん姿を消したが、今年の年明け早々にふたたび来航した。三月に入って、徳川幕府は日米和親条約を締結し、下田《しもだ》と箱館《はこだて》の二港を開港することとなっ

る。

　飯田城下にも、そうした経緯は旅人や商人によって、間をおかずもたらされていた。

「亜米利加に後《おく》れを取るまいと、露西亜《ロシア》や英吉利もこの先、同じ注文をつけてよこすだろう。外に向けて国を開けば、人や文物も入ってくる。蘭学ばかりか英学や、より広い意味での洋学を学べる機がめぐってくるかもしれぬ。芳介も、そう思わんか」

「はあ」

　芳介は返答に詰まった。亜米利加や露西亜といった国がいずこにあるかくらいのことは、北原家の台所で見た輿地図や家にある書物を読んで心得てはいるが、ペリーだの黒船だのをじっさいに目にしたわけでもないし、どこかぼんやりして摑《つか》みどころがない。

　文輔が、短く息を吐く。

「とにかく、お前もこんな田舎《いなか》にいてはどうにもならぬ。医書の講釈に時を費《つい》やすのみで、臨床《りんしょう》の場が乏《とぼ》しいのだ。やはり、上方なり長崎なりへ行って修業しなくては」

「遊学と申しましても、手前は兄上のように優秀ではありませんし、少々心許なく存じますが」

「人より優れているかどうかなど、気にしなくてよい。肝心なのは、自分相応な仕事をして、世の中に尽くすことだ」

きっぱりといい切った兄の顔を、芳介はのぞき込む。

「兄上も、かの教えを憶えておられるのですね」

「当たり前だ。父上が京に送ってくださる便りには、毎度、『三字経』の一節が記されていた。これはもう、田中の家訓みたいなものだな」

いくぶんおどけた口調で文輔がいい、芳介と顔を見合わせて笑う。

部屋にこだましていたセミの声が、にわかに途切れた。

「私はどうやら、父上の教えを守れそうにない」

文輔の顔に、いつしか寂《さび》しげな表情が浮かんでいた。

「兄上、何をおっしゃいます」

「せっかく遊学させてもらったのに、身体がこんなふうになって、情けない。結局、学んだことの何ひとつ、実を結んでおらぬ」

「そのようなことを。しばらく飯田で養生していれば、きっと具合もよくなります。そうしたら上方へ戻って、また、学問をお続けになればよいではありませんか」

文輔はそれには応えず、芳介をまっすぐに見上げた。悲しみとも諦《あきら》めともつかぬ光が、目に宿っている。

「芳介、私のぶんも、頼んだぞ」

ひと言ずつ区切るようにいうと、文輔はまた咳をし始めた。

「兄上の体調がすぐれないのに、長々と話し込んですみません。しばし、お休みになってください」

文輔の咳が鎮《しず》まったのち、芳介は兄の身体に掛かっている布団をととのえて腰を上げた。

井戸端《いどばた》へ出て、蘭引やその他の道具を洗っていると、往診に行っていた父が帰ってきた。芳介の弟、大介を供に連れている。

「お前は薬籠を仕舞《しま》ってきなさい」

「は」

薬籠を提《さ》げた大介が、裏口を入っていった。

井戸端へ近づいてくる父に、芳介は腰をかがめる。

「父上、お帰りなさいませ」

「うむ。ハッカ水は、うまくできたのか」

隆三が、下に置かれた蘭引へ目をやる。往診の支度《したく》をしている父に、芳介はハッカ水をこしらえるつもりだと告げてあった。

「呼吸がらくになるといって、兄上もたいそう喜んでくださいました」

「そうか、よかった。それくらいしか、文輔にしてやれることはないが……」

隆三の口から、深いため息が洩れる。

文輔は、肺を病んでいるのだった。それも、そうとう重くなっている。もっと早く帰郷して養生に努めていれば、快復する見込みもあったかもしれないが、いまさらそれをいっても詮無《せんな》いことである。

己れの容体が楽観できるものではないことを、文輔は誰よりもわきまえているはずだ。兄の心情を思うと、芳介にはどうにもやるせない。

裏口を振り返った隆三が、台所に人気《ひとけ》がないのをみて芳介に向き直る。

「お津真はどうした」

「コイをとる名人が村にいると市岡の奥さまに教えてもらったそうで、出掛けておられます。コイを分けてもらって、兄上に食べさせるのだと」

芳介が応えるのを聞いて、隆三がわずかに顎《あご》を引く。

お津真は、「精のつくものを食べて気長に養生すれば、文輔の病はきっと治る」と夫がいうのを、まともに信じているようだった。

芳介の両親は、文輔や芳介、大介、そして妹のお松《まつ》が生まれる前に一男二女をもうけているが、いずれも幼くして生命を落としていた。

母にまことの事を告げられない父の気持ちが、芳介には痛いほどわかる。

「むごいことよのう」

いま一度、小暗い戸口を見やって、隆三がひっそりとつぶやいた。

文輔があの世へ旅立ったのは、それからふた月ほどした閏《うるう》七月であった。

お津真の嘆きは、甚《はなは》だしいものだった。

「せっかく二十歳まで大きくなったものを。二十歳まで……」

亡骸《なきがら》にすがってむせび泣く姿が、芳介の瞼に焼き付いた。

野辺《のべ》送《おく》りがすんだ翌日、芳介は父の部屋に呼ばれた。

「話というのはほかでもない、文輔の跡目のことだ」

向かいに坐った芳介に、隆三が重々しく切り出した。

「数年前、わしは文輔に家督を譲って隠居した。文輔が亡くなり、次に田中の家を継ぐのは芳介、お前だ。ついては」

いいさして、隆三がわずかに思案する。

「これを機に、名を改めなさい。芳男《よしお》――、田中芳男だ。よいな」

「は」

芳男は畳に手をつき、頭を下げる。身の引き締まる思いがした。

そのままの姿勢で、言葉を続ける。

「父上に、お願いしたいことがございます」

「願いとな」

「手前をどちらかへ遊学させていただけませんでしょうか」

「む」

「日ごろから父上の手伝いをしながら医書を読んだりしておりますが、手前は医者としては半人前です。千村家にしかとお仕えするには、しかるべき修業を積まねばならんと、常々思うて参りました。兄上も、遊学して数々の臨床の場にあたることが肝要《かんよう》と、申しておられました」

隆三が腕組みになる。

「いずれはお前も遊学に出るべきと、わしも思うておる。だが、いろいろと工面《くめん》しなくてはならんし、いまは文輔が亡くなったばかりだ。いくらか落ち着いたら、市岡さまにもご相談してみよう」

父はそういったが、遊学の話はしばらくのあいだ前へ進まなかった。母が猛烈に反対したのである。

「上方みたいに人がいっぱいいてごみごみした土地に行ったで、文輔は身体を壊してしもうたんだに。飯田で生まれ育った者は、飯田の水が合《お》うとるに。芳男や、母の側を離れないでおくれ」

お津真は涙ながらに訴え、隆三や芳男を困惑させた。

しかしながら、文輔の死から二年後、十九歳になった芳男は尾張名古屋《おわりなごや》に遊学することとなった。

飯田を発つ日、

「父上、名古屋では幅広く知見を得ることに努め、ひとかどの医者になれるよう励《はげ》んで参ります」

隆三にそう誓うと、芳男はいくぶん心許なさそうな顔をしているお津真に目を向けた。

「母上、手前は子供時分から身体の丈夫なのだけが取り柄だで、何も案ずることはないに。母上も、どうかお達者でいてくんなんしょ」

第二章　ふたりの師

一

「本草《ほんぞう》の知見を深めるには、これを読むとよかろう」

差し出された書物を恭《うやうや》しく受け取ると、芳男は行燈《あんどん》のあかりに近づけた。

「たいせいほんぞう……」

「『泰西本草名疏《たいせいほんぞうめいそ》』。リンネ先生の植物分類法に基《もと》づいてツンベルク先生が著《あらわ》された『日本植物誌《フロラヤポニカ》』を、わしの解釈も交《まじ》えて訳述したものだ」

向かいに坐《すわ》る伊藤圭介《いとうけいすけ》の声音は、威厳に満ちていた。

「上下巻では、植物の名をＡＢＣ順に並べ、対応する和名と漢名が記《しる》されておる。附録巻では、リンネ先生の分類法を図入りで載《の》せてある」

「飯田にいる時分、父や兄から耳にしたことはありましたが、これがその」

手にした書物に、芳男は感慨深く見入った。

名古屋呉服町《ごふくちょう》に構えた伊藤宅の、二階にある二畳間《じょうま》だった。伊藤は自宅で蘭方《らんぽう》の町医者を開業しており、尾張藩御用人支配医師としても名を連《つら》ねている。

部屋の外で、秋の虫が鳴いていた。

昨年の安政《あんせい》三年（一八五六）、ひとかどの医師になるべく、芳男は十九歳で信州飯田から名古屋へ遊学した。市中にある伯母の家に身を寄せ、尾張藩の儒者が開く学塾に通っていたが、今年になって伊藤の門下生となった。

すぐれた医師であると同時に、伊藤は高名な本草学者でもあった。芳男は医術だけでなく、本草に関しても当代一流の師に就《つ》いて学ぶようになったのだ。

伊藤塾に通い始めて、かれこれ三月《みつき》になる。夜間の急な患者に備え、芳男たち門下生は輪番《りんばん》で伊藤宅に寝泊まりしており、伊藤も折をみてはこの二畳間に顔を出す。

今年で五十五歳になる伊藤だが、灯《ひ》あかりに浮かび上がる相貌《そうぼう》には、医師や本草学者というよりも剣客《けんかく》といった趣《おもむ》きが漂《ただよ》った。

「『日本植物誌』は、わしが長崎遊学を終えて名古屋へ帰る折、シーボルト先生が餞《せん》別《べつ》にと贈ってくださったものだ。リンネ先生の分類法を取り入れて本草の知見を究《きわ》めるためにも、わしは訳述と内容の吟味《ぎんみ》に没入した。それが、二十五、六の頃だ」

長崎でシーボルトに師事した伊藤は、蘭方医学や本草学のみならず、物理学、西洋兵学などにも造詣《ぞうけい》が深い。尾張藩からは、洋書の翻訳をはじめ、西洋の天文学、地理学の研究もするよう命じられている。また、藩が市中に設《もう》けた種痘所《しゅとうじょ》の取締役も任《まか》されていた。

「田中も、ここで学べることはくまなく学び、己《おの》れのものにするように。とはいえ、昨今はわしも何かと忙しく、ろくろく講義もしておられぬが」

芳男は胸の前で手を振った。

「先生のお供をして往診に参ったり、種痘の手伝いをしておりますと、教場で講義を受けるのとは違った知見を得ることができます。嘗百社《しょうひゃくしゃ》の例会にも出させていただいており、どれほど為《ため》になるかわかりません」

嘗百社は尾張で本草学を研究する者たちからなる社中で、伊藤もおもな社員の一人であった。月に一度、社員たちが新たに手に入れた草木や書物を持ち寄って、目利きしたり検討を加えたりする。

芳男は伊藤塾に入門した翌月から、例会に出させてもらっている。先輩方が討論するのを黙って聞くきりだが、品の真贋《しんがん》を判じる際の目のつけどころや、善《よ》し悪《あ》しを見極める方法など、なんとも刺激《しげき》に満ちていた。研究の対象は薬草ばかりでなく、それ以外の草木や動物、鉱物にまで広がっている。

「先生、それはそうと、手前は蘭語を目にするのが初めてでして」

『泰西本草名疏』をぱらぱらとめくって、芳男は額《ひたい》ぎわを指先で掻《か》く。

「おお、さようか。ええと、たしかここに」

壁際《かべぎわ》に設《しつら》えられた本棚《ほんだな》の前へ、伊藤が膝《ひざ》をにじった。部屋に寝泊まりする門下生が読めるよう、書物が幾冊《いくさつ》か並んでいる。

伊藤が一冊を抜き取り、芳男の前に広げた。

「わしが編《あ》んだ蘭語の入門書だ。アルファベットの活字体と筆記体、それぞれの大文字、小文字が記してある。まずはＡＢＣに始まる二十六字を暗記することだな」

外題《げだい》には、『萬寳叢書《ばんぽうそうしょ》　洋字篇《ようじへん》』とあった。

「いまや日《ひ》の本《もと》は亜米利加《アメリカ》をはじめ、英吉利《イギリス》、露西亜《ロシア》、阿蘭陀《オランダ》とも和親条約を結んでおる。江戸ではご公儀の洋学所が、蕃書調所《ばんしょしらべしょ》と名を改めたそうだ。この先、さまざまな国の言葉で記された書物が、海外から入ってくることだろう」

「手前も、いずれは原書で読めるようになりとうございます」

師に応《こた》えながら、芳男は三年前に没した兄を思い出していた。兄が見越していた通り、蘭学だけではなく、広い意味での洋学を学べる世が到来しようとしているのだ。嘗百社や伊藤圭介は、その最前線にいるといっても過言ではない。己れがそうした場に居合わせていると思うと、なんだか背中がぞくぞくしてくる。

伊藤の目が、灯あかりを映《うつ》してきらりと光る。

「書物蔵にある本は、わしに断りを入れなくて構わんから、幾らでも読みなさい。物産蔵でも気になる物があれば、どんどん手に取ってみるように」

伊藤家の敷地には、母屋《おもや》に加えて十二《じゅうに》花楼《かろう》と呼ばれる四階建ての別棟《べつむね》があり、その景観は市中でもかなり目立っていた。伊藤はそこで来客と語らったり、ときには天体を観測したりする。書物蔵や物産蔵には医術や本草学、蘭学に関する書物のほか、伊藤が採集した草花の押し葉、いにしえの鏃《やじり》や勾玉《まがたま》、鉱物、化石、古瓦《こがわら》なども収められていた。庭には、ハナノキ、ローレル、カリン、ホルトノキ、イヌビワ、シラクチカズラ、フウなどの草木が植わっている。芳男には、まさに宝の山であった。

「あ、ありがとう存じます」

我知らず、声が上《うわ》ずる。まだ見ぬ世界へと通じる道が、目の前に照らし出されたような心持ちがした。

二

年が明けて安政五年（一八五八）、名古屋城下を流れる堀川沿《ほりかわぞ》いの桜並木もすっかり葉桜となり、日に日に青さを深めている。

五月に入ると、嘗百社では伊勢《いせ》の菰野山《こものやま》へ採薬の旅に出た。

芳男が本式の採薬に臨むのは、これが初めてである。飯田でハッカ水やノイバラ水をこしらえたことがあるといっても、入り用となる草木の一部を何の気なしに摘《つ》んだり切り取ったりしただけで、花蕊《はなしべ》の数をかぞえたこともなければ、地中で根がどのように伸びているかをじっくりと観《み》たこともない。

「机の前で書物にかじりついておったのでは、肝心なところを見失う。じっさいに山野を歩き、大地に根を張る草木に接してこそ、学べることがあるのだ」

伊藤がそう口にする通り、嘗百社は現地で実物を調査することに重きを置いていた。

名古屋を発《た》った一行は、熱田浜《あつたはま》から舟で桑名《くわな》へ渡ると、美濃大垣《おおがき》に居住する社外の飯沼慾斎《いいぬまよくさい》と合流し、四日市《よっかいち》から東海道《とうかいどう》を逸《そ》れて内陸へ入っていった。ゆるやかな登りが続く野道を二刻《ふたとき》(約四時間)ほど歩けば、菰野にたどり着く。菰野は土方氏《ひじかた》一万二千石の城下町で、西はずれの山麓に温泉が湧《わ》いており、宿が幾軒か建っている。そのうちの「杉屋《すぎや》」に、芳男たちは旅の荷を解《と》いた。

一行は嘗百社の十五名に、社外からの二名を加えた総勢十七名である。二十一歳の芳男より齢下《としした》は四人で、最長老は七十七歳になる飯沼であった。

杉屋に着いた翌日、芳男たちは宿の主人の案内で、菰野山に登った。木々の根方や足許はじめじめしているが、頭上を覆《おお》う枝葉のあいだからは、真夏を思わせる陽射《ひざ》しが降ってくる。

登り始めて半刻(約一時間)もすると、籠《かご》を背負い、編《あ》み笠《がさ》を被《かぶ》った芳男の額には汗がしたたり、裾短《すそみじか》に着た小袖《こそで》もじっとりと湿《しめ》ってきた。岩場も多く、苔《こけ》が生えていると草鞋《わらじ》が滑《すべ》るので油断ならない。山道をいくらか進んでは汗をぬぐい、また進んでは息を整《ととの》える。

そんな芳男の脇を、五十代の伊藤や吉田平九郎《よしだへいくろう》、さらに年配の富永武太夫らが軽い足取りで追い抜いていく。

「ほう、これは名古屋の市中では見かけませんな。ハナイカダですかな」

「おお、こっちの岩肌には、イワタバコが」

「この、葉のつき方、形……。ミカエリソウかと」

いずれも草木を指で差しては、嬉々《きき》とした声を上げている。

「先輩方は、この勾配《こうばい》が苦ではないのでしょうか」

前を歩く千村五郎《ごろう》に声を掛けると、

「あの方たちは、これまで幾度も諸国の山々に登って採薬しておられるゆえ」

振り返りながら、五郎が苦笑した。

五郎は芳男の三つ齢上で、久々利の千村一族に連なるひとりだった。名古屋へ出て、いまは芳男と同じ、伊藤門下で学んでいる。

勾配のきつい杉林を抜けると、いくらか平たい場所に出た。しばし休みをとることになり、芳男も腰に提《さ》げた竹筒の水を飲む。

灌木《かんぼく》の茂る合間から下をのぞくと、ツツジやシャクナゲ、ヤマブキなどが山肌を彩《いろど》り、陽の光が雑木林の緑を明るく輝かせている。麓《ふもと》のほうに目を凝《こ》らすものの、杉屋のある集落は見えなかった。

首に垂《た》らした手拭《てぬぐ》いで額の汗を押さえながら、五郎が話し掛けてくる。

「田中が伊藤塾に入ったのは、昨年の夏頃だったな」

「もうじき一年になります。その前に別の学塾に通っておりましたので、飯田を出てからは二年になりますが」

「在所を思い出して、寂《さび》しくなったりしないか」

「名古屋に出てきた当初は、繁華な町並みや人の多さにたいそう驚きましたが、心細いと思ったことは一度もありません。新たに見聞きするものがいっぱいあって、わくわくする気持ちのほうがまさっております」

「へえ。肝《きも》が据《す》わっているのだな」

「春先からは旭園《きよくえん》で薬草畑の世話もしておりますし、寂しくなる暇《ひま》がないというのが正直なところで」

旭園は、伊藤圭介の別邸である。まだ風の冷たかった二月に、本邸から四丁《ちよう》半（約四九一メートル）ばかり離れた朝日町《あさひ》に設けられた。

南北約三十九間《けん》（七〇メートル）、東西約十間（一八メートル）の敷地の中ほどに大きな瓢簞池《ひようたんいけ》が掘られ、周りにはタチバナやカリンなどが植えられているほか、珍しい石も配されていた。池の南側には瀟洒《しようしや》な構えの平屋が建ち、嘗百社の例会も幾度か開かれている。

園内には、薬草や草木が育てられている畑もあった。植物の手入れは嘗百社に出入りする植木屋が任されていたが、芳男も合間をみて畑に入っている。

天保の飢饉《ききん》では、尾張藩でも土で粥《かゆ》をこしらえるほど食に窮《きゆう》したと芳男は聞いている。伊藤はそうしたときでも口にできる野草を一覧にした『救荒食物便覧《きゆうこうしよくもつべんらん》』を著しており、畑ではイタドリ、ツワブキ、ツルムラサキ、ノアザミ、スベリヒユといった苗《なえ》が育てられていた。飯田でも役に立つことがあるかもしれないと、芳男は土の選び方や肥《こ》やしの施《ほどこ》し方、虫がついたときの手当てなど、そのつど植木屋に訊《たず》ねている。

木々を渡ってくる風が、芳男の頬《ほお》をやさしく撫《な》でていく。

一行がふたたび歩き始めてほどなく、伊藤が芳男を手招きした。

「ミツバフウロだ。これを掘り取るように」

「かしこまりました」

芳男は背負い籠を背中から下ろし、手鍬《てくわ》やこてを取り出す。

「なるたけ根を損《そこ》なわぬよう、土ごと掘り取るのだ」

伊藤の指図に従い、芳男は細心の注意を払いながら手を動かした。

山の麓は暑いくらいでも、中腹から山頂に近づくにつれて涼《すず》しくなってくる。目にする草木も、少しずつ佇《たたず》まいを違えていった。

集められた薬草は宿へ持ち帰り、夕餉《ゆうげ》の前に皆で吟味する。畳《たたみ》に白布を敷き、そこに並べられたものが何という名なのか、どんな薬効があるかなどを、ひとつずつ判《し》じていくのだ。書物を見てわかっているつもりでも、目の前にある植物の葉の形やつき方、茎《くき》の色などと結びつけて見極めるのは、なかなか容易ではない。

一行が論を交わす座敷の床《とこ》の間《ま》には、一幅《いっぷく》の画が掛けられていた。月に一度の例会はむろん、嘗百社の集まりが持たれる場には常にこの画が持ち込まれ、座を見守るしきたりだ。描かれているのは、神農氏像《しんのうしぞう》である。

神農は、唐土《もろこし》の古い伝承に出てくる帝王のひとりだ。百草を嘗《な》めて薬草か否《いな》かを見極めたという言い伝えがあり、本草学の始祖とされていた。嘗百社の名も、その故事にちなんでいる。

画の中の神農は、赤い鞭《むち》を左手に持ち、右手にした草木を口にくわえている。すべての意識を舌先に集めるように、かっと見開かれた目が宙を睨《にら》んでいた。

芳男はこの画を見るたび、「本草学は、人の生死にかかわる学問ぞ。一木一草を判じるにも気を抜かず、日々の研鑽《けんさん》を怠《おこた》ってはならぬ」と戒《いまし》められるようで、背筋の伸びる思いがする。

草木に検討を加えているあいだ、座はぴりっとした空気に包まれるが、区切りがついて夕餉の膳《ぜん》が運ばれてくると、ぐっと寛《くつろ》いだ趣きになった。

年配の社員が、酒でほんのりと赤くなった顔を若い連中へ向ける。

「そなたらは、伊藤どのが『日本植物誌』を盗まれた話を知っておるかね」

芳男は千村五郎と顔を見合わせた。

「存じません。そのようなことがあったのですか」

「『日本植物誌』は、伊藤どのがシーボルト先生から賜《たまわ》った貴重な書物じゃ。長崎から名古屋へ帰る道中、伊藤どのは頭陀袋《ずだぶくろ》に入れて首から掛けて歩き、宿屋に泊まるときも枕許に置いて寝た。後生大事に抱えているものじゃ、盗人の目にはよほどのお財《たから》と映ったとみえる。ある朝、目が覚めると、枕許から忽然《こつぜん》と消えていたのじゃよ」

「先生、まことですか」

振り向いた芳男に、伊藤が苦笑する。

「頭の中が真っ白になるというのは、ああいうことだ。何も考えられず、立ち上がる力も失った。しょげ返っていたわしに、ともかく近辺を探してみようと宿屋の主人が申し出てくれて、奉公人たちも総出で見てまわってな。すると、宿の裏にある竹藪《たけやぶ》に捨てられておったのだ。それを見つけたときの嬉《うれ》しさといったら」

「盗人も、想像していたものと違《ちご》うて、がっかりしたことだろうて」

話を持ち出したのとは別の社員が応じる。どうやら、先輩方にはよく知られた一件のようだ。

「そのあとの道中では、『日本植物誌』をほかの品々と一緒に振り分け荷にして、なるたけ目立たぬようにした。夜は床で抱きかかえて寝て、肩が凝ってかなわんかったぞ」

伊藤が首をすくめ、座に笑いが起きる。

日ごろはその碩学《せきがく》ぶりにどこか近寄りがたさを感じていた師にも、いまの自分と同じような日々があったのかと、芳男の胸にぐっと親しみが湧いた。

夜は四、五人ずつ、幾つかの部屋に分かれて休んだ。芳男が布団《ふとん》を敷いていると、隣《となり》に腰を下ろした吉田平九郎が、畳に帳面を広げて何やらやっている。

平九郎は五十四歳、寄合組に属する尾張藩士で、和歌や月琴《げっきん》をたしなむかたわら古物を集める趣味もあり、嘗百社きっての風流人であった。社中では古株だが、偉ぶったところはつゆほどもなく、伊藤らからも「平九《へいく》さん」と親しみをこめて呼ばれている。草木はもとより菌類に関する見識も豊かで、生き物、ことに無類の虫好きとして通っていた。

「平九先生、何をなさっているのですか」

芳男がのぞき込むと、

「うん、貼《は》り交《ま》ぜ帖《ちょう》をな。見てみるかね」

平九郎が顔を上げた。

芳男は平九郎のかたわらに膝を揃《そろ》え、差し出された帳面を受け取る。紙面には、大きさの異なる紙片が幾枚も貼り込まれていた。

「熱田浜の船賃所にあった案内書きに、桑名で焼き蛤《はまぐり》を食べた茶屋の口上書き、それとこっちは、万金丹《まんきんたん》の引札。先生、なにゆえこうしたものを」

「本草学では、薬草の押し葉をこしらえるだろう。あれと似《に》たようなものだ」

焼き蛤の口上書きと薬草の押し葉が同列といわれても、芳男にはちょっと得心《とくしん》できかねる。

首をひねっていると、平九郎が言葉を足した。

「本草を究めようとする者は、その出所を正しく考証しなくてはならぬ。それには、世の中を広く見聞きして、多くの知見を蓄《たくわ》えておくことが不可欠だ。こうして貼り込んでおけば、入り用なときに照らし合わせて、考証の手掛かりにできる」

「なるほど、そういうことですか」

芳男の中で、口上書きと押し葉が肩を並べた。

「田中は、石にも興味があるようだな」

「あ、ご覧になっていましたか」

芳男はいたずらが見つかったような心持ちで首をすくめる。

「子供時分から、色のついた石や形の変わった石を目にすると、拾わずにはいられないのです」

「ふむ」

「飯田にも本草学や諸芸に通じた方がおられまして、そちらで貝のひな型を――こう、重箱を細かく仕切って、収めてあるのを見せてもらったことがございます。石もそのようにしたらと思いつき、名古屋に出て参りましてからも、少しずつ集めておりまして」

「そうか。後日の手掛かりとなるよう、手に入れた日時や場所についてはいうまでもないが、見つけたときにどんな態《てい》であったか――地中に半分ほど埋《う》まっていたとか、地面に転《ころ》がっていたとか、そうしたことも書き記しておくといい」

平九郎はそういって、長く伸びた顎鬚《あごひげ》を手で撫でた。

三

足掛け四年にわたる遊学に区切りをつけたのは、安政六年（一八五九）四月のことだった。名古屋ではすでに終わった桜の花が、飯田にはちらほらと残っていて、二十二歳になった芳男は郷里に帰ってきたと実感した。

還暦《かんれき》を越えた父、隆三は、芳男が田中家の家督を継いだ後も、飯田で医師を続けていた。母、お津真はいくぶん白髪《しらが》が増えたものの、家の中のことをつつがなくこなしている。十九歳になる弟の大介は名を義廉《よしかど》と改め、父の診察を手伝いながら学問に励《はげ》んでいた。

じつのところ、芳男はいま少し名古屋で研鑽を積みたかったが、帰郷を再三うながす隆三に根負けして、しぶしぶ引き上げてきたのだった。それでも、父とともに診察にあたり、患者から若先生と呼ばれるうち、ささやかな充実を味わえるようになった。

七月も下旬にさしかかると、飯田では明け方に肌寒さをおぼえることも増えてきた。

その日の午後は往診も入っておらず、さしあたって容体の急変しそうな患者もいないので、芳男は父に断って、城下の西にある風越山《かざこしやま》へ足を向けた。うっそうとした森の中では、いろいろな草花や生き物を目にできる。

家に戻って夕餉がすむと、芳男は早々に自室へ引っ込んだ。文机《ふづくえ》の横に置かれた行燈へ灯を入れる。

風越山から持ち帰った草木の葉で、印葉図《いんようず》をこしらえるつもりだった。手順は、まず葉の表面に墨《すみ》を塗《ぬ》り、その面が下を向くようにして紙に載せる。そこに別の紙を被せ、馬連《ばれん》でまんべんなく擦《こす》る。すると、下敷きになっている紙に、葉の写しが取れるという寸法だ。

手に入れた草花を押し花や押し葉にして残す方法もあるが、印葉の技法を用《もち》いるのは、嘗百社のお家芸ともいえた。社中でも名手と仰《あお》がれるのが伊藤圭介で、芳男は師からじきじきに手ほどきを受けたのである。

せっかく身につけた技を錆《さ》びつかせたくなくて、飯田の家でも時折、習作を試《こころ》みているのだった。

膝の脇に置かれた笊《ざる》には、マルバノキやイワウチワ、ウツギなどの葉が入っていた。山から帰ってきたときに、井戸の水で洗い、水気を拭《ふ》き取ってある。

芳男はマルバノキの葉を手に取り、表面に筆で墨を塗り始めた。秋になると紅葉することから、このあたりではベニマンサクとも呼ばれている。

馬連で紙を擦っていると、足音が廊下《ろうか》を近づいてきた。

「芳男、よいか」

部屋の障子《しょうじ》を引いて、隆三が部屋に入ってくる。

「また、そんなことをやっておるのか」

息子の手許に目を向け、吐《は》き捨てるようにいう。

「そんなこととは……。印葉図といって、伊藤先生も得手《えて》にされているのです」

「子供でも、それくらいはできるぞ。よもや、摺《す》り職人にでもなるつもりではあるまいな」

芳男はかちんときて馬連を置いた。

「草木のつくりを仔細《しさい》に知るには、押し葉のような実物を観るのも有用です。しかし、押し葉は一枚の葉から一部しかこしらえることができません。そこへいくと、印葉の技法では、一枚の葉から十数部の写しを取れます。少人数での手控《てびか》えにするようなときは、まことに重宝《ちょうほう》するのです」

「ふん、口ばかり達者になりおって」

忌々《いまいま》しそうに、父が横を向く。

芳男が肩をすくめると、ふいに部屋の障子が開いた。

「芳男は精が出るに。お茶が入ったで、ひと息つくといいに」

お津真であった。部屋の敷居をまたいで、抱えている盆《ぼん》を芳男の横に置く。

芳男が遊学から帰ってきたのを、お津真は素直に喜んでいた。机に向かっていると、息抜きをするように勧《すす》めてくれる。

「ほれ、裏庭で採れた林檎《りんご》だに。仏さまにお供《そな》えしたお下がりずら」

盆に載せられた林檎の肌が、行燈のあかりにつやつやと光っている。

「お前さまのぶんも、持ってこまいか」

「いや、いい。林檎は二つある。芳男とひとつずつ食べよう」

隆三にうなずき返して、お津真が笊をひょいとのぞき込む。

「おや、葉っぱ」

わずかながら、声に咎《とが》めるような響きがあった。

「母上、水でよう洗ったで、土は落ちとる。根っこがついたものも、入ってないに」

土のついたものを家に持ち込むなと、母は日ごろから口やかましい。芳男の言葉を聞くと得心したようで、部屋を出ていった。

芳男には、夫と息子の雲行きが怪《あや》しいのを察した母が、それとなく気を遣《つか》ってくれたふうに思える。

浅く息を吐き、芳男は盆の上の林檎を手に取った。

『泰西本草名疏』では、「林檎　ペイリュスマリュス」と記してある。ただし、伊藤によると、西洋と我が国の林檎は少々異なるらしい。「平菓花　アップル」と記されているのが、西洋のそれに当たるそうだ。長崎に遊学しているとき、シーボルト先生が話してくれたといっていた。

いま、芳男の手にある林檎は、寸法が直径二寸《すん》（約六センチ）にも満たないが、西洋のはふた回りくらい大きいという。それに、味のほうも。

「す、酸《す》いのう」

芳男の横で、しゃくっと音を立てた隆三が、口をすぼめている。西洋のものにはふくよかな甘味があって、果汁もふんだんに含まれているそうだ。

口許へ手を運び、つるりとした皮に歯を立てる。芳男の口に爽《さわ》やかな酸味がはじけ、瑞々《みずみず》しい香りが鼻腔《びこう》へ抜けた。ものの三口ほどで、食べ終える。これはこれで、この季節ならではの味わいがあるが、いま少し食べ応えが欲しい気もする。

隆三が咳払いをした。

「お前は名古屋へ赴《おもむ》くとき、ひとかどの医者になるため勉学に励むと、そう申したではないか。だからこそ、わしは遊学させたのだ。断じて、本草の徒にさせたかったのではないぞ」

話を蒸《む》し返されて、芳男は顔をしかめる。

「本草を学ぶことの、何がいけないのですか」

「医術はまず確かな診立《みた》てがあり、それに応じた薬を患者に投じる。診立てが主人だとすると、投薬は従僕《じゅうぼく》にすぎぬ」

芳男が無言でいると、

「林檎の木でいい換えれば、診立ては幹や根で、投薬は枝葉でしかない。幹や根がしっかりしていないと、枝葉は枯れる。当然、実も生《な》らぬ」

いいながら、隆三は手にした林檎の芯《しん》を振り回した。

「お言葉ですが、父上の説には同意しかねます。おっしゃるように、診立てがしっかりしていなければ始まりませんが、診立てが的確であっても、投じる薬があやふやなものだと、患者の病《やまい》は治せません」

これまで、芳男が父に面と向かって異を唱えたことはない。だが、嘗百社の先輩方が真摯《しんし》に取り組んでいる本草学を軽《かろ》んじられたようで、黙ってはいられなかった。

「従来、長崎経由でもたらされる薬種は値が高く、手に入れるのも容易ではありませんでした。ゆえに、日の本で産するもので代用しようと、それらしい草木を実体の摑《つか》めないままに使った例もあります。しかし、父上もご承知の通り、薬は、ひとつ取り扱いを間違えると毒になるのです。こんな危ういことはありません。伊藤先生たちは、それを正そうと力を注《そそ》いでこられたのです」

「む、む」

「林檎の木は地中に張った根から養分や水を吸い上げますが、葉も光を受けて自ら養分をこしらえます。両方の養分がなければ、実は生りません。どちらか一方が主で、他方が従なのではなく、互いに支え合っていると申せばよいでしょうか。医術と本草の間柄も、また然《しか》りかと」

行燈の灯が、わずかにまたたく。

隆三が、林檎の芯をゆっくりと盆に戻した。

「わしとて、患者の病を治すのに、日々、薬の世話になっておる。むろん、本草学をまるまる否定するつもりはない。ただ、飯田に帰ってからこっちのお前が、本草に傾きすぎているように見えてならぬのだ」

「父上……」

「人たる者は、世の中に生まれ出たからには自分相応《そうおう》な仕事をし、世のために尽くさなければならぬ。本草学をもって一生涯をすませてよいのか、わしがいいたいのはそういうことだ」

「それは、『三字経』の」

「田中の家は、医業をもって千村家に仕《つか》えておる。お前は、その当主だ。己れの本分はどこにあるのか、いま一度よく考えるように」

父の声が、重々しく響く。

隆三が口にしたのは、芳男が幼い時分から繰り返し説《と》き聞かされてきた一節であった。いわば家訓ともいえるような文言を持ち出されると、芳男は何もいえなくなってしまう。

行燈のあかりが、いくぶん暗くなったようだった。

四

三日後、芳男は陣屋の向かいにある市岡家を訪ねた。

「恐れ入ります。経智さまにお目にかかりたいのですが」

通用口で訪《おとな》いを入れると、市岡家に仕える奉公人が芳男を奥の居間へ通してくれる。勧められた座布団《ざぶとん》にかしこまって待っていると、ほどなく部屋の障子が開いて、市岡経智が現れた。

「芳男、久方ぶりじゃ」

「市岡さま、ご無沙汰《ぶさた》しております」

芳男は畳に両手をついて辞儀《じぎ》をする。

子息に家督を譲《ゆず》り、いったんは隠居した経智だったが、主君に再出仕を命ぜられ、六十六歳になったいまは久々利詰めの家老を務めている。時折、飯田に用があって戻るらしく、「市岡さまがお前に会いたがっておられる」と父から聞いて、芳男が屋敷に参上したのであった。

床の間を背にして、経智が腰を下ろす。家老職では何かと気苦労も絶えないだろうが、張り合いもまたあるようで、隠居していた頃よりも若々しく見える。

「名古屋ではかの嘗百社に加わり、伊藤圭介どのの許で研鑽を積んだそうじゃな。伊藤どのの薬園で薬草を育てたり、菰野山へ採薬に赴いたりしたそうではないか」

「じつに、よくご存じで」

「久々利表では、千村五郎どのの父御《ててご》と懇意《こんい》にしておっての。五郎どのから文《ふみ》が届くと、書いてあることをわしに聞かせてくれるのじゃ。信州飯田の田中芳男は律儀で頼もしい男だが、奇石集めと甘いものを好む癖《へき》が少々異常だと、五郎どのが評しておったぞ」

経智が高らかに笑う。

「そ、そのような」

どぎまぎしながら、芳男は膝の横に置いてある風呂敷《ふろしき》包みを、身体《からだ》の陰《かげ》にそっとずらす。

「ん、何を隠した」

「ええと、その」

いささかばつの悪い心持ちで、芳男は風呂敷包みから帳面を取り出すと、経智に差し出した。

「ほう、それは」

「嘗百社におられる吉田平九郎先生を見習って、貼り交ぜ帖をこしらえるようになりました」

「ふむ、『捃拾帖《くんしゆうじよう》』とな」

帳面の題簽《だいせん》に記された文字に、経智が目をはしらせる。

「手前が名付けました。捃も拾も、拾うとか集めるといった意味があります」

「どれどれ。暦、書画会の目録、薬種屋の引札……。いろんな摺り物が、びっしりと貼り込まれておるの」

「本草学では、品々の出所を正しく摑むことが肝要《かんよう》と、吉田先生にうかがいまして」

「そうか。引札には、店の屋号や住所《ところ》、商い品の名などが記されておるものな」

紙葉をめくっていた経智が、わずかにあきれたような顔をした。

「それにしても、菓子屋の引札がやたらと目につくの。金平糖《こんぺいとう》に饅頭《まんじゆう》、羊羹《ようかん》、煎餅《せんべい》。いったい、芳男は名古屋で何をしておったのやら」

「あ、あの、嘗百社の例会などで、先生方が菓子を土産《みやげ》に持ってこられるのです。菓子屋の引札は、意匠に凝ったものが多うございまして……。ほ、ほら、こちらには絵草紙屋や呉服屋の引札もあります。菓子ばかり食べていたのではございません」

「ふふ。ちょっとばかり、からかっただけじゃ」

経智が、いたずらっぽく微笑《ほほえ》む。

「お、お待ちください」

芳男は風呂敷包みから、別のものを取り出した。遊んでいたのではないという証《あか》しを立てなければ。

「嘗百社では、こういうこともやっております」

経智が帳面を脇へ置き、前に置かれた紙を手に取った。

「ベニマンサクの葉じゃな。筆で描き写したのではなさそうじゃが」

「魚拓を取るような具合に、紙へ写し取ったものでして、印葉図と呼んでおります」

「ははあ。これなら、筆で描くよりも実物に近いし、描き手の上手い下手に左右されることもない。よい手法じゃの。しかしながら、このように葉脈の一筋まで鮮やかに写し取るのは、容易ではなかろう。硬くてつるつるした葉もあるし、表面がびっしりと毛に覆われた葉もある。一律に墨を塗ればよいというものでもなさそうじゃが」

「そのあたりの要領は、嘗百社の秘中でして。伊藤先生に、手前も極意を指南していただきました」

「さようか。さすがじゃのう」

感心したように、経智が首を振る。

芳男は、印葉図とは別の紙を差し出した。

「嘗百社が旭園にて催《もよお》した、博物会の出品目録です。帳面からはみ出すので、貼っていないのですが」

「ほっほう」

経智の声が、一段と高くなる。

「上方《かみがた》や江戸、そのほか諸国から集めた動物、植物、鉱物などを園内に設けた棚へ並べて、見物の人たちに披露いたしましてね。おかげさまで、数多《あまた》の人出がありました」

「というと、ふだんは本草に馴染《なじ》みのない者でも見物できるのか」

「そうなのです。どのような方にも思うさま見てもらい、博物に関する知見を広くゆき渡らせるのが、この会の目指すところですので」

博物会が催されているあいだは芳男も園内で案内役を務め、陳列されている品の説明をしたり、見物人からの問い合わせに回答したりした。博物会と銘打つだけあって、古瓦や古銭など本草の領分を超えた品々も並んでおり、いかに説明すればわかりやすくなるかと思案するのも、己れの学びに役立った。

目録を眺《なが》めていた経智が、顔を上げる。

「爪哇《ジャワ》や印度《インド》産の押し葉も出たようじゃが」

「シーボルト先生から伊藤先生に贈られたものでして」

「ふうむ。家老の職を務めておらなんだら、わしも行ってみたかったのう」

うらやむような目が、芳男へ向けられた。

父上も、こうであればよいのに。

「捃拾帖」や印葉図を風呂敷に包みながら、我知らずため息が洩《も》れる。

「どうした、浮かぬ顔をしておるが」

眉《まゆ》をひそめる経智に、芳男は先だって父と揉《も》めたことを打ち明けた。

「と、そういうわけでして……。取るに足らぬ話をお耳に入れるようで、恥ずかしいのですが」

「なんの。田中の家は身内も同然。芳男のことは、親戚の子のように思うておるぞ」

「市岡さま……」

「芳男は、医術と本草では、どちらにより関心を抱いておるのか。正直なところを、聞かせてくれぬか」

穏《おだ》やかな目が、芳男に向けられている。

わずかに思案したのち、芳男は応えた。

「蘭方の医書を読み、人の身体のつくりや仕組みには感嘆を覚えても、どういえばよいのか、血が騒ぐほどではございませんで……。手前の心を惹《ひ》きつけるのは、本草学に関わる領分なのです。野山にある草木が、人が手を加えると薬や毒に変わることに神秘を感じますし、押し葉や印葉図をこしらえていると、我を忘れてしまいます」

「やはり、そうであったか」

小さく息をついて、経智が腕組みになる。

「隆三どのは謹厳実直なお人柄。自分の子には、すぐれた医者となって主君に仕えてもらいたいと、そう願《ねご》うておられるのじゃろう」

「手前とて、それはわきまえております。医業をおろそかにする気は、つゆほどもございません。ただ、父に本草を下に見られたようで、かっとなりまして」

「心構えさえしっかりしていれば、それでよいのではないか。芳男が医業に誠意をもって取り組んでおれば、本草の研究を続けることを、いずれ隆三どのも受け入れてくれよう。どちらが上で、どちらが下かなど、さしてこだわるほどのことではあるまい」

経智に冷静な口調で諭《さと》されて、芳男の気持ちもいくぶん和《やわ》らぐようだった。

五

伊那谷に枯れ田の広がる冬が到来すると、田中家の裏庭にある畑にも青々とした菜類は見られなくなった。食膳には、かぶ菜《な》漬《づ》けや沢庵《たくあん》漬けの載る日が続く。

そんなある日、芳男宛てに文が届いた。差出人は、名古屋にいる千村五郎である。嘗百社の若い連中が、暖かくなったらどこか手ごろなところへ探索に出掛けようと話し合っている。都合がつくようなら田中も同行しないかと、そうした旨が記されていた。

「父上、嘗百社の先輩に誘っていただいたのですが、名古屋へ出向いてもよいでしょうか」

芳男から切り出された隆三は眉間《みけん》に皺《しわ》を寄せたが、文の差出人が主君の一族に連なる人物と知り、不承不承《ふしょうぶしょう》といった態で承知した。

久々利表に届けを出して名古屋行きの許しを得ると、芳男は旅支度《じたく》をととのえて飯田を発った。

嘗百社の若手社員とその供の者なども加わり、総勢十四名が小牧山《こまきやま》、入鹿池《いるかいけ》周辺へと足を向けたのは、万延《まんえん》元年（一八六〇）と改元した翌月の閏《うるう》三月である。

名古屋城下から小牧山へは約四里《り》（一六キロ）、小牧山から入鹿池へは約五里（二〇キロ）ほどで、一泊か二泊もすればひとめぐりすることができる。

小牧山は濃尾《のうび》平野の中にぽつんとある小山だが、古くは織田信長《おだのぶなが》によって城が築かれ、のちにここを本陣として羽柴《はしば》方と戦った徳川家康《いえやす》が勝利したことから、江戸に幕府が開かれてからは麓に竹垣がめぐらされ、みだりに立ち入ることは禁じられていた。ゆえに芳男たちはもっぱら、かつて城下町であった場所から出土する瓦や鏃、器類を手に入れてまわった。

野辺にはレンゲソウやノシュンギクの花が咲き、遠目に見える小牧山の森もフジやシャクナゲに彩られている。うらうらとした光の中を同好の士と歩きながら、草木や鉱物、虫や魚について語らっていると、縮《ちぢ》こまっていた心が柔らかく弾《はず》み始めるように感じられた。

「千村さん、このたびは声を掛けてくださり、礼を申します」

隣にいる五郎に頭を下げると、

「それが、在所にいる親父が文をよこしてね。嘗百社が採薬に赴く折があれば、田中芳男を誘うようにと書いてあった。どういう経緯でそんな文を送ってきたのかとは思ったが、久々利と飯田陣屋にはいろいろとつながりもあるし……。親父にいわれなくとも、田中には声を掛けるつもりでいたが、まあ、そんなわけでね」

おそらく、市岡経智が取り計らってくれたのだろう。細やかな心遣いに、芳男は深く感じ入った。

数日後、名古屋に戻った芳男は、吉田平九郎の屋敷を訪ねた。百石取りの吉田家は、堀川に架かる納屋橋《なやばし》の袂《たもと》、藩領でとれた年貢米を収める三《み》ツ蔵《くら》の近くに居住している。

板葺《いたぶき》の屋根がある門をくぐると、玄関脇の植え込みに、婦人が水やりをしているところだった。

「おや、田中さんではございませんか」

人の気配に振り向いた婦人が、地に置かれた手桶《ておけ》に柄杓《ひしやく》を挿《さ》して、丁寧《ていねい》に腰をかがめる。

平九郎の妻女であった。嘗百社が菰野山へ採薬に行ったのち、短い期間ではあったが、幾度か屋敷に顔を出した芳男のことを、憶《おぼ》えていてくれたようだ。

「お手を止めてはいけないと思い、声を掛けそびれました。すみません」

「いいのですよ。どうぞ上がってください」

奥へ通された芳男は、まず、部屋にある仏壇の前に膝を折った。

「平九先生が、こんなに早くお亡くなりになろうとは。ご本人も、さぞ無念でございましょう」

位牌《いはい》に手を合わせたのち、芳男は身体の向きを変える。

茶を淹《い》れてきた妻女が、芳男の前に湯呑《ゆの》みを出すと、仏壇へ目を向けた。

「腹具合がおかしいといい出してから、あっという間でございました」

平九郎がコロリに罹《かか》って亡くなったのは昨年の八月末のこと、享年《きようねん》五十五であった。コロリは一昨年あたりから流行しており、江戸でも、高名な絵描きの歌川広重《うたがわひろしげ》がこの世を去っている。

平九郎には、夫妻が齢をとってから授かった嫡子《ちゃくし》があった。その幼い息子に後見人をつけて跡目相続がかなったこと、嘗百社の社員たちが残された妻子を気に掛けてくれることなどを、妻女が物静かな口調で話し、芳男の近況についても二つ三つ訊ねかけた。以前よりも頬のあたりがいくぶん痩《や》せて見えるが、声の調子や表情からは、夫亡きあとの日々を少しずつ前に進んでいる様子が察せられる。

妻女の問いに応えたのち、芳男は部屋をぐるりと見まわした。

「それはそうと、幾たび目にしましても、こちらは壮観ですね」

芳男がいる仏間はもちろん、居間といわず平九郎の書斎であった部屋といわず、壁や鴨居《かもい》にはトンボやチョウ、セミ、ハチといった虫たちの骸《むくろ》を収めた木箱が掲《かか》げられている。骸は、裁縫《さいほう》に用いる針で、一つひとつ留められていた。

眺めていると、まるで森の中にいるような錯覚にとらわれる。

妻女が可笑《おか》しそうに、口許へ手を当てた。

「嫁に参りました時分は、虫がいっせいに飛びかかってきそうで、薄気味悪くてなりませんでしたよ。年を経ても、骸に針を刺すところだけは、まともに見ることができなくて」

「じつをいうと、手前も虫は得手《えて》なほうではございませんで……」

ぼんのくぼに手をやった芳男に、妻女が目をまたたく。

「まあ。ではなにゆえ、主人の許にお出入りを」

「平九先生が幅広い知見を備えておられたのはむろんですが、先生はそれを決してひけらかすことなく、手前のような後進にも懇切丁寧《こんせつ》にご教授くださいました。そのお人柄を、お慕《した》いしていたのです。手柄とか名誉とか、そういう人の欲が及ばぬところで草木や虫たちと戯《たわむ》れておられる姿が、いまも目に浮かぶようでして」

「おっしゃる通り、主人には、そういうところがございましたね」

しみじみといって、妻女が遠くを見る目になった。

しばらくのあいだ、ふたりがそれぞれの胸にある平九郎を偲《しの》んで、柔らかな沈黙が流れる。

茶を飲んで、芳男が口を開く。

「わしは〝鳥なき里の蝙蝠《こうもり》〟だと、先生はご自身をよくそんなふうに譬《たと》えておられました」

「鳥なき里の蝙蝠」

小さくつぶやき、妻女が首をかしげる。

「すぐれた者のいないところでは、つまらない者が幅をきかすといった意味合いです。ただし、つまらない者とは己れをへりくだるいい方で、ろくでもない輩《やから》ということではないと手前はわきまえております。何事にも謙虚に向き合っておられた、いかにも先生らしい言葉かと」

芳男は伊藤圭介の門人だが、吉田平九郎のこともまた師と敬っていた。

わずかに顎を引き、妻女が目尻を袂で押さえる。

また参りますといって、芳男は屋敷を辞去《じきょ》した。

名古屋には、つごう三月ほど滞在できる手筈《てはず》になっていた。こたびの寄宿先は伯母の家ではなく、伊藤の住居である。

日中は種痘所を手伝ったり、市中で催される書画会に千村五郎と出向いたりして、伊藤家に戻ると書物を読み、蘭語の習得に励む。

名古屋にいると、またたく間に時がすぎていく。飯田から出てきたときは瑞々しい若葉にあふれていた伊藤家の庭も、いつしか緑が濃くなっていた。

梅雨入りを間近に控えたその日、伊藤家で出される夕餉をすませると、芳男は二階にある二畳間に入った。種痘所に付け届けのあった饅頭の掛け紙が手に入ったので、屋号が記された部分を切り抜いて「捃拾帖」に貼り込み、それがすむと机の上に書物を開く。

行燈のあかりに、アルファベットが浮かび上がる。

ABCの読み書きに始まった蘭語の学習は、平易な単語や熟語を暗記することを経て、『初学啓蒙《しよがくけいもう》　輿地紀略《よちきりやく》』という書物の読解に進んでいる。

『初学啓蒙　輿地紀略』は、阿蘭陀で刊行された地理書を蘭語のまま覆刻《ふっこく》してある。本文はアルファベットで埋まっており、日本語の訳も附されていない。

蘭語に限らず、異国語をものにしたければ、とにかく毎日、ほんの少しでも触れること。伊藤にそう教わって、遊学から飯田に帰ったあとも、芳男はできるだけ実行するよう心掛けていた。そんなわけで、飯田で読んでいた『初学啓蒙　輿地紀略』の続きを、名古屋でも読み進めているのだ。

アルファベットの本文を声に出して読み上げながら、綴《つづ》りを鵞《が》ペンで書き写していく。日本の伊呂波《いろは》を縦書《たてが》きするには筆が適しているが、西洋のABCは左から右へ綴るので、鵞ペンのほうが書きやすい。いま使っている鵞ペンは、風越山で拾ってきた雁《がん》の羽根の軸《じく》を、小刀で削《けず》ってこしらえたものだ。

少しばかり蒸し蒸しする夜だった。陽が落ちてから出てきた風に、庭の木々がざわざわと枝葉を鳴らしている。

ほどなく、五ツ（午後八時頃）の鐘が聞こえてきた。

蘭語の初歩を学び始めた時分は、伊藤が部屋をのぞいて進み具合をみてくれたものだが、このところの伊藤は連日、遅くまで外に出ていて、家に帰ってきてもそのまま自室に入って休んでしまう。

芳男が遊学を終えてほんの一年ほどにしかならないのに、世間の様相がだいぶ異なってきたのだ。

昨年六月、それまで尾張藩の御用人支配医師であった伊藤は、寄合医師に引き立てられた。前者は半分町医で半分藩医といった位置付けだが、後者はれっきとした藩医である。この昇進には、昨今の時勢が大いに関わっていた。

天保期に清国が阿片《アヘン》戦争で敗れたという報がもたらされたあたりから、幕府や諸藩は海防にともなう西洋事情の研究や軍事制度の改革に本腰を入れ始めた。

尾張藩でも、西洋式の兵法や砲術に通じた蘭学者、上田《うえだ》仲敏《なかとし》を登用して火薬の研究や大砲の鋳造にあたらせた。上田は自ら主宰する洋学堂《ようがくどう》という蘭学塾に、藩の内外から門弟を集めている。

しかしながら、藩内には稲富《いなとみ》流など旧式の砲術や長沼《ながぬま》流兵法をもってする、いわば守旧派の勢力もあって、長らく押し引きを続けていた。

そうしたところへ、ひとつの出来事が起こった。安政五年、幕府の大老、井伊直弼《いいなおすけ》が勅許《ちょっきょ》を得ずに日米修好通商条約を結んだことに反対した十四代尾張藩主、徳川慶恕《よしくみ》が、幕府から隠居謹慎《きんしん》を申し渡されたのだ。

慶恕を支持していたのは守旧派の人々だが、家督を継いで新藩主となった茂徳《もちなが》は、西洋式の軍制改革路線へと舵《かじ》を切った。改革が推し進《お》められる中で、上田仲敏は江戸詰銃陣《じゆうじん》師範役を任され、名古屋を離れることとなった。それを機に、私塾であった洋学堂は藩営となり、上田が抜けたあとの教授役に伊藤があてられたのだ。

それまでも伊藤は蘭語を教えるために洋学堂に出入りしていたし、芳男の手許にある『初学啓蒙　輿地紀略』も、そもそもは洋学堂で学ぶ者のために刊行されたものだった。芳男からすると、本草学の大家という印象が強い伊藤だが、上田が編んだ西洋砲術の書物に序文を寄せたり、『遠西硝石考《えんせいしようせきこう》』なる本も著している。

ぎいぎいと音がして、芳男は鵞ペンの動きを止めた。

じっと耳を澄ます。裏庭の枝折戸《しおりど》の取り付けが緩《ゆる》んでいたのが、この風でとうとう壊れたとみえる。

伊藤は、まだ帰ってこない。洋学堂での講義が終わっても、こなさねばならぬ雑務が山ほどあるようだ。

芳男が千村五郎に誘われて名古屋へ出てくる少しばかり前、江戸では登城中であった彦根《ひこね》藩の行列が襲撃され、井伊直弼が殺害された。井伊がいなくなったことで、近いうちに慶恕の謹慎も解けるのではないかという噂《うわさ》が、早くも芳男の耳に入ってきている。

それが現実になれば、慶恕を後押しする守旧派がふたたび力を盛り返すかもしれない。そのとき、洋学堂は――伊藤の身の上は、どうなっていくのだろう。

ペリー率いる黒船艦隊が浦賀に来航したときは、どこか遠くの話だと芳男は思っていたが、伊藤のそばに身を置いていると、世の中が大きく動き始めているのが、肌で感じられる。

枝折戸の音が、騒々しさを増していた。

風向きが、変わりつつあるようだった。

第三章　江戸へ

一

井伊大老の殺害事件や江戸城本丸の炎上があって改元された万延元年（一八六〇）も、一年と持たずに文久《ぶんきゅう》元年（一八六一）と替わった。

日《ひ》の本《もと》には、外国人を追い払って自国の益《えき》を守ろうとする考え――攘夷《じょうい》思想の嵐が吹き始めていた。もとより外国の圧力に押されて条約を結ばされた幕府の弱腰を非難する人々はいたが、その裾野《すその》が広がってきたのだ。

いわゆる安政の五カ国条約に基《もと》づいて、安政六年（一八五九）六月に箱館、横浜《よこはま》、長崎の各港が開かれ、亜米利加《アメリカ》、英吉利《イギリス》、仏蘭西《フランス》、露西亜《ロシア》、阿蘭陀《オランダ》との交易が開始されてからこっち、国内では米や麦、茶、酒といった日々の暮らしに欠かせぬ品々の値が、ぐんと吊《つ》り上がっている。

「安政といっていた頃は米一升《しょう》が百五十文《もん》前後で買えてたのに、文久になったいまじゃ二百文を超えてるんだ。味噌《みそ》も油もどんどん値上がりして、このままだと何も買えなくなっちまう」

「なんでも、外国と商《あきな》いをするようになったせいで、日の本の生糸《きいと》や茶が足りなくなってるそうだ。そういう品が値上がりするのにつられて、米や油も高値になってるんだとか」

「とんだとばっちりじゃないか。外国との商いなんて、いっそやめちまえばいいんだ。外国人にも、日の本から出て行ってもらいたいね」

町のあちらこちらで、そうした声が聞かれた。長らく外国との往来《おうらい》が閉ざされた中で暮らしてきた市井《しせい》の人々にも、国を開くとはどういうことなのかが、肌で感じ取れるようになったのである。

長屋のかみさんたちは井戸端《いどばた》に集まって不平を洩《も》らす程度だが、武家では外国人に向かって刀を振りかざす者たちも現れた。

万延元年十二月には、米公使館通訳官ヒュースケンが、江戸麻布《あざぶ》の善福寺《ぜんぷくじ》にある公使館への帰路で薩摩《さつま》藩士に殺害され、文久元年五月には、高輪《たかなわ》の東禅寺《とうぜんじ》に置かれた英公使館が、水戸《みと》浪士の一団に襲われている。

「先生、まことに草履履《ぞうりば》きでよろしいのでしょうか」

東禅寺事件から約半年後の十一月十日、二十四歳になった田中芳男は横浜の地にあった。外国人居留地に建つ横浜ホテルを、師の伊藤圭介、その子息である謙三郎《けんざぶろう》とともに訪れたのだ。

阿蘭陀五番の地番に建つ横浜ホテルは、唐破風《からはふ》の屋根を玄関に配した純然たる日本式の建物であった。石段を五段ばかり上ると入り口の土間があり、さらに一段高くなった板張りの床が続いている。

「そのまま上がれ。外国人向けの宿屋では土足が当たり前だと、昨日のうちに話しておいたではないか」

先に板張りへ上がった伊藤が、土間で躊躇《ちゅうちょ》している芳男を振り返る。

そうはいわれても踏ん切りがつかず、芳男はあたりを見回した。日の本の宿屋だと番頭や女中が表口に控《ひか》えていて、泊まり客の顔を見るなりすすぎの湯を運んでくるものだが、ここは奥のほうで人の声がしているのに、芳男たちを迎えに出てくる気配はない。

芳男は意を決して、草履履きの足を板張りへ載《の》せた。謙三郎も、おっかなびっくりという顔をしている。

「こちらで少々お待ちいただけますか。帳場に声を掛けて参ります」

一行のもっとも後ろにいた末永猷太郎《すえながゆうたろう》が、すっと土間を上がると、慣れた足取りで板間を歩いていった。末永は、横浜運上所《うんじようしよ》に仕《つか》える通詞《つうじ》である。

十畳《じよう》はゆうにありそうな板間の一角が、芳男の胸下くらいまで高さのある机で仕切られていて、内側が帳場になっているようだ。番頭とおぼしき外国人の男と短いやりとりをした末永が、芳男たちのところに戻ってくると、

「手前についてきてください」

先に立って進んでいく。

横浜ホテルは建物の表構えこそ日本式だが、中はまったく洋式の造りになっていた。働いているのも外国人に限られているらしく、日本人は見当たらない。

帳場の隣《となり》の部屋には、壁に造り付けになっている棚《たな》があり、液体の入った硝子瓶《ガラスびん》が幾本《いくほん》も収められていた。盆《ぼん》を抱えた男が立っていて、それが給仕にあたっているふうだ。

手前には円形の卓《たく》が三台と椅子《いす》が幾つか置かれており、客の男たちが三人ばかりで葡萄酒《ぶどうしゆ》を呑《の》んでいた。昼八ツ（午後二時頃）をまわったばかりだが、喋《しやべ》るにしろ笑う

にしろ声が高らかにこだまして、かなり出来上がっているとみえる。

芳男は葡萄酒を呑んだことはないが、男たちの吐《は》く息なのか体臭か、それとも別のものなのか、部屋にはこれまで嗅《か》いだことのない匂《にお》いが漂《ただよ》っていた。

「黒船の水夫《かこ》たちですよ。いま少し興が乗ってくると、あちらで玉撞《たまつ》きが始まります。連中はよほど好きなようで、日暮れ時にはもっと賑《にぎ》やかになりましてね」

末永が手で示すほうを見ると、幅約五尺三寸（一六〇センチ）、長さ約九尺六寸（二九〇センチ）、高さ約二尺六寸（八〇センチ）の玉撞き台が置かれていた。

そこを通りすぎると奥へ廊下《ろうか》が伸びており、両側に泊まり客用の部屋が並んでいる。

廊下の右側、手前から二番目にある部屋の前で、末永が立ち止まった。

「伊藤どの、どうぞこちらへ」

入り口の扉を拳《こぶし》で二度ばかり叩《たた》き、伊藤が部屋に入っていく。

部屋は八畳ほどの広さで、奥に寝台がふたつ並んでいる。

寝台の手前にいた外国人の男が椅子から立ち上がった。一、二歩、前に出て伊藤の手を取る。しばらくのあいだ、ふたりは感極まった眼差《まなざ》しを相手の顔に注《そそ》いでうなずくのみだった。

「シーボルト先生、よくぞお達者で……」

伊藤の口から、かすれた声がこぼれた。

「ケイスケサンも……。久々にお会いできて、喜ばしく思います。過去にあのような不幸な一件があり、ふたたび会うことは叶《かな》うまいと諦《あきら》めておりました」

この方が、かの高名なシーボルト先生……。伊藤の向かいにいる男を、芳男はまぶしく見つめる。

若かりし時分の伊藤が長崎で師事したシーボルトは、文政十一年（一八二八）、阿蘭陀へ帰国するにあたって日本地図や葵《あおい》の紋《もん》が付いた帷子《かたびら》などの禁制品を所持していたことが発覚し、翌年、国外追放のお咎《とが》めを受けている。日本側でも五十数名が捕らえられ、死罪や改易を申し渡された。不幸な一件とは、そのことを指している。

しかし、安政五年（一八五八）に結ばれた日蘭《にちらん》修好通商条約によって国外追放が解《と》かれると、シーボルトはふたたび日本の土を踏んでいた。

「互いに齢《とし》を取りましたな。それがしは五十九歳になりますが、先生はお幾つに」

頭ひとつ高いところにあるシーボルトの顔を、伊藤がしみじみと眺《なが》める。

「六十五歳です」

シーボルトの毛髪はふさふさとして白く、頰《ほお》から顎《あご》を覆《おお》っている鬚髯《ひげ》も雪のように輝いていた。西洋では満で年齢を数えるので、日本の流儀でいくと数え六十六歳だが、光沢のある黒い生地《きじ》で仕立てられた上着はシーボルトの身体《からだ》にほどよく添《そ》っており、広い肩幅や分厚い胸板の輪郭をくっきりと浮かび上がらせて、つゆほども老いを感じさせない。

ところで、伊藤とシーボルトの会話は、末永猷太郎の通訳なしでは成り立たなかった。かつて長崎では蘭語《らん》でやりとりしていた伊藤も、昨今《さっこん》は文字の読み書きはともかく、話すほうはだいぶ覚束《おぼつか》なくなっているのだ。

伊藤の下で蘭語の習得に努めてきた芳男にしても、やはり読み書きは何とかなっても、シーボルトが話す言葉のうち、人名や地名、数字くらいしか聞き取ることができない。

末永を介して話をする伊藤とシーボルトを見ながら、芳男は三十余年という月日の流れに思いを馳《は》せた。

「このほど、それがしは幕府の蕃書調所に出役《しゅつやく》するよう仰《おお》せつかり、名古屋から出て参りました。洋学の研究とそれを学ぶ者への教授を目的とする調所に、物産学《ぶっさんがく》が新たに設《もう》けられることになり、それがしに白羽の矢が立ったのでございます」

物産学とは何やら耳慣れない響きだが、人々の暮らしに有用な動植物や鉱物を研究するのは本草学《ほんぞうがく》と同じで、それを幾らか進歩させたものだと芳男は解している。

伊藤が言葉を続けた。

「江戸に着きましたのが、十月二十五日。シーボルト先生が幕府の外交顧問を務めておられると、かねてより耳にしておりましたので、江戸にてお目に掛かれるものと存じていたのですが、折しも入れ違いに、先生は横浜へ向かわれたとのこと。そうしたわけで、こちらを訪ねた次第でございます」

「私のほうはいろいろと仔細《しさい》があって、江戸を去ることになったのです。当座は横浜に逗留《とうりゆう》するつもりですが、その後のことは、いまは何ともいえません」

シーボルトは、彫りの深い目鼻立ちをわずかに歪《ゆが》ませたが、

「そうそう、倅《せがれ》のアレクサンダーを引き合わせましょう。阿蘭陀からの船旅に、従者として伴《ともな》ってきたのです」

そういって、太い首をめぐらせる。

寝台のかたわらに控えていた若者が、おずおずと西洋式のお辞儀《じぎ》をした。シーボルトと似《に》たような上着に西洋風の袴《はかま》を着けているが、体格はやや細身で、背丈も伊藤と同じくらいだ。とはいえ、精悍《せいかん》な顔つきは父親ゆずりで、陶器を思わせる肌に血潮が桜色に透《す》けていた。つややかな栗《くり》色の髪の毛が、軽く撫《な》でつけられている。

二十二、三歳といったところだろうか。
「我々西洋人の目に、日本人は信じられぬほど若々しく映《うつ》りますが、アレクサンダーはこう見えて、十五歳なのですよ」

目をまたたいている芳男のほうを、伊藤が振り返った。

「それがしにも、紹介させてください。手前におりますのが倅の謙三郎で、十一歳。その隣に控えますのが、門人の田中芳男にございます」

シーボルトが歩を進め、謙三郎の前に立つ。

「ケンザブロサン」

太く、穏《おだ》やかな声音《こわね》であった。

謙三郎は、伊藤が後妻、貞《さだ》とのあいだにもうけた子だ。先妻は一男四女を産んだもののの、いずれの子も早世《そうせい》している。伊藤とは孫といってもよいほど齢の離れた謙三郎が、伊藤家の惣領《そうりよう》息子なのだった。

謙三郎と握手を交わしたシーボルトが、芳男の前に位置をずれる。伊藤が言葉を添えた。

「田中は医師ですが、本草学にも幅広く関心を持って研鑽《けんさん》に励《はげ》んでおります。それがしの物産学出役にあたり、役務の手助けを任《まか》せたく同伴いたしました」

芳男の背筋が伸びる。

「マイン　ナーム　イス　ヨシオ　タナカ。アーンヘナーム」

「アーンヘナーム。ヨシオサン」

まるで夢を見ているような心持ちで、芳男は目の前に差し出された手を握った。温かく、堂々として、力強い。この手から『日本植物誌《フロラヤポニカ》』が伊藤に渡されなかったら、伊藤の『泰西本草名疏《たいせいほんぞうめいそ》』は生まれなかったのだ。

ひととおりの挨拶《あいさつ》がすむと、シーボルトと伊藤は椅子に腰掛けた。長脚《ながあし》付きの机を挟《はさ》んで配された椅子はふたつなので、あとの者は周りを囲むようなかたちとなる。

「ともあれ、こちらをご覧いただけますか」

伊藤の言葉を合図に、芳男が携《たずさ》えてきた柳行李《やなぎごうり》を机の上に置く。中身が取り出されるのを、シーボルトが興味深そうにのぞき込んだ。

「押し葉と鉱物を、幾つか持参いたしました。いずれも蕃書調所にて所蔵するものですが、それがしには鑑定が少々難しく、シーボルト先生に判じていただけないかと」

江戸に出府して日の浅い伊藤は、小石川《こいしかわ》門内にある蕃書調所に数えるほどしか顔を出していないが、構内での挨拶回りでは、ふた月ほど前まで頭取助《とうどりすけ》を務めていた勝麟《かつりん》太郎《たろう》とも対面している。勝は昨年、幕府の軍艦「咸臨丸《かんりんまる》」に乗り込んで日の本と亜米利加を行き来しており、そのとき向こうで手に入れた品々を伊藤に貸し与えていた。それらも含めた物産についてシーボルトに教えを請《こ》うという名目で、伊藤の横浜行きに許しが下りたのである。

「ふむ」

上着の内側から筆記具を取り出したシーボルトが、紙に貼られた押し葉の隣にアルファベットを書き入れる。矢立《やたて》の筆とも鵞《が》ペンとも違う。細い木の棒に、黒くて細長い芯が埋《う》め込まれていて、その芯が文字を綴《つづ》っていた。

ほほう、あれがホットロートなるものか。

芳男の目は、シーボルトの筆記具に釘付けになった。蘭語の入門書に、「ホットロート／墨《すみ》の石筆《せきひつ》」と記《しる》されていたのを記憶している。その折はどのようなものか想像できなかったが、いま、実物を目にしているのだ。芳男は静かな興奮に包まれた。

シーボルトは筆記具をしまうと、鉱物を手に取った。

「押し葉はともかく、この場で鉱物を鑑定するのは容易ではありませんね」

「それがしも、そのことはよく存じております。草木や花は図譜《ずふ》があれば大体の見当はつきますが、鉱物はなかなか……」

「鉱物のたぐいは外見が似ていても、内側はまるで異なることがある。慎重に検討しなくては」

握手を交わしたときとは一転して、部屋の空気が張り詰めている。伊藤の目に強い光が宿り、応じるシーボルトの声にも力がこもる。芳男の気持ちも、おのずと引き締まった。

およそ半刻《はんとき》（約一時間）後、芳男たちは寄宿している運上所の役宅に戻っていた。運上所は神奈川奉行所に属する機関で、港への船の出入りや積み荷の揚げ降ろし、関税の徴収などを波止場の前面にあって管轄していた。運上所の裏手には、役人たちの住まう屋敷が設けられている。

台所で水を飲んだ芳男が廊下を歩いていると、前方からひとりの男が近づいてきた。

「山内《やまのうち》さま、今しがた横浜ホテルから帰ってきたところです」

芳男が腰をかがめると、

「運上所で末永からそのことを聞き、少しばかり抜けてきたのです。本日は手前もお供したかったのですが、役所も何かと忙しく、うかがえなくてすみませんでした」

山内六三郎《ろくさぶろう》が頭を低くした。運上所の翻訳方《ほんやくがた》に勤める山内は、横浜における伊藤圭介一行の受け入れ役になっていた。芳男たちが寝起きしているのも、山内宅の一室である。

一行が横浜に着いたのは一昨日の夕方で、昨日は山内が案内に立ってシーボルトを訪ねたのだが、あいにくシーボルトが他出して不在であった。

「して、シーボルト先生には面会できましたか」

「昨日、あれから山内さまが手を尽くしてくださったおかげで、お目通りが叶いました。伊藤先生も、たいそう喜んでおられます」

「それはよかった」

「シーボルト先生は、本日も別の用がおありのところ、手前どものために時間をやりくりしてくださったようです。明日はゆっくりできるので、またお目に掛かってくださると」

「シーボルト先生にとっても、伊藤どのはよほど嬉《うれ》しい客人なのでしょうな」

山内の口許に、笑みが浮かぶ。聞けば芳男と同い齢らしく、芳男はこの男に親しみを覚えていた。

「じっさいに面会して、己《おの》れの蘭語の力がいかに不足しているかを痛感しました。とくに本場の音韻《おんいん》は、まるで聞き取れません。やはり、じかに阿蘭陀人と話して、耳を鍛《きた》えるよりないのでしょうか」

「おっしゃる通り。ですが、これから学ぶのでしたら、英語ですよ。開港場にいると、肌身で感じます」

「英語」

「英吉利人だけでなく、亜米利加人も喋ります。英語のほかに、仏《ふつ》語が話せるとなおよろしい。正直にいって」

山内が声を潜める。

「蘭語は、もう古い」

「えっ」

目を丸くした芳男に苦笑を返して、

「ところで、このあといかがなさいますか。といっても、手前は運上所に戻らなくてはなりませんが」

面会が見込んでいたよりも早く切り上がり、夕餉《ゆうげ》時には少しばかり間があった。

「伊藤先生はいくぶんお疲れになったご様子で、謙三郎どのと部屋にて少しばかり休みたいと仰せです。手前は、開港場を見物してこようかと」

「昨日も申し上げたように、身の回りにはくれぐれも気をつけてください。攘夷を唱える連中が居留地を襲撃しようと狙《ねら》っているという噂《うわさ》は絶えずありますし、この地で商いをしている日本人も、いわゆる山師《やまし》ばかりですから」

「はあ、山師」

「在郷では居どころのない次男、三男あたりが、ひと山あてようと目論《もくろ》んで、諸国から流れ込んでくるのです。信用は二の次で、儲《もう》けにありつけさえすればよいという手合いも少なくありません」

「いささか剣呑《けんのん》ですな」

「まあ、かくいう手前も、山内家の三男ですがね」

わずかにおどけた調子で、山内が肩をすくめた。

部屋にいる伊藤に断りを入れて役宅の門を出ると、西へ傾きかけた陽《ひ》が、空を橙《だいだい》色に染めつつあった。昨日、今日と小春のような陽気が続いているせいか、海から吹く風はさほど冷たくはない。

港のほうへ目を向ければ、波止場の先に碇泊《ていはく》する各国の黒船が、ひと続きの山並みのごとく連《つら》なっている。その周りには、黒船と波止場のあいだを行き来して荷を運ぶ艀《はしけ》が、胡麻粒《ごまつぶ》のように散らばっていた。

目の前の景色がまた少し広がったのを、芳男は実感していた。名古屋では本草学こそ己れの進む道と見極めをつけ、ここ横浜ではかのシーボルトと握手を交わす機会を得た。ひとえに伊藤のおかげだと、改めて尊崇《そんすう》の念が起こる。

もともと小さな漁村であった横浜は、幕府がこの地を開港場にすると決めてから、急ごしらえで築いた町だった。運上所を中ほどに置き、外国の商人が居留する東側の一帯と、外国人と交易をする日本人が集まる西側の一帯に分かれている。

芳男は西側へ足を向けることにした。昨日、山内に連れられてひと巡《めぐ》りした東側の通りは、大抵の建物が高い黒板塀《べい》に囲まれており、門口からは中があまり見えなかったし、ところどころに何ともいえない臭気が淀《よど》んでいた。牛か豚の肉を焼いているのだろうと、山内は事もなさそうな顔をしていたが、獣《けもの》の血と脂《あぶら》が振りまく臭いに、芳男は胸が悪くなりそうだったのだ。

西側の大通りには、日の本の商家が軒《のき》を連ねていた。三井越後屋《みついえちごや》のように芳男でも聞いて知っている店もあって、名古屋や江戸の町並みとたいして変わりなく見える。だが、着物に羽織《はおり》を着けた日本人の客に混じって、シーボルトと同じような衣服に身を包み、頭に帽子を載せた西洋人たちも店先をのぞいている。店土間に置かれた椅子に腰掛け、巻き煙草《たばこ》をふかしながら品を吟味《ぎんみ》している手合いもあった。そういう少しばかり裕福そうな西洋人は、婦人や子供も連れている。

ほかにも、頭を辮髪《べんぱつ》に結《ゆ》った支那《しな》人や、外国商館に奉公しているらしい黒人、横浜ホテルでも見かけたような水夫《かこ》などが、往来を行き交っている。芳男はだんだん自分がどこにいるのかわからなくなってきた。

四半刻（約三〇分）ほど歩くと、小腹が空《す》いた。目には茶漬《ちゃづ》け屋や蕎麦《そば》屋の看板が映っているが、せっかくならば横浜らしいものを食べてみたい。

気になっているのは、役宅の裏手で商っているパンだった。日に幾度か、えもいわれぬ芳香《ほうこう》が役宅まで漂ってくるのだ。伊藤は長崎で食べたそうだが、どのような味わいなのか、芳男には見当がつかない。

大通りを引き返すと、間口《まぐち》二間《けん》（約三・六メートル）ほどの小体《こてい》な店先では、折しもパンが焼き上がったところのようだった。香りに誘われて、ひとり、ふたりと客が暖簾《のれん》をくぐっていく。

前の客に続いて、芳男が店に入ろうとすると、

「ちょいと、お武家さま」

後ろから声を掛けられた。振り返ると、男が立っている。見知らぬ顔だった。

「いきなり呼び止めて、あいすみません。いえね、こんなことを大きな声じゃいえませんが、もっと美味《うま》いパンを売る店がほかにあるものですから」

男は三十がらみ、髪型や身なりは商人風だが、物腰の柔らかさがない。鼻が少しば

かり上を向いており、それが男の外見に尊大《そんだい》な趣《おもむ》きをもたらしていた。芳男と話すあいだも目は絶えず左右に動いており、そんなところも抜け目がなさそうに見える。山師というのがぴったりな人相であった。

「お見受けしたところ、お武家さまは横浜が初めてなのでは」

「ああ、まあ」

「手前は大豆《だいず》や生糸を商う問屋で手代《てだい》をしているのですが、長崎に参ったこともございましてね。あちらでパンも口にしましたが、横浜にはまだ、外国人の満足がいくものを焼ける日本人の職人がおりません」

男がきっぱりといった。

「というと、お前さんは外国人の職人がいる店を知っているのか」

「ご案内いたしましょう」

芳男がちょっと訊《き》いただけなのに、男はすたすたと歩き始める。

「パンというのは、仏語でしてね。さっきの店の主人が、こしらえ方を仏蘭西人から習ったんですよ。これから行く店では、ブレッドといいます」

「ブレッド」

「英語ですよ。パンとブレッド、このふたつの単語さえ憶《おぼ》えておけば、世界のどこへ行っても食いはぐれることはございませんでしょうな」

はっはと、男が笑う。何が可笑《おか》しいのか、芳男にはさっぱりだ。

そうこうするうちに、一軒の店の前で男が足を止めた。外から見るぶんには、先ほどの店とさして違わない。

「主人は英語しか話しませんが、こちらがわあわあいって身振りで示せば、大方は通じます。伝えたいことをしっかりと持つのが肝心でしてね。では」

はっはとふたたび笑って、男はどこかへ去っていった。

二

「それで、パンは買えたのか」

「男のいう通り、身振りですんなりと。味のほうは、こんなものかというくらいでしたが」

「しかし、その男は太鼓判を押したのだろう」

「どこか乳臭いうえに、甘くなかったのです」

「そりゃそうだよ。日本人にとっての米の飯が、向こうではパンなんだ。饅頭《まんじゆう》とは違う。相変わらず、田中は甘いものに目がないのだな」

しまいのところを、千村五郎はつくづく呆《あき》れたように口にした。

蕃書調所の構内にある、英学科の教授方詰所《つめしょ》であった。元来は勘定《かんじょう》奉行の役宅だった建物をそのまま構舎に使っており、八畳ばかりの部屋には文机《ふづくえ》が幾つか置かれ、そのうちひとつの前に五郎が膝《ひざ》を折っている。

手あぶりが近くにあるおかげで、かたわらに坐《すわ》る芳男にも心地よい暖かさが届く。

「厚かましいのに、どこか憎めない男でした。パンとブレッドのふたつを憶えていれば世界のどこでも渡っていけるなどと、本気とも冗談ともつかぬことを」

ふんぞり返った鼻と、高く響く笑い声が、芳男の脳裡《のうり》によみがえる。パンは買えたものの、それだけで気持ちが舞い上がって、アルファベットの屋号が記された包み紙を失くしてしまった。あれを「捃拾帖《くんしゆうじよう》」に貼《は》ることができなかったのが、たいそう悔《く》やまれる。

「ふうん、パンとブレッドか。その商人のいうことも、あながち外《はず》れてはいないかもしれぬよ」

「運上所の山内さまも、これからは英語と仏語だとおっしゃいました。それに、千村さんだって」

文久二年（一八六二）、正月の松飾りが取れたばかりで、千村五郎は二十八歳にして英学教授手伝並《てつだいなみ》出役に任じられていた。

「二年ほど前に、嘗百社の若い連中と小牧山や入鹿池を探索したことがあっただろう。あのあと、江戸へ出たんだ。蕃書調所に入学して、初めは蘭学を、すぐに英学も学び始めてね。パンとブレッドの話ではないが、ご公儀も蘭語さえ喋れれば世界と渡り合えると信じていたのが、いざ外国と交易を始めてみたら、英語ができんのでは話にならんということに気がついたんだ。蕃書調所でも、正科に掲《かか》げられていた蘭語が、英語に取って代わられたのさ」

語学の才を認められた五郎は、じきに生徒たちの教導にあたる句読教授に引き立てられ、その後、教授手伝並に昇格したのだという。

「このところは、英日辞書を編《あ》む作業にも携わっているんだ。例えば、英語で記された原書を読むのに、いまはまず英蘭辞書を引いて蘭語に翻訳し、それを日本語に訳している。英日辞書が完成すれば手間がひとつ省《はぶ》けて、らくに読み進めることができるんだよ」

「千村さんは、名古屋にいるときから語学に長じておられましたゆえ。それにひきかえ、手前は――」

横浜ホテルでのひとこまを思い出し、芳男はため息をつく。二日目になれば幾らか耳が慣れるのではと淡《あわ》い希《のぞ》みを抱いていたが、ちっとも聞き取れなかった。

「言葉というのは、自分の思案を伝える道具のひとつにすぎないんだ。道具を使えるか否《いな》かではなく、何を伝えるかが大事だよ」

パンの男と似たようなことを、五郎も口にする。

少し離れたところにある机では、五郎の同僚が調べ物をしているようだった。ほかに人影はないが、いずれの机の上にも書物が山積みになっている。『和蘭文典《オランダぶんてん》』など、芳男の見慣れた表紙もあった。蘭語の入門書で、調所に入学するにはその前後編の学習をすませていなければならない。英語や仏語、独《どく》語等を学ぶにしても、土台となるのは蘭語なのだ。

「伊藤先生からうかがったが、田中は尾張藩の江戸屋敷に身を寄せているのだったな」

「はい。市《いち》ヶ谷《や》にある上屋敷の御長屋《おながや》で、伊藤先生や謙三郎さまと寝起きを共にしております。中野延吉、鈴木容庵、横江八百太郎ら、名古屋から参った門人たちも同居しておりまして……。そうだ、下男の万助《まんすけ》も連れてきましたよ」

「へえ、大所帯じゃないか」

「謙三郎さまや中野さんたちは医師修業のために参っておりますので、西洋医学所に入る手続きをしているところです。手前も、いちおう同じ名目で随行しているのですが、蕃書調所で物産学の手伝いをするようにと先生から仰せつかっております」

「物産学出役は、伊藤先生きりだものな。物産の採集や鑑定をするにも、おひとりでは手が足りぬだろうし」

「江戸には尾張藩の屋敷が幾つかありますので、先生の代診で麴町《こうじまち》や戸山《とやま》へ参ったり、ついでにその周辺で植物を採集したりしています。それと、先生のお取り計らいで、調所の画学方《がくがた》に出入りさせてもらえることになりました。物産を正確に描き写す術をきちんと身につけておかぬと、のちのち不具合が生じますし」

「ふむ。それにしても飯田のご両親が、よくぞ江戸へ出してくれたものだな。たしか、田中が本草学に傾倒するのを、父御《てご》が憂《うれ》えておられたのではなかったか」

気遣《きづか》わしそうに、五郎が芳男の目を見る。

五郎たちと小牧山を探索してしばらく名古屋に滞在したのち、芳男は飯田に戻って医業を続けていた。診察が終わると翻訳書を読んだり、そこから得た知見でガルハニー式越列幾《エレキ》機をこしらえ、医業の役に立てぬか試《ため》したりしたが、嘗百社の例会で交わされる先輩方の熱い議論や、旭園《きよくえん》で開かれた博物会、伊藤家の蔵で目にした書物や物産の数々がことあるごとに思い出されて、じっとしていられない気持ちに襲われた。世の中はどんどん進んでいくのに、このままでは信州の山の中に埋もれてしまう。

嘗百社から届く会報で、伊藤圭介が江戸へ赴《おもむ》くと知ったのは、そんなときである。

「伊藤先生に従《つ》いていきたいといい出したとき、反対したのはどちらかというと母のほうでして。このご時世に、とんでもないと」

「攘夷を唱える連中にしてみれば、洋学を研究し、日の本に移入しようとする蕃書調所は鼻持ちならぬ存在だ。母御《ははご》がお案じになるのも、わかる気がするよ」

「父はいま少し違っておりまして、何といいますか、蕃書調所の学科に加えられたことで物産学を見直したようでした。本草学といっていた時分には、医術よりも劣《おと》る学問と心得ていたふしがございますので」

久々利表《くくりおもて》への届け出にあたっても、飯田陣屋の重役を務める市岡家へ芳男とともに参上し、倅が伊藤に随行できるようにと願い出てくれた。

飯田を出立《しゅったつ》する朝、「よいか、芳男。人たる者は、世の中に生まれ出たからには自分相応《そうおう》な仕事をし、世のために尽くさねばならぬ。江戸へ参っても、そのことを忘れるな」と、隆三は『三字経』の教えとともに芳男を送り出した。

折しも、禁裏《きんり》では孝明《こうめい》天皇の妹、和宮親子内親王《かずのみやちかこないしんのう》が徳川幕府第十四代将軍、家茂《いえもち》公に輿入《こしい》れするため、数日後には京をお発《た》ちになるという話が、飯田城下にも聞こえていた。「朝廷と幕府が手を結ぶのだ。物騒な世上もこれでいくらか静かになるはずだ」と隆三にいい含められ、いったんは得心《とくしん》したお津真だったが、昼食にとこしらえてくれた握り飯を差し出した顔は、ひどくこわばっていた。

手あぶりに埋《い》けられた炭の勢いが衰《おとろ》えてきたとみえ、心なしか指先がひんやりする。

家茂公と親子内親王の婚儀は、およそひと月先の二月半ばに執《と》り行われる見込みだという。隆三はああいったものの、この先、まことに天下が泰平になるのか、芳男にも皆目《かいもく》見当がつかない。

上体を傾けて手あぶりをのぞきながら、五郎が口を開く。

「江戸でまた会えたんだ。伊藤先生や名古屋から出てきた人たちもお招きして、近々どこかに一席設けよう。英学科の同僚にも声を掛けてみるよ」

「先生にもお伝えしておきます」

しかしそれきり、五郎はいっこうに誘ってこなかった。

もっとも、芳男の身辺もばたばたしてきて、放っておいてもらえたのはかえってありがたかった。

五月になって、芳男に蕃書調所物産学手伝出役の命が下ったのだ。七人扶持《ぶち》金五両の手当を頂き、正式に伊藤圭介を補佐することになったのである。

調所頭取の古賀謹一郎《こがきんいちろう》から口達《こうたつ》を受けたときの晴れがましさといったらなかった。古賀は、当節の世の中に欠くことのならぬ学科として物産学を調所に開くよう、勝麟太郎と共に幕府へ建白《けんぱく》した人物であった。

頭取の執務部屋で、古賀は芳男にこう語った。

「物産学は、国富増進の根本となる学科だ。外国と交易するにも、海外から入ってくる品が国内で産《あ》する品の何に相当するのか、まったく同じ品か異なるのか、同じであっても善《よ》し悪しに差があるのか、そういうことが明らかにできぬと公平な取り引きが成り立たないのだからね。それには国内の物産や動植物、鉱物などの見本を集め、詳細に調べて見極めなくてはならぬ。その方面の巧者として、蕃書調所は伊藤圭介どのに出役願ったのだ。このほど貴公も出役となり、これほど心強いことはない」

すでに三月には足立栄建、嶋主馬助の両名も物産方に出役しており、芳男が加わったことで、学科の陣容がととのったのだった。

それからほどなく、蕃書調所は洋書調所《ようしょしらべしょ》と名を改め、構舎も一ツ橋《ひとつばし》門外へ引き移った。蘭学一科であった頃とは違い、英学、仏学、独学が設けられ、画学、物産学などの学科も増えて、勘定奉行の役宅跡では間に合わなくなっていたのだ。

移転先の敷地は、その昔に護持院《ごじいん》という寺が焼けて火除地《ひよけち》になっていた場所である。新たに普請《ふしん》された構舎は広々として、生徒をそれまでよりも多く受け入れられるようになった。

これを機に、芳男は藩邸の御長屋を出て、構内に設けられた寮へ移ることにした。御長屋では聞こえてくる言葉も耳慣れた響きで安心なのだが、師やほかの門弟たちとひとつ屋根の下で暮らすのも、それはそれで肩が凝《こ》るのだ。

五月末には、寮の居室へ身の回りの荷を運び入れた。

ところが、巷《ちまた》で麻疹《はしか》が流行《はや》り始めたのである。「疱瘡《ほうそう》は器量定め、麻疹は命定め」といわれるほど、人々から怖れられている病《やまい》だった。

尾張藩の上屋敷、中屋敷、下屋敷でも、六月に入ってぽつぽつと患者が見られるようになり、芳男たちは手分けして診察に回っていたが、七月になると中野、鈴木、横江の三人が次々と麻疹に罹《かか》り、とうとう謙三郎にも症状が出た。

芳男は御長屋に呼び戻され、伊藤と不眠不休で患者の診察にあたった。ローレル水やヒヨス、名古屋の伊藤宅から取り寄せた菫菜《きんさい》などが効《き》いたとみえ、患者たちの容体は少しずつ快方へ向かっていった。

しかし、ほっとしたのも束《つか》の間、こんどは芳男が罹患《りかん》してしまった。さいわい、十日もすると起き上がれるようになったが、流行が下火になる頃には、尾張藩の上屋敷だけでも数人の死者が出ていたのである。

三

「なんだか、田中の快気祝いのようになっちまったな」

千村五郎がそういって、膳《ぜん》の上の銚子を持ち上げた。

「せっかく声を掛けてもらったのにすまないと、伊藤先生がおっしゃっていました。病み上がりの謙三郎さまをおいて出てこられるのは、心許ないのでございましょう。中野さんたちからも、皆さまにくれぐれもよろしく伝えてくださるようにとのことです。手前は、麻疹の症状がだいぶ軽くすみましたので」

杯《さかずき》を手に取り、芳男は酌《しゃく》を受ける。

柳橋《やなぎばし》の袂《たもと》にある料理茶屋「千鳥屋《ちどりや》」の、二階座敷である。なんだかんだで、五郎に誘われたときには八月になっていた。

部屋の広さは六畳ほど、通りに面した障子《しょうじ》が半分ほど引き開けられている。部屋から洩れる灯《ひ》あかりに、細い枝葉を暗がりに泳がせている柳が浮かび上がっていた。

どこからか、三味線《しゃみせん》や太鼓《たいこ》の音がかすかに聞こえてくる。

「ここはこぢんまりした店だが、美味いものを食わせるし、堅苦しくないので気に入ってるんです。仲居が少々うるさいがね」

酒の満たされた杯を掲げてみせたのは箕作貞一郎《みつくりさだいちろう》だ。目許に張りのある、利発そうな顔立ちをしている。

「あら、箕作さま。うるさいってどういうことでございますか。座敷が華やぐといってくださいましよ」

膳を運んできた仲居が、流し目で箕作を軽く睨《にら》む。二十歳前後だろうか、目の下がぷくりと膨《ふく》らんでいるのが、じつに色っぽい。

「箕作さん、よしておけ。お駒《こま》を怒らせると、料理が出てこなくなるぞ」

横から口を入れたのは、竹原平四郎《たけはらへいしろう》だ。

五郎がやりとりをにやにやしながら眺めている。箕作と竹原は、洋書調所では五郎と同役の英学教授手伝並である。

千鳥屋は箕作の知っている店だそうだが、五郎と竹原も幾度か上がったことがあるようだ。そんなふうにいうと箕作が五郎たちの兄貴分みたいだが、当人はまだ十七歳の若者で、調所の教授方でも最年少であった。べらぼうな秀才なのだ。

箕作家は津山《つやま》藩に仕える医師の家柄で、貞一郎の祖父、阮甫《げんぽ》が蘭学を学んだのち幕府天文方蕃書和解《わげ》御用を務め、蕃書調所の立ち上げにも深く関わった。『和蘭文典』を著したのも阮甫で、洋書調所となったいまは首席教授職に就《つ》いている。

だが、箕作と聞いて芳男が真っ先に思い浮かべるのは、飯田にいた時分、座光寺村の北原家で見た輿地《よち》図であった。北原家の天井に掲げられていた輿地図は、貞一郎の父、省吾《しょうご》の筆になる『新製輿地全図《しんせいよちぜんず》』を引き伸ばして写したものなのだ。

貞一郎の幼いときに省吾が没したため、貞一郎は阮甫の許で育てられた。若い貞一郎が蘭語ばかりか英語、数学、物理学などにも熟達しているのは、ひとえに阮甫の英才教育があったゆえだ。ふだんの貞一郎は、調所での勤めを終えて湯島天神《ゆしまてんじん》下にある箕作家に帰ると、家で開いている学塾でも門弟たちの教授にあたっていた。

芳男の向かいに坐る男に、竹原が酒を注《つ》いでいる。

「さあ、津田《つだ》さんもどうぞ」

芳男がその男に会うのは初めてだった。佐倉《さくら》藩出身の津田仙《せん》と名乗り、外国奉行支配の通弁に任じられているという。齢は芳男とおっつかっつ、血色のよい丸顔で、どっしりと構えた顎に闊達《かったつ》な人柄が表れている。

津田と竹原は旧知の間柄だそうで、今日は外国方の用向きで洋書調所に顔を出した津田を、竹原が誘ったのだった。

「物産方の田中に外国方の津田さん、そして英学科の我ら三人。こうしてみると、もはや何の集まりかわからんが、ともかく、今宵《こよい》は楽しくやろう」

五郎のひと声で、芳男たちが杯に口をつけた。

障子の外では、どこかの座敷に上がった手拍子が響いている。

膳には鰯《いわし》の南蛮《なんばん》漬《づ》けや青菜のごま醬油《しょうゆ》などが載っており、いずれもほっとする味付けで箸《はし》が進む。芳男は五日ほど前からまた調所の寮で寝起きするようになったが、煮炊《にた》きは不得手《ふえて》で、冷奴や目刺しを焼くくらいでしのいでいた。

「ふうん。津田さんと竹原さんは、手塚律蔵《てづかりつぞう》先生の門下で学ばれたのですか」

杯から口を離して、芳男が訊く。

「そうです。安政三年（一八五六）か四年（一八五七）だったかな、手塚先生は蕃書調所に出仕されるかたわら、又新堂《ゆうしんどう》という学塾を開いておられてね。ふたりとも、そこに通っていたんですよ」

竹原が応じた。竹原は、幕府御細工所同心の三男だ。

「又新堂は蘭学塾だが、津田さんも私も、英語を学びたかったんです。その時分、周囲で英語が堪能なのは、中浜万次郎《なかはままんじろう》どののくらいしかいない。だが、中浜どのは弟子を取っておられなかった。すると、どういう伝手《つて》を使ったのか、塾頭格だった西《にし》さんが、中浜どのから英文法の入門書を借りてきましてね」

「西さんというと、西周《あまね》先生か」

箕作がつぶやくと、そうだ、というふうに竹原が顎を引く。西周は洋書調所の教授方だが、幕府の留学生として、榎本武揚《えのもとたけあき》らとふた月ほど前に阿蘭陀へ向けて出航している。

「英語を独学で学んでおられた手塚先生も、その入門書を塾生たちと手分けして書き写し、『英吉利文典』と名付けて又新堂から出したんです」

竹原がそこで杯に手を伸ばすと、津田が口を開いた。

「手前はそのあと又新堂を辞《や》めて、別の学塾に通ったり、横浜へ行って英吉利人の医師に英語を教わったりしました。そうこうするうちに、外国方から声が掛かりまして」

「何年か前までは、江戸で英語を指南するというと、箕作《うち》か福沢諭吉《ふくざわゆきち》さんの学塾くらいのものでしたからね」

箕作が津田の話を引き取った。

「この千鳥屋を前々から贔屓《ひいき》にしていたのは、祖父が箕作塾で教えていた商人ですが、いまは横浜の店に勤めていましてね。外国人とやりとりして、英語のほうもめきめき上達しているそうです」

それを聞いて、芳男の頭に何となくパンの男の顔が浮かぶ。

お駒と呼ばれた女は、男たちの話にふんふんと相づちを打ちながら、干《ほ》された杯に酒を足している。

あの輿地図を記した箕作省吾の子、貞一郎や、英語に通じた面々と酒食を共にしていることに、芳男は何ともいえず高揚していた。伊藤先生に従いて江戸へ出てきたのは正解だったと、つくづく思う。

「どうだ、お槙《まき》にちょいと似ているだろう」

いつのまにか、五郎が隣に移ってきていた。目に好色な笑いが滲《にじ》んでいる。

名古屋の南寺町《みなみてらまち》と呼ばれる界隈《かいわい》には、色をひさぐ女たちを抱えた茶屋が幾つかある。五郎と芳男が通っていた「ひふみ茶屋《ぢゃや》」もそのうちの一軒で、お槙は芳男が馴染《なじ》みにしていた女であった。

「な、何のことだか」

芳男は杯を摑《つか》んで、くいっと呑み干した。お駒を見たときに邪《よこしま》な思いがかすめたのを、五郎にだけは見透《みす》かされたようで、かっと顔が熱くなる。

ただし、お槙とは肉体のつながりを持ったというだけで、そのほかにおいてはいささか味気ない女だった。あるときなど、芳男が植物や鉱物の話をしているのに、鼻の穴を膨らませながら大あくびをしていて、いっぺんに興ざめした。

「ふふ、こいつめ、とぼけているな」

芳男の横腹をさりげなく小突いて、五郎は席へ戻った。

すると、青菜をつまんでいた津田が、芳男に顔を向けた。

「物産学とは、いかなる学問ですか。本草学と、どう違うんです」

芳男は手にしていた杯を置く。

「これまでの本草学は、ある草木が唐で何と呼ばれているか、また西洋の何にあたるかを調べることに力を入れていたのです。手を加えて薬にするためですが、そのほかの用途についてはさほど考慮されていません。物産学では、いま少し広い見地から、植物や動物、鉱物などを人の暮らし全般に役立てようと考えます」

「ふうむ」

「子供の時分、石炭の採《と》れる土地ではそれを燃やして薪代《まき》わりにすると聞きました。

往時はもっぱら煮炊きや部屋を暖めるのに用《もち》いられていた石炭が、いまや蒸気機関を動かすのになくてはならぬものになっています。もしかすると、ほかにも使い道があるかもしれません。そういったことを研究するのが、物産学でして」

「なんだか奥が深そうだな」

「じっさいの物産方においては、調所で所蔵している洋書を調べ、この本にはこういうことが書いてあるといったような、物産に関する目録をこしらえたり、『和蘭字彙《オランダじい》』の物産用語を拾って訳したりしています。箕作さんや千村さんらのお骨折りで刊行された『英和対訳袖珍《しゅうちん》辞書』も、おいおい物産用語など補った改正版を出すと聞いておりますので、いずれそちらにも取り掛かるかと」

「そうか、その道に精通していなければ正しく訳せぬ語もあるものな。餅《もち》は餅屋というわけだ」

外国方の通弁を務めるだけあって、津田は察しがいい。

「とはいえ、調所には書物も、動植物や鉱物類の見本も足りませんで……。諸外国の公使館から幕府に献上された物産を鑑定するようにと、舶来の品が物産方に回されてくるのですが、見本がなくては比較ができず、伊藤先生も往生《おうじょう》しておられます。植物の種などを土に蒔《ま》くにしても、性質に応じて塩梅《あんばい》よく仕立てなくてはなりませんし」

「へえ、百姓のようなこともするのだな。私は津田家に婿入りした身だが、佐倉にある生家の敷地には畑があって、芋《いも》や菜っ葉を育てていたんだ。そういえば、久しく土に触れていないなあ」

津田が懐《なつ》かしそうに目を細め、箕作らも微笑を浮かべて聞いている。

だが、芳男を除《のぞ》いた者たちはおもに英語に携わっていることもあり、酒が進むにつれて話題は日ごろの仕事のことへと移っていった。

酒がまわって顔を赤くした五郎が、太い息を吐く。

「ともかく、このところの忙しさといったら尋常《じんじょう》ではないね。調所創立以来の教授方が、もう幾人も外国方へ引き抜かれているし、仏学や数学の連中からも講武所《こうぶしょ》、軍艦操練所《そうれんじょ》へ取られている。西さん、津田真道《まみち》さんも阿蘭陀へ留学した。人手が減って、仕事は増えるばかりだ。外交文書の翻訳御用はむろん、英字新聞の翻訳だって、これまでの『バタビヤ新聞』のほかに、『ジャパン・ヘラルド』や『ジャパン・エクスプレス』も回ってくるようになっている」

「朝晩構わず、至急の翻訳御用で呼び出されることもあるしなあ。生徒もどんどん入ってくるってのに、教授方がこんなすかすかじゃ、とても講義まで手が回らねえ」

竹原は酔いが顔ではなく、物言いに出ている。

津田仙は、淡々と杯を重ねていた。

「外国方だって、似たようなものです。調所から移ってこられた箕作秋坪《しゅうへい》さん、松木弘安《まつきこうあん》さんも、昨年、竹内下野守《たけうちしもつけのかみ》様の使節団に加わって欧羅巴《ヨーロッパ》へ渡られた。そもそも、竹内様は外国奉行でおられますし、ほかにも、外国方から大勢が出張《でば》っています」

箕作秋坪は、省吾が亡くなったのちに箕作家へ婿入りした人で、貞一郎には叔父《おじ》にあたる。

その貞一郎は、誰よりも多く酒を呑んでいるくせに、顔色ひとつ変わらない。

「我々がこんなに苦労していても、世間では相変わらず攘夷、攘夷だ。今年に入ってからは、ますます酷《ひど》くなっている」

蕃書調所の教授方詰所に芳男が五郎を訪ねて間もない一月半ば、江戸城坂下門《さかしたもん》外にて幕府の老中、安藤信正《あんどうのぶまさ》が水戸浪士たちの刃《やいば》を受けた。五月には、東禅寺に置かれている英吉利公使館が、あろうことか警護にあたっていた松本《まつもと》藩士に襲われ、英吉利兵二名が斬り殺されている。

朝廷と幕府が手を結ぶという公武合体政策は、はっきりと裏目に出たのである。

「内親王を貰《もら》い受けるにあたって、幕府は帝《みかど》にいずれ攘夷を行うと約束申し上げたんだろう。ふん、ばからしい。港を開き、外国と交易を始めておいて、いまさら引き返せるものか」

「その通りだ、千村。お上《かみ》も、出来もしねえことをよくいうよ」

「しっ、ふたりとも声が高い」

箕作に叱責《しっせき》されて、年長の竹原と千村が首を縮《ちぢ》める。

窓際に身を寄せた箕作が、首を突き出して通りをうかがうと、すっと障子を閉めた。箕作は右足に不具合を抱えていて正座のときも片方だけ前に出しているが、一連の動きはそれを感じさせぬほど素早い。

芳男はそっと部屋を出て、階下にある厠《かわや》に入った。浅く息をつき、ゆるやかに弧《こ》を描きながら落ちていく尿を見下ろす。いまや英学科は洋書調所の花形だ。酒食を共にしているとはいえ、己れひとりは立っている場所が異なる気がする。

厠を出たものの、二階へ戻っても居心地はあまりよくはなさそうだ。

芳男は梯子《はしご》段ではなく、中庭へ通じる廊下を辿《たど》った。店の暖簾をくぐったとき、この中庭には特別に取り寄せた奇石が使われているのだと五郎から聞いて、興味を引かれたのだった。

空には薄雲が懸かり、中庭はぼんやりした月あかりに包まれていた。奇石が配されているのは隅《すみ》のほうらしいが、こう暗くては岩肌の色味や模様まで見ることはかなわない。手前に植わっている草木も、細かな見分けはつかなかった。

芳男がいささかがっかりしていると、梯子段を下りてきた足音が近づいてきた。

「おや、どなたかと思えば……。田中さま」

お駒であった。空になった皿小鉢《こばち》を抱えている。

「あの、ええと、用を足したついでに、中庭を拝見していたところで」

お駒は中庭へ目をやると、わずかに身体を伸び上がらせた。

「おさと、ちょいと来ておくれ。石燈籠《いしどうろう》の灯が消えてるよ」

「はい、ただいま」

少しばかり離れたところから、声が返ってくる。

じきに、女中が手燭《てしょく》を持って現れた。女中といっても、十二、三歳くらいの少女である。身体つきもひょろりとして、ただ、手燭の灯に照らされた顔は、透き通るような肌をしていた。沓脱石《くつぬぎいし》に出ている庭下駄《げた》に足を入れ、暗がりに分け入っていく。

お駒は皿小鉢を片手で支え、もう片方の手を肩へやって揉《も》んでいる。

「手前どもが難しい話をするので、肩が凝りましたか」

「あら、そんな」

お駒はひょいと首をすくめた。

「それにしても、外国と商いをするって、そんなにいいことなんでしょうかね。箕作さまやお仲間の方々に贔屓にしてもらっておいて、こんなことをいうと叱《しか》られそうですけど、近ごろは何かと物騒なことが多うございますでしょう。それに、酒にしろ蔬《そ》菜《さい》にしろ、仕入れ値が上がってやりくりが大変だって、ここの女将《おかみ》さんもこぼしていなさいましてね。麻疹だって、外国人が持ち込んだと、もっぱらの噂ですし」

庭下駄の音が、踏み石伝いに引き返してくる。

「この子も実家の米問屋が打ちこわしに遭《あ》って、うちへ奉公に出されたんです。こんな世の中じゃなければ、三味線や踊りのお師匠さんに通うお嬢さんのままでいられたってのにねえ」

廊下に上がってきたおさとへ、お駒が憐《あわ》れむような視線を注ぐ。

芳男はおさとに目をやり、それから中庭を見渡した。石燈籠に灯がともっても、あかりは庭石まで届かない。だが、揺らめく光は、暗闇にうずくまっていた草木の輪郭を、柔らかく浮かび上がらせている。

芳男はお駒に向き直った。

「手前の専科とする物産学では、米や大豆、小麦などの研究もするんです。ひと口に米といっても、早稲《わせ》もあれば晩稲《おくて》もある。寒い土地と暖かい土地では、適している品種も違います」

何をいい出すのかといいたそうに、お駒が芳男を見返している。おさとも怪訝《けげん》な表情だ。

「パンを食べる西洋では、小麦作りが盛んです。そういったものの中には、日の本でこしらえている小麦よりも実入りがよく、育てやすい品種があるかもしれません。それをこっちでこしらえれば、醬油や味噌の仕込みを、いまよりも増やせます」

お駒が、あっという顔になった。

「世の中に出回る醬油や味噌が増えれば、おのずと値が下がる寸法で……」

「小麦ばかりじゃない。露西亜のようなたいそう寒い国などには、飢饉《ききん》をしのげる作物もきっとあるはずです」

「へえ。たしかにそれなら、外国と商いをするのも悪いことばかりではなさそうに思えますね」

「そう、それに」

芳男はお駒とおさとの脇をすり抜け、沓脱石の上に飛び下りる。今しがたおさとが揃《そろ》えたばかりの庭下駄を足に突っ掛けるのももどかしく、踏み石を辿った。五郎にあんなことをいわれたせいで、我知らず気持ちが上《うわ》ずっているようだ。

ちょいと失敬。口の中でつぶやくと、石燈籠のかたわらに植えられた木から、生《な》っている実をもいだ。

「これは、林檎《りんご》……？」

芳男の手のひらに載っている実をのぞき込んで、お駒が首をかしげる。

「西洋のは、これよりふた回りくらい大きいんです。平菓花《アップル》といってね」

「えっ、ふた回りも」

おさとから驚きの声が上がった。

「大きくて、しかも甘い。といっても、手前も話に聞いたことしかないのですがね」

苦笑する芳男を気にすることなく、おさとは目をきらきらさせている。素直で屈託のない振る舞いに、芳男はどこかほっとした。お駒を前にして舞い上がっていた心に、平静さが戻ってくる。

「平菓花かあ。日の本でも、食べられるようになるといいのに。ねえ、お駒さん」

「うん、そうだね」

おさととお駒が、うなずき合っている。

「田中さんって人は、面白いね」

ふいに男の声がして振り返ると、津田仙が立っていた。

「酒の追加を頼みにきたんだが、何やら楽しそうな話し声がする。失礼だが、聞かせてもらったよ。しかし、たいしたものだ。女子《おなご》どもを、すっかり開明派に引き入れちまうんだもの」

愉快そうにいって、津田は目尻に笑い皺《じわ》を刻んだ。

四

だが、その後も攘夷の嵐は吹き荒れ続けた。

芳男が千鳥屋で平菓花の話をしたおよそ半月後には、江戸の郊外、生麦村《なまむぎ》で事件が起きた。江戸へ出ていた薩摩の島津久光《しまづひさみつ》が帰国の途にあったところ、一行の行列を騎馬で横切った英吉利人を、供回りの家臣が斬りつけたのだ。リチャードソン一名が死に、ほかに二名の負傷者が出た。

凶行に及んだのは薩摩藩士だが、英吉利側は幕府に犯人の差し出しと賠償を求めてきた。それに伴い、洋書調所でも教授方が連日、翻訳御用に駆り出されることとなった。

そうした中でも、芳男は伊藤圭介の下で黙々と仕事に精を出した。諸外国の種子や球根が、物産方へ回されてくる。

調所が小石川門内にあった時分は敷地が狭《せま》く、伊藤が尾張藩に願い上げて四谷《よつや》下屋敷内にある御花畑の片隅を使わせてもらっていた。一ツ橋門外へ構舎が移ると敷地も広くなり、物産方はそこに培養地を開くことになった。神職を呼んで刈初《かりそめ》の儀《ぎ》を執り行い、空き地を掘り返して土をととのえると、種を蒔いたり球根を植えたりした。

やがて、培養地を取り仕切るのはもっぱら芳男の受け持ちとなった。名古屋にいたときは旭園で薬草や草木の手入れをしていたこともあり、こての持ち方や鍬《くわ》を振る姿が堂に入っていると、物産方に出入りする植木屋、吉三郎《きちさぶろう》からお墨付きを得たのだ。

竹内下野守の使節が欧羅巴から帰ってくると、仏蘭西や露西亜などの種子ももたらされた。芳男はそれらひとつずつの調書を作り、洋書にあたって育て方を研究したうえ、片っ端から培養地に植え付けた。

仏蘭西からの種子では、ムギカラハナ、キンギョソウ、ヤグルマソウ、ヒエンソウなどが、球根ではヒヤシンスやチューリップといった花が咲いた。むろん、日の本では誰も目にしたことのない花ばかりで、馥郁《ふくいく》たる香りが漂う培養地には、ほかの科の教授方や生徒たちが見物に押し寄せた。

洋書調所で芳男たちが植物を栽培しているという話が伝わったらしく、あるとき西洋医学所から緒方洪庵が伊藤を訪ねてきた。西洋医学所でも人手が足りぬらしく、薬草園の手入れが疎《おろそ》かになっているという。緒方と伊藤が話し合い、九段坂《くだんざか》上にある薬草園の世話も、芳男が任されることになった。

そうした合間に、芳男は津田仙と千鳥屋へ通った。生麦事件の対応などで津田も勤めが忙しいだろうに、田中と話していると御用で張り詰めた気持ちがほぐれるといって、城からの帰りに調所の物産方へ寄ってくれるのだ。

千鳥屋に上がると、きまってお駒が酌につく。芳男も津田も、攘夷だの開国だのにはいっさい触れない。冬の寒さに弱い植物を育てるにつき、吉三郎と相談して冬室《とうむろ》をこしらえたというような芳男の話に、津田は興味深そうに耳を傾け、そんな津田と呑む酒が、芳男にはこの上なく美味く感じられるのだった。

物産方の詰所で、亜米利加から新たにもたらされた種子を仕分けていた芳男が、

「田中、本日の勤めが退《ひ》けたら、市ヶ谷の御長屋へ来てくれぬか。ちと、話したいことがある」

伊藤にそう声を掛けられたのは、文久三年、三月初めのことであった。

「かしこまりました」

即応したあとで、芳男は少々いぶかしんだ。詰所でしじゅう顔を合わせているのに、わざわざ御長屋でしなくてはならぬ話とは何だろう。

八ツ半（午後三時頃）すぎに詰所を出ていったん寮に戻り、土や埃《ほこり》にまみれた着物を着替えて、尾張藩邸へ向かった。俎板橋《まないたばし》を渡って歩いていくと、通り沿《ぞ》いにある町家の門口に植えられた桜が目に入る。例年よりいくぶん早く満開になっているが、花曇りというのか、空は鼠《ねずみ》色の雲に覆われて、薄紅色の花弁もくすんで見えた。

御長屋に着くと、鈴木容庵らは代診にでも出ているのか不在で、西洋医学所から帰ってきた謙三郎が自室で復習に取り組んでいた。

奥の六畳間で伊藤と向かい合って坐る芳男に、下男の万助が茶を出してくれる。

「近いうちに、わしは江戸を引き上げようと思う」

万助が部屋を下がると、伊藤が前置きもなく話を切り出した。

芳男は思わず、師の顔を見る。

「ぶ、物産方は、どうなさるのですか」

弟子の愚問を咎めるように、伊藤が眉《まゆ》をわずかに持ち上げる。辞める気なのだ。

「しかし、先生が出役なさって、物産方では目録を幾冊かまとめた程度にすぎないではありませんか。『英和対訳袖珍辞書』の物産用語を翻訳する作業も、取り掛かったばかりですし……」

師を引き留めながら、芳男はこの日が来るのをどこか見通していたような気になった。

伊藤は肚《はら》の据《す》わった表情をしている。

「蕃書調所に物産学が設けられてこの方、わしは与えられた仕事に誠心誠意、励んできた。物産学創設を建白された古賀どのと勝どのの理念に賛同したからだ。しかしじっさいはどうだ。舶来の物産を鑑定するにも入り用な見本がない。物産に関する洋書も足りぬ。わしが嘗百社の社員に呼び掛けて、思い当たる見本を送ってもらうような有様だ。こうした事態に黙ってはおられず、昨年末、わしはお上に建白書を提出した」

その折に芳男は草稿を見せてもらっており、だいたいの内容は心得ている。おおまかにまとめると、洋書の蔵書を増やす、動植物や鉱物類の標本を揃える、草木類の培養、日本各地での物産調査、物産会並びに物産研究会の開催、蝦夷《えぞ》や小笠原《おがさわら》の物産を入手する、などである。

「どうにか動き始めたのは、草木の培養くらいだ。しかし、そのほかについては回答らしいものもない。そもそも勝どのはわしが出役したときには軍艦操練所へ移っておられたし、古賀どのも先般、洋書調所を退かれた。わしは物産学出役というばかりで、教授にもならせてもらえぬ。実のところ、お上は物産学の真価を解しておらんのではないか」

伊藤の気持ちが、芳男には何となく察せられる気がした。

「先生、行燈に灯を入れたがよかろうかね」

障子の外から、万助の声が掛かる。部屋がいくぶん暗くなっていた。

「まだいらぬ」

伊藤が障子に向かって応《こた》え、芳男へ顔を戻して腕組みになる。

「江戸を引き上げるについては、いまひとつ理由《わけ》があってな。ここだけの話だが、上田がどうもいかぬ」

どう応じたものか戸惑っている芳男を見て、言葉を添えた。

「名古屋の上田仲敏が、臥《ふ》せっているのだ。存じ寄りの医師が診ているが、もう長くはないと文《ふみ》をよこした」

「なんと」

上田仲敏はひと頃、尾張藩の江戸詰銃陣《じゆうじん》師範役を任されていたが、物産学出役となった伊藤と入れ替わりに名古屋へ戻り、藩営の蘭学塾である洋学堂で総裁を務めていた。

「出役とは、本役のほかに他《た》の職務を兼ねることだ。わしの本役は、尾張藩の寄合医師であり、上田とふたりで務める洋学堂の総裁なのだ。上田の代わりを務められるのは、わしよりほかにおらぬ」

「そうはおっしゃいましても、いま名古屋へお帰りになるのは、あまりにも」

身勝手な、という言葉が咽喉許《のどもと》まで出かかったのを、芳男はぐっと飲み込んだ。

芳男の顔をしばらく見つめたのち、伊藤が腕組みを揺する。

「御長屋で寝起きしている門弟たちは、いずれ洋学堂の教授職に就かせる見込みで連れてきておる。連中も、遠からずここを離れる。第一、このまま江戸にいては剣呑だ」

伊藤はいったん言葉を切ると、

「田中、お前も物産方を辞さぬか。辞して飯田に引っ込むのが嫌だというなら、洋学堂の教授職の口を、わしが藩に掛け合ってやってもよい」

台所では万助が夕餉の支度《したく》をしているはずだが、部屋には物音ひとつ届いてこない。

芳男は手許に目を落とし、ゆっくりと顔を上げた。

「手前は、物産方に留《とど》まります」

ふむ、と小さくつぶやき、伊藤が顎の鬚《ひげ》に手をやる。

「江戸に惚れた女でもいるのか」

どういうわけかお駒の顔がよみがえり、芳男は首を振って追い払った。

「女などおりません」

誰かに惚れた、情が移ったとあえていうなら、芳男の気持ちは江戸の土に蒔いた種や球根、丹精して咲かせた花たちに囚われているのだった。

この先も、諸外国からの蔬菜や樹木の種苗《しゅびょう》が物産方に届くという知らせが入っている。

「口幅《くちはば》ったいことを申し上げるようですが、当節、物産学とは医薬ばかりでなく、より多岐にわたって人々の暮らしを支える役どころを担《にな》っていると、手前は心得ております。先生のおっしゃる通り、各種の物産を手許に集めて吟味を尽くすのはもちろんですが、それにとどまらず、研究から得た知見を実地に生かし、世の中に益をもたらしてこその学問かと」

「む」

ふと、『三字経』の教えが脳裡をよぎる。

「手前は江戸に参ったものの、世の中の役に立つようなことは、ひとつも成しておりません。お上に提言するのみで調所を去ったのでは、何もしなかったのと同じになってしまいます。ひとたび手掛けた仕事を、半端《はんぱ》なかたちで放り出したくはないのです」

こんないい方をしたのでは師の心を傷つけるに相違なかったが、気持ちを正直に伝えることが、いまの芳男にできる精一杯であった。

伊藤は鬢に触れながら、じっと瞼《まぶた》を閉じている。

「田中のいうことも、一理あるな」

ひっそりと開いた目が、天井の隅へ向けられた。

「だが、わしにはもう、洋書調所がいずこを目指しているのか、まるきりわからぬ」

聞いている芳男もやるせなくなるような声音だった。

遠くの空で、雷が鳴っている。

芳男が御長屋を出る頃には雨が降り始め、満開だった桜も数日のうちに散った。

伊藤がかねてより思っていた脚気《かっけ》の療治のためという名目で洋書調所から五十日の暇《ひま》を取り、江戸を発《た》ったのは三月晦日《みそか》である。

五月になって伊藤から芳男に届いた文には、上田仲敏が病没した旨がしたためられていた。

八月には洋書調所が開成所《かいせいじょ》とまたしても名を改め、暮れも押し迫った頃、物産学出役であった伊藤は、名古屋に帰ったまま開成所を辞した。

翌年、改元した元治《げんじ》元年（一八六四）になると、箕作貞一郎と千村五郎も外国奉行手附《てつき》に任じられ、開成所を去っている。

第四章　虫捕り御用

一

「津田さん、これなどは食べ頃じゃないですか。外側の葉がしっかりと巻いて、内側も固く締《し》まっていますし」

芳男は腰をかがめると、土に植わっている作物の株元へ庖丁《ほうちょう》の刃を当て、すぱりと切り取った。淡《あわ》い黄緑色の葉に、縮緬《ちりめん》状のひだが入った作物だ。

津田仙が両手で抱え上げた。

「初めて見るが、これが香港菜《ホンコンな》か。大きな葉が幾重《いくえ》にも巻いて、案外にずっしりしているのだな」

芳男たちがいるのは、一ツ橋門外にある開成所の、物産方が差配している培養地だ。慶応《けいおう》元年（一八六五）、十一月にさしかかっている。二十八歳の芳男と、ひとつ齢上《としうえ》で外国方の通弁を務める津田は、職分の垣根《かきね》を越えた付き合いを続けていた。

幕府から亜米利加《アメリカ》や欧羅巴《ヨーロッパ》へ派遣された使節によって持ち帰られた植物の種子や球根が、次々に物産方へ回されてくる。日の本《ひのもと》では馴染《なじ》みのないものも多く、物産方では洋書で育て方を調べ、培養地に植えていた。

いまは冬でもあり、地上には葉を落とした花木や立ち枯れた植物の茎《くき》が残っている程度だが、暖かい季節であればアカシアやコスモス、ヒメキンギョソウ、アリッサムといった花々が咲き、芳男の目を楽しませてくれる。むろん、それらも開成所の外ではまず見かけない。

蔬菜《そさい》類での新顔といえば、菊芋《きくいも》や、この香港菜であった。

「津田さんに野良《のら》仕事を手伝わせてすみません。開成所の所員でもないのに」

芳男が頭を低くすると、

「好きでしているんだ、構わんでくれ。前にも話した通り、生家は禄《ろく》百石ほどの佐倉藩士でな。子供時分には、庭の畑で鍬《くわ》を振るった。時々ここで土に触れると、ほっとするよ」

津田は気にかけるふうもなくいって、香港菜を芳男に返す。

「これはどんなふうにして食べたらいいのかな」

「開成所の教授方に、長崎に逗留《とうりゆう》したことのある人がいるのですが、あちらで唐人《とうじん》菜《な》と呼ばれている蔬菜に似《に》ているそうです。唐人菜は、鍋物《なべもの》やお浸《ひた》し、漬物《つけもの》にすると美味《うま》いんだとか」

「ふうん」

「よろしければ、手前の家で一緒に食べませんか。幾つか用を足してきますから、門のところで待っていてください」

陽《ひ》が沈んだ空はいくぶん明るさを残しているものの、培養地には青い闇が下り始めている。

芳男は手早くもうひとつ香港菜を収穫して、道具類を納屋《なや》へ仕舞《しま》った。構舎の裏手にある井戸で手足に付いた土を洗い流し、物産方の詰所《つめしよ》で野良着から藍《あい》の着物に着替える。風呂敷《ふろしき》にふたつの香港菜を包み、それを提《さ》げて外へ出ると、門口に立っていた津田が片手を掲《かか》げてみせた。

往来《おうらい》に出たふたりは俎板橋を渡り、九段坂を上っていった。芳男は長らく開成所の敷地内にある寮で寝起きしていたが、先ごろ市ヶ谷火之番《ひのばん》町で売りに出ていた家作《かさく》を買い取り、そちらへ引き移っていた。津田の住居がある牛込南《うしごめみなみ》御徒《おかち》町にもほど近く、津田が芳男の家を訪ねてくるのは、これで幾度目かになる。

通りからいくぶん奥まったところにある、小体《こてい》な平屋建ての腰高障子《こしだかしょうじ》を引く。津田を部屋に通して行燈《あんどん》に灯《ひ》を入れると、しばらく寛《くつろ》いでいてくれるよう断りを入れ、芳男は風呂敷に包まれている香港菜をひとつ抱えて家を出た。

生垣《いけがき》が接している隣家の裏口に回ると、折しも女房が竈《かまど》の前にしゃがんで火吹き竹を構えていた。

「おや、田中さん。いま、お帰りかえ」

芳男に気づいた女房が、立ち上がって戸口へ近づいてくる。隣家は亭主が畳《たたみ》職人で住居の一角を仕事場にしており、四十年配の女房は顔も身体《からだ》もころころと肥《こ》えた、人のよさそうな女だった。

「時分《じぶん》どきに恐れ入ります。開成所の畑で、新しい作物が採《と》れたものですから」

「へえ、こんどは何だい。菜っ葉にしては、見てくれがちょいと変わってるけど」

女房が芳男の手許をのぞき込む。市ヶ谷に越してきた当初、芳男が開成所の物産方に勤めているというと怪訝《けげん》な顔をしていたが、作物を分けてあげるようになったらにわかに打ち解《と》けた振る舞いになった。もらった作物でこしらえたお菜を差し入れてくれることもあり、煮炊《にた》きの不得手《ふえて》な芳男はたいそう助かっている。

「香港菜といいましてね。よかったら、召し上がってください」

「いつもすまないね。うちは倅《せがれ》が四人いて、とにかく食べるもんだから。お上《かみ》が外国と商《あきな》いをするようになってからこっち、何でもかんでも高くなる一方だものねえ。でも、このあいだの、何ていったっけ、カウ、カウ」

「カウリフラワー」

花椰菜《はなやさい》とも呼ばれる蔬菜で、開成所が洋書調所といっていた頃に亜米利加の公使から幕府へ種子が献上されたのを、物産方で栽培していた。

「そう、それ。うちの人も倅も、箸《はし》が進まなくてねえ。醬油《しょうゆ》で煮ても、焼いて味噌《みそ》を付けても、口の中でごわごわ、もそもそして。異人さんは、あれをどんなふうにして食べるんだろう。ただでもらったくせに、勝手をいって悪いけど」

女房が肉付きのよい首をすくめる。

「気になさらないでください。手前どもも、いろいろと試《ため》している最中ですので」

芳男は香港菜を手渡して、家に引き返した。

津田の姿は部屋ではなく、台所にあった。

「坐《すわ》っているだけなのも能がないし、湯を沸《わ》かして待っていたよ。早いところ、香港菜を味わってみたいからね」

「ありがたい。さっそく湯がきましょう」

芳男は香港菜の葉を外側から三、四枚ばかり剝《は》がすと、釜《かま》に沸いている湯にくぐらせ、黄緑色が鮮やかになったのを見計らって引き上げた。小桶に張っておいた水に取り、しばし引き締めてきゅっと絞《しぼ》る。庖丁で適当な大きさに切り、皿に盛って醬油を回しかけた。

「へえ、手際《てぎわ》がいいじゃないか」

横で見ている津田が、冷やかすようにいう。

「お浸しだけは上達しました。外国の蔬菜は味付けの見当がつかないので、葉物にしろ芋にしろ、とりあえず火を通して醬油をかけるんです」

皿を盆《ぼん》に載《の》せて茶の間へ運ぶと、おのおの箸を手にして口に入れる。

「うん、美味い。歯ざわりも、葉は柔らかく、軸《じく》はしゃきしゃきしている」

津田の言葉に、芳男もうなずく。

「味に癖《くせ》がないから、醬油にも味噌にも合いそうですね」

香港菜のお浸しは、あっという間になくなった。

箸を盆に置いた津田が、ぐるりと首をめぐらせる。

「それにしても、この家はいつになったら片付くんだ。先《せん》に来たときより、散らかってるんじゃないのか」

六畳《じょう》の茶の間は、書物がうずたかく積み上がり、手前には植物の押し葉が収まる紙挟《かみばさ》みや、石の詰まった笊《ざる》や、諸々の品が入った木箱などが山を成している。木箱の横には黄色く色づいた柚子《ゆず》が転《ころ》がり、写生しかけの画帳が脇に立て掛けてあった。

少し離れたところには、菓子屋の掛け紙や呉服屋の引札なども紐《ひも》で束《たば》ねられている。それらはいずれ、「捃拾帖《くんしゆうじよう》」に貼《は》り込むつもりだ。

部屋はほかに四畳半が二間だが、いずれも似たようなありさまだった。わずかに畳がのぞいている場所に、芳男たちは腰を下ろしているのである。

「ひとりだと研究に集中できるので、材を持ち帰っていましてね。散らかって見えるかもしれませんが、手前は何がどこにあるかをちゃんと心得ているんですよ。そこで一番下になっている笊には大川沿《おおかわぞ》いで拾った石、上に重ねてある笊には玉川沿《たまがわ》いの石が入っています。それから柚子ですが、いずれ物産方で図譜《ずふ》をこしらえるときのために、描き写しておりましてね」

芳男が応じると、津田は小さく噴き出した。

「いまや田中芳男は、物産方を束ねる旗頭《はたがしら》だものな。伊藤圭介先生が名古屋へ帰られて、どのくらいになるのだったか」

「およそ二年半といったところでしょうか。先生と同じ時期に物産方を辞《や》めた方もいて、一時は途方《とほう》に暮れましたが、別の学科の教授方にもご教示を仰《あお》ぎながら、どうにか研究を続けております。伊藤先生がおおよその図面を引いてくださっているので、それを下敷《したじ》きにして足りないものを補《おぎな》っていけばよいかと」

「ふむ」

「いまでは物産方の顔ぶれも補充され、今年の春には手前も手当を増やしてもらいました。まあ、そのおかげで家が買えたのですがね」

「手当が増えたといっても、開成所にいるあいだはおおかた培養地に出ているのだろう。ほかの教授方は羽織《はおり》袴《はかま》なのに、お前さんは野良着で、百姓のようではないか」

「恰好《かっこう》なぞ、どうでもいいのです。物産方に課された責務を果たすことさえできれば」

「物産方の責務とな」

「開国以来、日の本には西洋からあらゆる事物が入ってくるようになりました。それらを詳細に吟味《ぎんみ》し、見極めたうえで人々の暮らしに益《えき》をもたらすことこそ、物産方が目指すところかと」

「千鳥屋で初めて会ったときにも、そんなことをいっていたな」

「例えば、香港菜の種は春、夏、秋と蒔《ま》いて、三度目の育ちがもっとも良好でした。栽培には、冷涼な気候が適していると思われます。手前の生まれ育った飯田では、冬になると畑から青菜がなくなりましてね。口に入るのは漬物や味噌漬けといったしょっぱいものばかりで、どうにもかなわんのです」

話しながら、芳男の脳裡《のうり》に母、お津真の面影《おもかげ》が浮かぶ。

「寒い土地でも香港菜が育つようであれば、冬でも新鮮な青菜を食べることができる。食膳《しょくぜん》をととのえる女子《おなご》たちにも、重宝《ちょうほう》してもらえるでしょう」

「うむ、たしかにな」

「土にまみれた日々を送っているのは事実ですが、誰かがやらないとならぬことですし……。近ごろは物産学に入門してくる生徒も増えておりましてね。そろそろ教授職を置いて講義に本腰を入れたいと、開成所からお上に働きかけてはいるのです。しかし、百事多端《ひゃくじたたん》の折柄《おりから》、そこまでは手が回らないとのことで……」

蘭学《らんがく》や英学、仏学などの語学はわりあい早いうちから教授され始めたものの、後になって設《もう》けられた物産学や化学、器械学などが担《にな》うのは未だ調査や研究のみに留《とど》まっている。物産方では入門者に培養地での農事につかせたり、翻訳書や洋書を読ませて簡易な質疑応答を行うくらいで、後進を育てるといった状況ではない。

「要するに、お上は金も人手も足りんのだろう。このご時世だものな」

津田の口許が、皮肉っぽく持ち上がった。

　薩摩藩士が生麦村で英吉利《イギリス》人一行を殺傷した事件を受け、翌年の文久三年(一八六三)に幕府は十万ポンドの賠償金を支払った。同年五月には長州《ちょうしゅう》藩が下関《しものせき》海峡を通る米、仏、蘭船を砲撃し、これに対して翌元治元年(一八六四)八月に四国艦隊下関砲撃事件が起こると、幕府はここでも三百万ドルを支払っている。

　こうした外国との交渉や海外情勢の分析などに、外国語に長じた人材は欠くことができない。先に開成所から外国方へ転役となった箕作貞一郎や千村五郎のほかにも、教授方の流出は依然として続いている。また、幕府が西洋式軍制を採用すると、数学や航海術に優《すぐ》れた面々も、海陸軍兵書取調方出役《かいりくぐんへいかきとりしらべかたしゅつやく》などを命じられて移っていった。

「開成所にとってもっとも痛手だったのは、堀達之助《ほりたつのすけ》先生が箱館奉行手附《てつき》を命じられたことでしょうな。教授方の主任格でいらっしゃいましたし、先生が編纂《へんさん》された『英和対訳袖珍辞書』の物産用語を翻訳するにあたっては、手前もひとかたならぬご指導を受けました。その改正増補版がようやく刊行できる目途《めど》がついたのに、先生が開成所におられぬのでは、先々の英語教育にも差し支えるかと」

「外国方も、人手が潤沢《じゅんたく》かというと、そうでもなくてね。遣欧《けんおう》使節団から復した松木弘安さんは、国許に呼び戻されて薩摩へ帰ってしまわれたし、将軍家茂公が江戸と京を行ったり来たりなさるものだから、外国語のできる人間も従《つ》いていかぬとならんし」

「じつのところ、こんなときに物産方へ金や人手を回してほしいと声を上げるのに、引け目を感じぬでもないのです。じっさい開成所の中にも、物産方は呑気《のんき》に百姓の真似事などしていてけしからんという人もおりましてね」

「私はたまに土いじりをして息抜きさせてもらっているが、物産方も容易ではないのだな。話のわからん連中に、お前さんがいちいち講釈して回るわけにもいかんだろうし」

芳男と津田は、どちらからともなくため息をつく。

行燈のあかりが、わずかにまたたいた。

「辛気《しんき》臭い話はこのくらいにしましょう。我々が食べた残り物で申し訳ないが、香港菜を持ち帰ってもらえますか」

「遠慮なくいただくよ。お初《はつ》も喜ぶだろう。義父《おやじ》どのを入れて五人の所帯だものな」

「娘さんたちもお変わりありませんか」

津田には、妻女、お初とのあいだに四つになるお琴《こと》と、昨年末に生まれたお梅《うめ》という、ふたりの娘がいる。

「おかげでな。食の細い赤ん坊で気を揉《も》んだお琴と違って、お梅は食い意地が張っている。まだ、柔らかく煮た芋や粥《かゆ》くらいしか食べられんが、お初が適当なところで切り上げようとすると、もっとよこせとばかりに泣きわめくのだ。あれが男であればなあ」

悔《くや》しそうに、津田が顔をしかめる。二人目の子が生まれたとき、男の子を望んでいた津田はえらくがっかりして、命名する気にもなれなかったのだ。お七夜《しちや》を迎えても名のない赤ん坊に、お初がかたわらへ置かれた盆栽に梅の花が咲いているのを見て、梅と名付けたという。

「次に子が生まれるときは、男だとよいですな」

香港菜を風呂敷に包み直すと、芳男は苦笑を噛《か》み殺しながら津田に持たせた。

二

年が明けて慶応二年（一八六六）となり、正月の松飾りも取れた。

物産方の詰所には、外国から植物の種子が続々と届いていた。

「ええと、また阿蘭陀《オランダ》からだな。どれどれ、草花に穀物、蔬菜……」

一種ずつ紙に包まれている種子に芳男が目を通していると、隣《となり》の机で書き物をしていた阿部喜任《あべよしとう》が顔を上げる。

「こんどのは幾種類くらいあるのかね」

「さよう、五十ばかりかと」

「ほほう」

高い声を響かせたのは、阿部の向こうに坐る鶴田清次郎《つるたせいじろう》だ。

いずれも、伊藤圭介が江戸を去ったあとの物産方を、芳男と共に支えてくれている。といっても、物産学世話心得《こころえ》の阿部は六十二歳、同じく出役当分助《しゅつやくとうぶんすけ》の鶴田は五十歳、つまり芳男は自分よりも年長の部下を持ったのだ。

ふたりは、我が国初の本格植物図譜である『本草図譜《ほんぞうずふ》』を著《あらわ》した岩崎灌園《いわさきかんえん》の門下で学び、ことに阿部は幕府の命によって小笠原諸島へ赴《おもむ》き、草木や天産物《てんさんぶつ》の調査をした経歴もあって、物産学の見識はむろん踏んだ場数からいっても、芳男などは到底及びもつかぬ人物だった。

しかしながら、ふたりに偉ぶったところは毛筋ほどもない。「名古屋の伊藤圭介どのといえば、いわずとしれた本草学の大家ぞ。田中さんは、そのお方の一番弟子だもの」と、常に芳男を守《も》り立ててくれる。

「開成所の培養地には、もう、それほど種を蒔く場所がないじゃろう」

「そろそろ、ほかの土地を探さんといかぬかの」

「阿部どのと鶴田どのの申される通りです。先年お亡くなりになった緒方洪庵先生から任《まか》された医学所の薬草園も、手狭《てぜま》になっておりますし」

三人が思案顔《しあんがお》になったとき、廊下《ろうか》に人の声がした。襖《ふすま》が引かれ、所内の雑務を受け持っている下男が顔をのぞかせる。

「田中さん、浅野美作守《あさのみまさかのかみ》さまがお呼びです」

「おや、頭取が」

芳男は阿部や鶴田と顔を見合わせ、詰所を出て頭取の執務部屋へ向かった。野良着に着替える前でよかったと思いながら、部屋の内へ声を入れる。

「物産学出役、田中芳男にございます」

「うむ、入れ」

物産方にあてがわれた詰所は六畳が二間続きで、片方の部屋には机を並べて芳男たちが膝《ひざ》を折り、もう片方には植物や鉱物の標本、所内の書物蔵に入りきらなかった本などが押し込まれて、火之番町の家に負けず劣《おと》らずもの凄《すご》いことになっているが、浅野美作守は執務部屋の畳に欧羅巴から取り寄せた絨毯《じゅうたん》を敷き、脚《あし》付きのどっしりした机の前で椅子《いす》に腰掛けていた。

「まあ、掛けるがよい」

半上下《がみしも》を着けた美作守が、机のこちらへ置かれた椅子を目で示す。

部屋に入った芳男は、袴の裾《すそ》を心持ち引き上げて座面に尻《しり》を載せた。

芳男が物産方に出役した時分、蕃書調所の頭取は学者として知られた古賀謹一郎であったが、当節、開成所は陸軍奉行の管轄下にあり、数名の奉行が頭取を兼務している。美作守は三十を幾らか出ているようだが、これまで蕃書調所にも洋書調所にも関わったことのない人物だった。

「そなた、エキスポジションなる語の意を存じておるか」

いささか居丈高《いたけだか》な口ぶりで、美作守が切り出した。

「エ、エキス……」

とっさに、芳男は『英和対訳袖珍辞書』を思い返す。物産用語の翻訳にあたっては、英語や蘭語だけでなく、ときには仏語のわかる教授方にも教えを請《こ》うた。だが、エキスポジションという語を扱った憶《おぼ》えはない。

「どうやら、知らぬとみえる」

美作守の目に、人を小馬鹿にした色が混じる。

陸軍奉行並兼開成所頭取のお偉いさんは、むろんご存じなのでしょうな。そう返してやりたかったが、芳男は黙っていた。

「エキスポジションには、仏語で〈広く示す〉という意があるそうでな。こんど仏蘭《フラン》西《ス》の首府、巴里《パリ》にてそのエキスポジションの会を催《もよお》す運びとなり、日の本にも参加してもらえぬかと、仏国公使のロッシュどのを通じて働きかけがあった。ついては幕閣にて検討がなされ、参加することが正式に決まった」

「はあ」

美作守のいうことは漠然としていて掴《つか》みどころがない。

「ロッシュどののいわく、織物や染物、漆器《しっき》、陶磁器《とうじき》をはじめ、武器や地図、草木、鉱物、古物など、諸々の品を万国から集めて会場に並べるらしい」

「ふむ、博物会や薬品会に似ておりますな」

脳裡には、かつて嘗百社《しょうひゃくしゃ》が名古屋の旭園《きょくえん》で開いた博物会の光景が浮かんでいる。

「そう。そんなようなものだ」

美作守のきっちりと結《ゆ》い上げられた髷《まげ》が上下に動く。

どうやらお偉いさんも、よくわかっていないらしい。

「お上はこれを〈博覧会〉と銘打ち、触れを出して諸藩をはじめ、町人や百姓からも出品を募《つの》っておるところだ。なにしろ、徳川幕府が統治する日の本を世界にお披露目《ひろめ》する、またとない機会ゆえな。そこでだ」

美作守が腿《もも》に置いていた両手を机の上に載せ、肩をぐっと前に押し出す。

「開成所物産方にも、一役買《こ》うてもらいたい」

およそ四半刻《しはんとき》(約三〇分)後、頭取部屋を出た芳男は困惑していた。

「や、田中さんが帰ってこられた。それにしても、だいぶ長かったようじゃが」

「よもや、物産方に粗相《そそう》があって、叱責《しっせき》されたのではあるまいな」

詰所へ戻ってきた芳男に、阿部と鶴田が気遣《きづか》わしそうな声を掛ける。

芳男は畳に膝を折ると、今しがた浅野美作守から語られた博覧会のことを話した。

ふたりとも、「ほう」とか「ははあ」と合いの手を入れながら、興味深そうに聞いている。

「そうしたわけで、草木や鉱物はもちろん、物産方には虫の標本を揃《そろ》えてほしいとの仰《おお》せでした」

「草木や鉱物はわかるが、虫の標本とは」

阿部が眉《まゆ》をひそめる。

「仏蘭西側の、たってのご所望だとか。日の本には西洋で目にしない虫も棲《す》んでいるでしょうから、そういったものを見てみたいのではないかと。ですが、虫は捕まえてから日が経《た》つと、黴《か》びたり腐《くさ》ったりで傷《いた》んでしまう。それゆえ、図譜にするのがふつうだと申し上げたのですが、頭取はどうしても実物の標本でなくてはならぬと」

芳男が困惑した因《わけ》は、そこにあった。

「大砲やら銃の取り扱いを研究するためだけに開成所があると考えておられる頭取どのには、およそ思案が及ばぬのじゃろうて」

阿部が低く吐《は》き捨てるようにいい、鶴田も眉間《みけん》に皺《しわ》を寄せている。

「なるたけ数を多く集めるようにとのことでした。仏蘭西側には、すでにお上が請《う》け合ったようで……。ともかく、やるよりほかありません」

芳男は言葉を切って立ち上がると、続きの間のほうへ行く。

積み上がっている書物をどかし、タヌキの毛皮を除《のぞ》き、さらにクジラの歯が収まる箱をのけて、ようやく目当ての葛籠《つづら》に辿《たど》り着いた。うっすらと被《かぶ》った埃《ほこり》を巻き上げぬよう、そろりと蓋《ふた》を開け、中から紙の束を取り出す。

阿部と鶴田の目が、それは何だと問うていた。

「嘗百社が博物会や本草会を催すときには、社内に限らず、諸方におられる同好の方々からも広く品を募っていました。これは、出品をうながす申し入れ状とでもいいましょうか、要項をまとめたものでして」

芳男は一枚の摺《す》り物をふたりの前に置いた。ずらずらと文字が連《つら》なっている一文を、人差し指で示す。

「ふむ、虫はその背の正中《せいちゆう》を布鍼《ぬのばり》にて刺す、と書かれておるな」

鶴田が口でなぞった。

「嘗百社には、虫に関する見識の豊かな先生がおられましてね。トンボやチョウの標本を見せていただいたこともあります。裁縫《さいほう》に用《もち》いる針で、一つひとつの骸《むくろ》が留められていました」

伊藤圭介からも「平九さん」と呼ばれて慕《した》われていた吉田平九郎の屋敷には、虫の標本を収めた木箱が部屋の壁や鴨居《かもい》に幾つも掲げられていた。

「おお。ではさっそく、その御仁《ごじん》に仔細《しさい》を聞き合わせてみては」

顔を上げた鶴田に、

「それが……」

芳男はゆるゆると首を振った。平九郎がコロリに罹《かか》ってこの世を去り、すでに七年ほどが経っている。跡を継いだ倅が嘗百社に加わったという話も聞かないし、標本が往時の姿で残っているとは思えない。

「こちらは、先生が筆を執《と》られた虫の図譜です。手前が名古屋を後にするとき、餞別《せんべつ》がわりにとご新造さまが渡してくださいました」

残りの紙の束を申し入れ状の横に置くと、阿部からため息が洩《も》れた。

「なんと精細に描かれていることか。その御仁が亡くなられたのは惜《お》しまれるが、田中さんが虫の標本をじっさいに見たことがあるのは、物産方には大きな手掛かりとなる。暗闇を手探りで進むのとは、格段に違うからの。いま思い出したが、岩崎先生の門で学んでいた時分、赭鞭会《しゃべんかい》に虫の標本をこしらえた人がいるという話を聞いたことがある」

「ほう。赭鞭会のことは、名古屋でも耳にしました」

嘗百社のように本草学を研究する者たちの集まりが江戸にもあって、元富山藩主、前田利保《まえだとしやす》公が会を主宰し、大名や旗本《はたもと》らが名を連ねていた。

「このごろの赭鞭会にかつての勢いはないが、存じ寄りが幾人かおってな。ちょっと、訊《たず》ねてみよう」

「しかしながら、こう寒くては虫も表に出てこぬ。それに、江戸市中で捕まえられる虫はたかが知れているのではないか」

鶴田が首をひねっている。

「お上もそのあたりは配慮してくださったようです。寒さが和《やわ》らいだ頃、どこか暖かい土地へ出張《でば》れるように手配りするという話でした」

三

およそひと月後の二月末、開成所物産方の田中芳男、阿部為任《ためとう》、鶴田清次郎の三名が江戸を出立《しゅったつ》した。巴里の万国博覧会に出品する虫の標本をこしらえるため、相模《さがみ》、伊豆《いず》、駿河《するが》を巡《めぐ》るのだ。

芳男たちは羽織に裁付袴《たつつけ》、草鞋《わらじ》履《ば》きという出《い》で立ちで、肩には打飼《うちかい》袋を掛けている。虫捕りに関する道具一式は幾つかの葛籠に分け、人足三名とウマ三匹が運んだ。

「田中さん、わしもお供に従いていきたいのは山々じゃが、見ての通りの年寄りで、時どき手足に痺《しび》れが出る。皆の足手まといになってはならんので、倅の為任を差し遣《つか》わすことにした。何事も田中さんの指図に従うよう、とくといい聞かせてあるゆえ、存分にこき使ってくだされ」

品川《しながわ》まで一行を見送りにきた阿部喜任が、大木戸の手前で芳男に告げた。

「虫捕りの道具を揃えたり、標本の試作をしたりと、短いあいだに支度《したく》をととのえられたのも、阿部どのの豊かな知見があればこそ。ご当人に同道願えないのは残念ですが、為任どのも物産方に入門して三年、いまでは世話心得を務めておられます。ご案じなさいませぬよう」

そういって、芳男は喜任の横に立っている為任に目を向けた。

阿部為任は二十一歳、小柄ながら筋骨逞《きんこつたくま》しく、理知に富んだ目許が父親にそっくりである。その手が摑んでいる細竿《ほそざお》の端では、紺地《こんじ》に白く御用と染め抜かれた旗が、朝の光に浮かび上がっていた。

「よいな、為任。しかとお役目を務めるのじゃぞ」

「は。父上もお身体に気をつけてください」

「鶴田どの、なにぶんよろしく頼む」

喜任が少し離れたところにいる鶴田にも腰をかがめ、鶴田が深くうなずき返す。

周囲には、一行と同じように見送りの者と別れの挨拶《あいさつ》を交わしたり、あるいは出迎えにきた者と再会して歓声を上げる人たちでごった返している。

「では、行って参ります」

芳男たちは東海道を川崎《かわさき》、神奈川と歩き、夕刻には保土ケ谷《ほどがや》宿に着いて旅籠《はたご》に上がった。

あくる日、芳男たちが身支度をととのえて部屋を出ていくと、表口の土間で旅籠の番頭と話していた男ふたりが、こちらを見て背筋を伸ばした。

いくぶん太めの身体つきで羽織を着けた男が、恭《うやうや》しく腰を折る。

「金沢《かなざわ》村で名主を務める庄左衛門《しょうざえもん》と申します。本日は手前とこちらにおります源助《げんすけ》が、周辺をご案内させていただきます」

庄左衛門のやや後ろで、土地の百姓といった身なりをした男が、首に垂《た》らした手拭《てぬぐ》いを取って頭を下げた。

「源助でごぜえます」

「うむ、よろしく頼む」

芳男がわずかに顎《あご》を引くと、阿部為任と鶴田清次郎もそれに倣《なら》う。

物産方一行が向かう道筋には、あらかじめ幕府から通達が出されており、宿場での宿泊や人馬の継立に便宜を図るほか、土地に詳しい案内人を出してほしい旨を伝えてある。芳男たちは保土ヶ谷宿を出ると東海道を逸《そ》れて金沢、浦賀に向かい、三浦《みうら》半島をぐるりと巡ることになっていた。

往還《おうかん》に出てしばらくすると、芳男の横を歩く庄左衛門が遠慮がちに訊ねてきた。

「あの、お役人さま方は物産取り調べ御用で江戸からお見えになったとうかがっておりますが、どのようなものをお取り調べになるのでしょうか」

「草や木、花、石などだ。その土地でしか採れぬものがあるのでな」

「はあ、さようでございますか」

「それに、虫」

「虫？」

庄左衛門が、いぶかしそうな顔つきになる。

芳男は手にしている竹の棒を前に突き出す。

「これを使ってな、チョウやトンボが飛んでいるのを、さっと捕らえるのだ」

腕を左右に振り、棒の先に付いている網で空《くう》を切ってみせる。

ひゃあっと、後方で声が上がった。

「たまげたなあ。おらたちは、虫が草叢《くさむら》や石の上に止まっているところへそうっと近づいて、手を覆《おお》い被せて捕るだよ。虫捕り用の網があるなんて、さすがはお江戸だ」

源助が目を丸くしている。

「いや、江戸じゅう探したところで、虫捕り用の網など見つからぬ。これはな、もとは漁師が魚を獲るのに用いる叉手網《さであみ》というもので、物産方にて知恵を絞り、手を加えたのだ」

「ふうん、よくできているもんでごぜえますね」

「ついては源助、このあたりで虫がいそうな場所に連れていってくれぬか」

「へい、かしこまりましてごぜえます」

源助が芳男たちの前に立って歩き始めた。

脇街道といっても、行く手は景勝地として知られる金沢八景《はつけい》に通じており、江戸から気軽に行き来できるとあって、通行する人々は多い。遊山《ゆさん》に出掛ける親子連れや近隣の寺社へ参詣《さんけい》する人たちの姿も目立つ。

道沿いに広がる田んぼには、百姓たちが出て鍬を振るっている。掘り起こされた土が陽射《ひざ》しを吸い、あたりはのどかな匂《にお》いに満ちていた。畦《あぜ》に祀《まつ》られた小さな祠《ほこら》の傍らでは、桜がほころび始めている。

芳男は嘗百社の若い連中と小牧山へ採薬に出掛けたときのことを思い出していた。うららかな野辺《のべ》を千村五郎らと連れ立って歩きながら、目につく花や草木、虫、鳥などについて語らったものだ。あの時分は誰に指図されるでもなく、己《おの》れの興味の向くまま散策したにすぎなかったが、いまは違う。

一行の先頭に高く掲げられた御用旗を目にして、芳男の背筋が伸びる。

旅籠を出て一里《り》（約四キロ）ほど歩いただろうか、源助にうながされて田んぼの中の畦道に入り、さらに歩いていくと野原に出た。

「おらの小さい時分から、ここらの子供の遊び場になっていますだ。あっちとこっちに盛り上がった場所があって、男の子は陣取り合戦ができる。女の子は花摘《つ》みができる。そっちの先にあるため池では、水遊びもできますだ。虫もいっぱいおりますよ」

「おっ、チョウやらイナゴやら、ほかにもたくさんの虫がいる。田中先生、鶴田どの、どんどん捕まえましょう」

年若い阿部為任が快活な声を響かせたと思ったら、もうチョウを追いかけている。芳男と鶴田も、ナズナやハハコグサの繁《しげ》る草叢に足を踏み入れた。

江戸を発《た》つ前にも雑司《ぞうし》ヶ谷《や》村や駒込《こまごめ》村へ足を延ばして虫捕りの稽古《けいこ》はしたものの、暖かくなると虫たちの動きも潑剌《はつらつ》としてくるのか、容易には網に入ってくれない。それでも、網を振り回しているうちに、だんだん要領が飲み込めてきた。

捕まえたチョウは翅《はね》を畳んだ姿で胸を指先で押さえ、息の根を止めて半紙に包む。イナゴやテントウムシなども捕らえ、そのつど半紙に包んで行李《こうり》へ入れた。ため池では水に濡《ぬ》れぬよう刀を腰から外し、土手へほかの荷とまとめて置いて水辺へ下りる。網で掬《すく》ったタガメやゲンゴロウ、ミズカマキリは手拭いでさっと水気を取ったのち、チョウなどと同様に一匹ずつ包み、半紙には虫を捕まえた場所や日付、どのように捕まえたかといった事柄を記《しる》しておく。

「こうしていると、童心に返るような気がいたします。おや、田中先生、髷《まげ》の先にテントウムシが止まっていますよ」

阿部に指を差され、芳男が頭へ手を持っていく。

「どれ、ここか。あっ、逃げられた。子供時分はさほど虫には気が引かれなかったが、うまく捕まえられるようになると面白いものだな」

「えい、やあっ」

剣の達人でもある鶴田は、網の柄を正眼《せいがん》に構えて気合いを放っている。

「見ろ、お役人さま方があのように野を駆け回って」

「ほんにまあ、こりゃあ御用は御用でも、虫捕り御用でごぜえますなあ」

庄左衛門と源助が、あっけにとられていた。

「虫捕り御用か。いい得て妙だな」

芳男たち三人は、互いに顔を見合わせて笑う。

しばらくしてそこを切り上げると、往来に戻って別の場所へ移る。先を急ぐ旅であれば浦賀まで歩き進むところだが、虫を捕ったり草木を集めたりしながらの物産方一行は、金沢村の神社の鳥居前にある旅籠に泊まった。

土間ですすぎの湯を待つあいだに、庄左衛門が芳男に頭を低くする。

「恐れ入りますが、手前は本日のみで失礼いたし、明日は源助ひとりにてご案内いたします。源助、よろしく頼みますよ」

「へい。お役人さま方、ここから浦賀までは山道続きでごぜえますよ。今夜はゆっくりお休みくだせえ。朝になったら、また迎えに上がりますだ」

庄左衛門と源助が家へ帰っていき、部屋に通された芳男たちは、ひと息ついてから別棟《べつむね》にある湯殿へ向かった。白い湯気の立ち込める湯に浸《つ》かって汗を流し、部屋に戻ると、じきに夕餉《ゆうげ》が運ばれてくる。女中が行燈に灯を入れ、下がっていった。

三人は黙々と食べ終えて、膳を片隅《かたすみ》へ寄せた。

「どれ、イナゴは息をしておらぬが、テントウムシはまだ動いているようだ。ひとまず、チョウとイナゴの標本をこしらえるとするか」

幾つもの紙包みが入っている行李を、芳男がのぞき込む。死んだ虫は時が経つにつれ肢体《したい》が硬くこわばってしまうのもあり、なるたけその日のうちに標本にしておきたい。源助はゆっくり休めといったが、そうもしてはいられないのだ。

壁際では、馬に背負わせてきた葛籠のひとつを開けて、為任が標本道具を取り出していた。虫の消毒や保管に用いる焼酎《しょうちゅう》が三升《しょう》、標本を収める桐箱《きりばこ》や樟脳《しょうのう》、魚籠《びく》、笊といった具合だ。細かな作業をするための箸や鑷子《ピンセット》、針もある。また、コガネムシなどの甲虫類《こうちゅうるい》が硬くなったときはぬるま湯に浸すと肢体が柔らかくなり関節も動かしやすくなるので、土鍋や金盥《かなだらい》も持ってきていた。

行燈を部屋の中ほどに置いて、三人が取り囲むように腰を下ろす。

「私はチョウを受け持つよ」

葛籠から出した桐の板を、芳男が膝の前に据えながらいうと、

「では、手前はイナゴを」

為任が応じて、紙包みの仕分けをする。

絵を得手《えて》にしている鶴田は虫を描き写す役どころで、画帳や絵筆の支度に掛かっている。

芳男は紙包みを開くと、チョウを箸でつまんで板の上に載せた。翅の地色は白く、黒い紋《もん》が入っている。その翅を損じぬよう鑷子で広げ、胴体の中央に針を刺して板に留めた。そうしておいて、翅の上下から厚い紙で挟んで伸ばすようにする。標本の数が幾つかたまると、火鉢《ひばち》に近いところへ置いて乾かす。

こうした手順は、阿部喜任が赭鞭会にいる存じ寄りから教授を受けたものを土台と

している。赭鞭会では虫に針を刺していなかったそうだが、そこは芳男の裁量で嘗百社の流儀を採ることにした。

ただ、虫に刺す針を見つけるのには難儀した。江戸にある小間物屋で裁縫に使う待ち針を買い、虫を刺そうとすると、細くて折れてしまうのである。それならばと畳針を試したが、こんどは太すぎて虫が砕けた。

どうしたらよいものか、考えあぐねていた芳男の頭に浮かんだのが、かつて横浜ホテルで面会したことのあるシーボルトであった。

シーボルトが身に着けていた上着の生地《きじ》は、芳男たちの着物と比《くら》べてずいぶん厚手に見えた。西洋の衣服を仕立てる店には、細すぎず太すぎない針があるのではないか。

そう思いついて、横浜へ向かうと、一軒の仕立屋でようやく望み通りの針に出会えたのだ。試してみると、舶来の針は虫を刺しても折れないばかりか、日の本の針だと生じる錆《さび》も浮いてこなかった。

芳男の隣では、為任がイナゴの標本作りに掛かっている。

イナゴは腸《はらわた》を鑷子で抜き取ったのち、胴体に針を刺して板に留める。開成所で初めて試作した折は、腸を残したままだったので何日かすると腐敗した。芳男と喜任で検討して、腸を抜いたところうまくいった。芳男にしろ喜任にしろ、物産学を志《こころざ》すような者はもともと蘭方の医術を学んでいることもあり、何ゆえしくじったのか、大体の察しがつくのである。

「失礼いたします。膳を下げに参りました」

部屋の外で女中の声がした。

「お、すまんな」

為任が立ち上がって障子を開け、廊下へ膳を出すのを手伝った。

「あの、よろしければお休みの支度をいたしましょうか」

「いや、それはこちらでやる」

「ですが、お役人さまにそのような……、ひっ」

短い悲鳴がして芳男が振り向くと、為任の肩越しに女中の引きつった顔が見えた。大きく見開かれた目が、チョウの胴体を箸でつまんだ芳男の手許に釘付けになっている。

「ちと、今夜じゅうにしておかねばならぬことがあっての。いま少しかかるゆえ、手前どもには構わんでくれ。下がってよいぞ」

芳男はできるだけ物柔らかな口調でいったが、女中は蒼《あお》ざめた顔でかくかくと顎を引くと、部屋の障子をぴしゃっと閉めて立ち去った。

「どうも、参りましたな」

元の場所に腰を下ろしながら、為任が頭の後ろを掻《か》いている。

「この部屋の光景を目にしたのでは無理もない。しかしながら、人喰い鬼にでも遭《お》うたような顔であったな」

絵筆を持つ鶴田も、やれやれといった顔つきだ。

一刻《とき》（約二時間）ばかりして作業が終わる頃には、行燈のあかりも乏《とぼ》しくなっていた。

芳男は為任と鶴田に声を掛ける。

「そろそろ寝よう。この調子で、いろいろな虫を集められるとよいな」

「抜き取った腸や草などのごみは、紙に包んであります。明日、どこかで土に埋めましょう」

為任が手を止めて応じ、鶴田も道具を仕舞い始めた。

次の日、一行は源助の案内で虫捕りはむろん、草木や鉱物も採りつつ浦賀を目指した。源助とは浦賀で別れ、翌日は三崎《みさき》に住む案内人と共に旅を続けた。そんなふうにして逗子《ずし》、片瀬《かたせ》と巡ったのち、藤沢《ふじさわ》から小田原《おだわら》までは東海道を歩き、ふたたび脇街道に入ると伊豆半島を海岸線沿いに進んでいった。沼津《ぬまづ》からは東海道を辿り、駿河の府中《ふちゅう》で折り返したのは、四月の末である。

帰路は内陸を進んで富士山の裾野《すその》をめぐり、箱根《はこね》の峠を越えて小田原に着いた。芳男たちの荷には、熱海《あたみ》や箱根の温泉が詰められたビール瓶《びん》もあった。温泉の成分を分析している化学局の知り合いから頼まれたのだ。横浜で舶来の針とともに調達したビール瓶が、ここで役に立った。

丹沢《たんざわ》の山裾を回ったのち、伊勢原《いせはら》あたりからは矢倉沢《やぐらざわ》往還で厚木《あつぎ》、溝口《みぞのくち》、世田谷《せたがや》を抜け、五月半ばをすぎて江戸に入った。

四

ウマに背負わせた荷を物産方の詰所に運び入れると、芳男はそこにいた阿部喜任からざっと引き継ぎを受けて市ヶ谷火之番町の家に戻った。

「ただいま帰りました」

腰高障子を引いて声を入れると、奥で物音がして人影がのぞく。

「おお、芳男か」

「父上、お久しゅうございます」

芳男は深く腰を折った。旅に出ているあいだ、幾月も家を無人にするのは不用心だと、隆三が飯田から出てきてくれたのである。

「疲れただろう。待っておれ、すすぎを持ってきてやろう」

「お気遣いなく。手前が井戸端へ参ります」

芳男は裏へ回って井戸の水を汲《く》んだ。汗と埃にまみれた着物を脱いで、頭から水を被る。江戸を出立したときは寒さが残っていたが、いつしか蒸《む》し蒸しする季節になって、ひんやりした水の刺激《しげき》が心地よい。さっぱりした肌に、父が簞笥《たんす》から出してきてくれた浴衣《ゆかた》をまとう。

暮れ六ツ（午後六時頃）の鐘が今しがた鳴ったところで、茶の間の行燈には灯が入っていた。

芳男が江戸を発つのと入れ違いに隆三が市ヶ谷を訪ねてきたのだが、部屋に置いてある物はそのままにしておいてくれと頼んでおいた通り、茶の間には書物や木箱が雑然と、しかし芳男にとっては整然と収まっている。

「そろそろ夕餉にしようと思っていたのだ。隣のかみさんが芋の煮付けをたんと持ってきてくれてな」

隆三が台所からふたり分の膳を運んでくる。お津真を娶《めと》るまで長らく独りでいたこともあって、父は炊事が苦にならないのだ。膳には芋の煮付けのほかに青菜のお浸しや香の物が載っており、燗《かん》をした銚子がそれぞれ一本ずつ付いている。

「あいすみません。父上にこのようにしていただいては、罰が当たりますな」

「お前、少し背が伸びたのではないか。肩や胸のあたりも、逞しくなったような」

膳を向かい合いに並べた隆三が、芳男をまぶしそうに見上げた。

「父上の気のせいでしょう。旅では山道も歩いて、陽にも灼《や》けましたから、引き締まって見えるかもしれませんが」

芳男は畳に腰を下ろす。およそ五年ぶりに会う父は白髪《しらが》がめっきり増え、身体も小さく萎《しぼ》んだようで胸を衝《つ》かれたが、口には出さなかった。

「母上はご息災でおられますか」

「案ずるな、変わりない。自分も江戸に行きたいというておったが、飯田に残してきて正解だったわ。この部屋を目にしたら、卒倒しかねん」

隆三が大仰《おおぎょう》に顔をしかめ、銚子の注《つ》ぎ口を芳男へ向ける。両手で持った杯《さかずき》に酒を受け、芳男も父に酌《しゃく》をした。互いに杯を目の前に掲げて、口をつける。

「それにしても、芳男が虫捕りの旅に出るとはな。子供のときも、文輔はカブトムシやクワガタを捕ってきて虫相撲《ずもう》などしていたが、お前は見向きもせんかった。そう、石ころばかり集めておって」

亡き兄の名を口にして、隆三が目を細める。

「手だか足だかわからんのが何本も付いていたり、いきなり飛んだりするのが、何となく薄気味悪くて触りたくなかったのです。しかし、御用となればそんなことはいっておられません」

芳男は膳のものを食べながら、標本のこしらえ方や旅の様子を話す。隆三は問いを投げ掛けたり、相づちを打ったりして、熱心に聞いている。

「これでよい土産《みやげ》話ができた。飯田に帰ったら、市岡さまにも語って差し上げよう」

「経智さまは、こんどこそ本当に隠居なさったとか」

「七十になったのをしおに、久々利《くくり》から戻ってこられての。お前の近況を私から聞くのを、たいそう楽しみにしておられる。仏蘭西で大きな物産会が開かれると申し上げたら、子供のように目をきらきらなさっての」

隆三が杯を口へ持っていき、言葉を続ける。

「ひとりでこの家にいてもつまらんし、開成所を訪ねてみたのだ。阿部喜任どのという御仁が、物産方を案内してくださった。培養地にも連れていってもろうたが、見たともない花があちらこちらで咲いて、ここはまことに日の本かと目を疑《うたご》うたぞ。蔬菜も育てて研究しているそうだな」

「冬室《とうむろ》などもこしらえましてね。春夏秋冬を通じて新鮮な蔬菜を口にできるようにならんかと、あれこれ工夫を重ねています」

隆三が感慨深そうにうなずく。

「お前が本草学をやりたいといいだした時分は、たかが医術の添え物と軽く見ておったが、物産学と呼ばれるようになったいま、己れの不料簡《ふりようけん》を恥じておる。虫を捕って何になるのか、私ごときにはわからんが、それもいずれは世の中に益をもたらすのであろうて」

「…………」

「ん、どうした」

うつむいた芳男を、隆三がいぶかしそうに見る。

「虫を捕って何になるのか、正直いって手前にもわからんのです」

杯に残っている酒を呑んで、芳男は長い息を吐く。

「蛀虫《ぼうちゆう》や䗪虫《しやちゆう》のように薬種として扱われる虫もありますし、害虫を研究するのも有用だと思います。ですが、チョウやトンボの標本がどんな役に立つのかとなると、ちょっと見当がつかないのです」

隆三の手が伸びてきて、芳男の杯が酒で満たされる。

「こたびの道中では、奇妙なものでも見るような目を手前どもに向ける人たちもおりましてね。昨年、帝《みかど》が条約に勅許《ちょっきょ》を下されたことで開国が日の本の国策となり、声高《こわだか》に攘夷《じょうい》を叫ぶ輩《やから》は鳴りを潜《ひそ》めたものの、米や醤油、味噌といった品々の値は吊《つ》り上がるばかりで、庶民は依然として幕府に不満を抱いています。珍しい虫がいる土地に新たな運上《うんじょう》を課すために、幕府が物産方を調べに遣わしたのではと勘繰《かんぐ》る連中もいるのですよ。運上などとは結びつきようもないと笑い飛ばしてやりましたが、では何のためにと改めて問われると、どうにも答えようがありませんで」

旅の疲れと久しぶりに父の顔を見た懐《なつ》かしさ、そこへ酒の酔いが加わって、芳男は抑えていたものを残らず吐き出したくなった。

「ここだけの話ですが、仏蘭西側で虫の標本を望んでいるのは、学者ならともかく、商人だというのです。開成所の頭取からそれを聞いたときは、書画や置物の壺《つぼ》か何かと考え違いをしているのではないかと腹立たしくなりましたよ。お上が仏蘭西に約束したことですし、物産方も名指しされたからには取り組まざるをえないのですがね。だがやっぱり、これがまことに己れの為《な》すべきことなのかと、思わずにはいられません」

その思いは、旅のあいだじゅう芳男の頭を離れなかった。しかしながら、同行のふたりにいえることではない。

隆三が酒を口に含み、天井に目を向けた。

「己れの意に添わぬことであっても、誰かに求められているのであれば、それでよいのではないかのう」

いま一度、杯を口へ運んで、芳男に向き直る。

「若い時分、美濃国恵那郡で医者として開業した私は、五年ほどして信州の座光寺村へ移った。女手ひとつで己れを育ててくれた母を郷里に残し、縁者もいない土地に行ってどうなるものか、座光寺村で暮らし始めても不安で仕方なかったものだ。それでも、病《やまい》に苦しむ村人を救いたいとの一心で医業に励《はげ》むうち、市岡さまや北原さまのような方々にも恵まれてな。こんな己れでも何かの役に立てたと思えるようになったのは、ずっとのちのこと、千村陣屋に勤めてからのことよ」

「父上……」

「うまくはいえぬが、場を選り好《え》みする者は、いかような場を与えられたところで何事も成し遂《と》げられはせぬだろうて」

隆三が美濃の出だとは聞いていたが、これまでにさまざまな迷いがあったのは知らなかった。

芳男は父の言葉を反芻《はんすう》する。来年で三十歳になるというのに、飯田で『三字経』を教わっていた頃とちっとも変わらない気がした。

酒を呑み下すと、じんわりとしたぬくもりが咽喉の奥に広がっていく。やはり、父にはかなわない。

隆三の顔が、うっすらと上気していた。酒で血の巡りがよくなったのか、なんとなく若くなったように見える。

「とはいえ、お前が開成所でどのように勤めているかを垣間見《かいま》ることができて、いささか胸を撫《な》で下ろした。あとは嫁取りだな」

「いや、それはまだ」

芳男はわずかに噎《む》せて杯を置いた。

「その齢になって、まだはなかろう。住まいがあっても、隣のかみさんに飯を作ってもらうのでは恰好がつかぬ。明日にでも話せばよいかと思うていたが、お前に縁談があるのだ。相手は飯田の娘でな」

「ちょ、待ってください」

「なんだ、江戸で好きな女子でもできたか」

隆三が鼻白《はなじろ》んだような顔になった。

前にも似たことを伊藤圭介に訊《き》かれたのを、芳男は思い出す。あのときはなぜか千鳥屋の女中、お駒の顔が瞼《まぶた》によみがえったが、いまは誰の顔も浮かばない。伊藤が物産方を辞してからこっちは、そのくらい多忙であった。

「いまは縁談など本当に考えられないのです。採薬で二、三日、家を空けるのはしょっちゅうですし、こたびのように長くなることもあります。虫捕りの旅も、今後また近場へ出向く手筈《てはず》になっておりますし」

「だから嫁をもらえば」

「そうはいいましても、江戸は三年ほど前に参勤交代《さんきんこうたい》の制が緩《ゆる》んで以来、どこの藩邸でも限られた人数の家臣しか置いていないのですよ。国許へ帰った大名の家族のために、江戸屋敷の建物を解体して領内へ移築した藩もあると聞いています。町人地はともかく、武家屋敷は破屋《はおく》も同然。そんなところに、飯田の田舎《いなか》から出てきたばかりの娘をひとりにしておくわけにはいかんでしょう」

「それはそうだが、むむ」

結局、その話はそこまでとなった。

三日後、隆三は飯田へ帰っていった。

「いま少しここにおりたい気もするが、じきに文輔の法要を控《ひか》えておるのでな」

「お元気な顔を見ることができて、嬉《うれ》しゅうございました。父上がいなくて、母上も寂《さび》しがっておられるでしょう。道中、どうかくれぐれもお気をつけて」

「お前も、たまには飯田に帰ってこられるとよいが」

「虫捕り御用が一段落しましたら、いくらか休暇もいただけるかと。父上や市岡さまと、心ゆくまで語り明かしとうございます」

「うむ、心待ちにしておるぞ」

「嫁取りの話は、その折にでも。これは隣の女房にこしらえてもらった握り飯です。今日のところはこちらで勘弁してください」

そういって、竹皮に包まれた握り飯を渡す。

隆三は幾度も振り返った。遠ざかっていく父の姿が小さくなるまで、芳男は手を振って見送った。

五

芳男たちが相模、伊豆、駿河から帰ってきたのち、物産方では下総《しもうさ》の松戸《まつど》から船橋《ふなばし》、行徳《ぎょうとく》一帯と、武蔵《むさし》の内藤新宿《ないとうしんじゅく》から府中《ふちゅう》、日野《ひの》、飯能《はんのう》、川越《かわごえ》あたりにも二度に分けて旅に出た。江戸に戻ると、標本を虫の種類ごとに仕分けて新しい桐箱に刺し並べたり、採集した植物や鉱物を整理したりする。

夏になると、セミやトンボ、カブトムシなど捕れる虫の種類も増えた。

やがて暑さも和らいで、秋の虫が鳴き始める。幾度かの大風が吹き荒れて、さわやかな晴天が続いたのちは、日ごとに風がひんやりしてくる。

十月に入って十日もした頃、芳男が家に帰ってくると、津田仙が訪ねてきた。

「やあ、やっと会えたぞ」

戸口に出た芳男の顔を見て、開口一番にいう。

「虫捕り御用に掛かりきりで、出たり入ったりしておりましたからね」

「前に顔を合わせたのは年が明けてすぐだったが、すっかり冬になっちまった」

「先だって手前がそちらへうかがった折は、津田さんがおいでにならなかったし」

「祝いの品を届けてもらったのに、すまなかった。御城《おしろ》の帰りに、礼をいいに寄ったのだ」

　この秋、津田に待望の男の子が生まれたのである。

「立ち話もなんですし、どうぞお上がりください」

　部屋に入った津田は、長火鉢の前に陣取って手をかざしながら周囲を見回した。

「しばらく来ないうちに、物がまた増えたな」

「家でも虫の標本を作っておりましたので」

　芳男は長火鉢を挟んだ向かいに腰を下ろす。

「春先であったか、開成所に行ったらお前さんは例によってどこかへ出ていたのだが、阿部喜任どのが声を掛けてくれてな。お前さんたちがどこぞで林檎《りんご》の木を接《つ》いだという話を聞かせてくだすった」

「ああ、平菓花《アップル》のことですな。巣鴨《すがも》にある福井藩の下屋敷に平菓花の樹が植わっているので、物産方でも育ててみないかと持ち掛けられましてね。開成所で独《ど》語《く》の教授職を務めておられた方が、福井藩にゆかりがありまして、そこから話が回ってきたのです。なんでも、春嶽《しゅんがく》公がかつて亜米利加から苗《なえ》を取り寄せて、福井と江戸に植えられたそうでして」

前福井藩主、松平《まつだいら》春嶽公は藩政改革で西洋砲術や洋学を採用するなど、諸外国にも広く目を向けていた。

「春嶽公は開明派のお方だが、それにしても熱心なことだ」

「話を聞いて、手前も少々驚きましたがね。行ってみたら、背丈が一間《けん》(約一・八メートル)ばかりもある平菓花の木が、二、三十種ほど植えられていましたよ」

「へえ」

「物産方に出入りしている植木屋とも相談して、台木には日の本の林檎や海棠《かいどう》がふさわしいだろうとのことで、こちらから十本ばかり見繕《みつくろ》って持ち込みましてね。平菓花の枝を切らせてもらって、その台木に接いだのです」

「実が生《な》るのに、どのくらいかかるんだい」

「さあ、何ともいえませんが、福井藩の下屋敷では苗木を植えてから四、五年掛かったそうです」

「そうか。だいぶ待たされるのだな」

「接ぎ木したものが実をつけるのは当分、先になりますが、手前が下屋敷にうかがったときに実が生っている木もありましてね。ちょうど幾つか食べ頃になっていて」

「食べたのか」

芳男がにやりと笑うと、津田は悔しそうに顔を歪《ゆが》ませた。

艶《つや》やかな赤い実を枝からもいで、着物の袖で軽く拭《ふ》いてかぶりついたのだった。心地よい歯ごたえと、口いっぱいにあふれる甘酸《あまず》っぱい汁。思い出すだけで、唾《つば》が湧《わ》いてくる。それに、あの香りといったら。

「そうだ、ちょっと待っていてください」

芳男は立ち上がると台所に向かった。しばらくして、部屋に戻る。

「これは一体……。何やら、よい香りがするが」

津田が前に置かれた湯呑みに目を落とす。

「カミツレの茶です。欧羅巴から渡ってきた種を、物産方で栽培していましてね。あちらでは、花を乾かして煎《せん》じたものを飲むと、発汗や解熱に効《き》くとされているようです。どことなく、平菓花の香りに似ているのですよ」

津田が湯呑みに鼻を近づけて、くんくんやっている。ひとくち飲んで、ほうっと息をつく。

「いやはや、気持ちが和らぐようだ」

津田は、赤子がよく乳を飲んで泣き声も勇ましいなどと口にしてから、物産方のことに話を戻した。

「それで、巴里の博覧会に出す虫の標本は揃ったのか」

「もうひと息といったところです。博覧会に出す書画や陶器などの品々も集めて、七月に開成所で内見会があったのですが、虫の標本はまるで数が足りないと、仏蘭西の役人から意見されましてね。江戸近郊を追加で回ったような次第でして」

「私は持ち場が違うが、外国方も漆器や錺《かざり》細工の類を集めるよう割り振られていて、受け持ちになった人たちは大わらわになっているよ。何年か前に、竹内下野守様の使節団が欧羅巴を回られたことがあっただろう。あの折は英吉利の倫敦《ロンドン》で万国博覧会が催されていて、使節団の何人かが見物したそうなんだ。いま外国方にいる福沢諭吉さんも、そのひとりでね。会場に入ってみたら、〈JAPAN〉と記された垂れ幕の掛かる一角があって、女物の古着や提灯《ちょうちん》、草履、蓑《みの》、傘なんかが並んでいたものだから、びっくりしたらしい」

「提灯に草履……。まるで荒物屋の店先じゃありませんか」

芳男は眉をひそめた。

「どうも、英国公使であったオールコックどのあたりが、そのへんで目についたものを手当たり次第に買って本国へ送ったとみえる。使節団には、あまりにもみすぼらしいと憤慨《ふんがい》した人もいたそうでね。そんな経緯《いきさつ》もあって、正式に日の本が参加するからにはそれ相応《そうおう》の品を送り出さねばならんと、気合いが入っているのだ」

津田がおどけたように首をすくめる。

「ここに虫の標本はあるのかい」

「少しでしたら」

芳男は襖を開け、隣の部屋から桐箱を持ってきた。畳に置いて、蓋を取る。

「ふうむ、見事なものだ」

「これは仮置きの箱でして、じっさいに出品する箱は、こう、上に硝子板《ガラス》が嵌《は》めてあるんです。外から虫が入るといけませんので」

芳男の言葉にうなずいた津田が、ふと、開けっ放しになっている襖のほうを怪訝そうに見る。

「見間違いであったらすまぬが、文机《ふづくえ》の横に設《しつら》えられているのは、仏壇ではないのか」

桐箱に蓋を被せて、芳男は津田に膝を向けた。

「父が亡くなりました」

「なに、父上が。たしか、お前さんが留守にしているあいだ、ここで番をしておられたのではなかったか」

「手前が旅から戻ったので、飯田へ帰ったのです。向こうに着いて十日後、朝餉を食べているときに気持ちが悪いと胸を押さえて、そのまま……。こっちは下総の村々を回っているところで、問屋《とい や》場に開成所から知らせが届いているのを見て仰天しましてね。虫捕りは同行の者に託して、まっすぐ飯田に駆け付けましたが、父はすでに息を引き取ったあとでして」

「そうだったのか。私ときたら、何も知らないで……」

津田が沈痛な面持ちになる。

「気になさらないでください。父とは江戸で酒を呑みながら語らいましたし、いまとなってはきちんと別れの杯を交わすことができてよかったと思っています」

飯田では、葬儀のあとで市岡経智と少しばかり話をする時を持てた。芳男が蕃書調所の物産学手伝出役を拝命したとき、隆三は市岡と座光寺村の北原民右衛門を家に招いてささやかな祝宴を催したという。隆三は、これで芳男もようやく一人前になれそうだとほっとした表情で、それも幼い時分より目を外界へ向けるようおふたりからご指導いただいたおかげだと幾度も頭を下げた。上機嫌で酒を呑み、自作の踊りまで披露したそうだ。「わしも北原もそのような隆三どのを見たことがなく、意外でも可笑《お か》しくもあり、夜遅くまで笑い声が絶えなかった」と、市岡は静かに微笑《ほほ え》みながら語ってくれた。

父の死顔を見ても泣かなかったのに、それを聞いたときは胸が詰まった。

芳男は隣の部屋に目をやる。飯田の家から父の形見《かたみ》にと持ってきた『三字経』が、仏壇の手前に置かれていた。

鼻を鳴らして、明るい声をこしらえる。

「津田さんは、いまはどのようなことを受け持っているのですか」

目の縁《ふち》をいくぶん赤くした津田が、二度ばかり瞬《まばた》きして応じた。

「中身は詳しく話せぬが、ある件で亜米利加とやりとりをしているところでな。日の本で公使館の連中と話していても埒《らち》が明かんので、向こうへ行ってじかに掛け合うことになってね。その使節団の一員に、私も加えてもらえそうなんだ」

「津田さんが、亜米利加に……」

「渡航する者を募っていたので手を挙《あ》げたら、聞き入れられてね。さっきの福沢さんも、たぶん同行する。日ごろは英語で書かれた文書を日本語に訳しているが、何のことだか見当がつかない文物もわりあいにあるのだ。それゆえ、亜米利加をじっさいにこの目で見てみたい」

「外国方の通弁を務めておられれば、その国について理解を深めたくなるのは当たり前かと。希《のぞ》みが叶《かな》って、ようございました」

心の底から出た言葉ではあったが、芳男は津田に先を越されたという気もした。

「田中は、巴里に行かんのか。標本を見て思ったが、存外に繊細《せんさい》で脆《もろ》そうだ。向こうへ送る途中に何かあったら、付き添いが素人《しろうと》では手に負えぬだろう」

しばらく考えて、芳男は口を開く。

「じつは、津田さんがおっしゃったような声が開成所でも上がって、手前を付き添いに遣わしてもらえぬかと上申してくだすったのです。しかし、つい先だって却下されました」

「な、どうして」

「付き添いは御家人《ごけにん》でなくてはならんというのです。手前は、旗本千村家の家臣ですから」

身分を持ち出されたのでは、どうすることもできない。

津田も口をつぐんでいる。

「ですが、それはそれで構わないのです」

芳男は顔を上げて胸を張った。

「己れに与えられた場で、為すべきことをまっとうするのみ。場を選り好みするようでは、何事も成し遂げられませんからね」

「田中……」

「物産方では、カミツレのほかにジギタリスの研究にも力を入れていますし、亜麻《あま》からは油を採るだけでなく、茎から糸を得て布を織ることができないかということにも取り組んでいます。手狭になっていた培養地も、今般、雑司ヶ谷にある御鷹《おたか》部屋組屋敷の敷地を賜《たまわ》ることができたので、そちらの手入れもありますし」

五ツ（午後八時頃）を告げる鐘が聞こえてきた。

「お、そろそろ帰らなくては」

津田が腰を浮かしながらいった。

「船の出る日が決まったら、また知らせる」

「ええ、ぜひ。港へ見送りに行きますよ」

第五章　巴里《パリ》の夢

一

ご飯に味噌汁《みそしる》、香の物の朝餉《あさげ》をすませると、芳男はいつものように仏壇に手を合わせた。

身支度《みじたく》をして家の窓や勝手口の戸締りをたしかめ、表口から出ようとしたところで、ふと思いついていま一度、部屋に上がる。風呂敷《ふろしき》の結び目をほどき、仏壇の手前に置かれた『三字経』を荷に加えると、元のように包み直して家を出た。

慶応二年（一八六六）十二月十日、頭上には冬晴れの空が広がり、吐《は》く息が白く立ちのぼる。

市ヶ谷門をくぐった芳男は、開成所のある九段坂のほうではなく、外濠《そとぼり》に沿《そ》って歩いていった。

五ツ半（午前九時頃）頃、品川にさしかかった。混み合う時分を避《さ》けたつもりだが、宿場の往来《おうらい》にはかなりの人が行き交っている。

「田中先生、こちらです」

大木戸の脇で、阿部為任が伸び上がるようにして手を振っていた。

「うむ、おはよう」

芳男は袴《はかま》を大股《おおまた》にさばいて近づいていく。

「すまんな。開成所から荷車を曳《ひ》いてくるのは、けっこうな骨折りであっただろう」

「なんの。物産方にてととのえた虫や草花の標本、鉱物などがつごう五十六箱。これらが仏蘭西《フランス》へ渡ると思うと、胸がわくわくいたします」

為任がかたわらを振り向くと、二台の荷車の周りを取り囲んでいる十人ほどの若者が笑顔でうなずいた。いずれも、物産方に籍を置く生徒たちだ。巴里《パリ》で催《もよお》される万国博覧会へ送り出す荷を船に積み込むため、揃《そろ》って出向いてきたのであった。

芳男は海へ目を転じた。手前の岸には小さな漁船が肩を寄せ合うように舫《もや》われており、少し沖へいくと帆を下ろした千石船が何隻《せき》か碇泊《ていはく》している。

そこからだいぶ向こうに、小山のような黒い塊《かたまり》が幾《いく》つか海面に浮かんでいた。

「あの中のいずれかが、エゾフ号だろう。英国籍の船で、埃及《エジプト》のスエズ行きだそうだ」

「いちばん小さなものでも、千石船の五倍の大きさはあろうかと」

芳男が指差すほうへ目をやって、為任や生徒たちが驚きともため息ともつかぬ声を洩《も》らす。

宿場の本陣に立ち寄ると、幕府から遣《つか》わされた役人によって手続きが行われ、それがすむと芳男たちは荷をエゾフ号へ運び入れる準備に掛かった。

「黒船は千石船よりもずっと船底が深《ふこ》うございまして、エゾフ号も二里《り》（約八キロ）ほど沖合に碇泊しております。江戸前の海は遠浅ですので、そうするほかありませんでして。陸地からエゾフ号へ積み荷を運ぶには、艀《はしけ》で行き来いたします。手前どもの船頭に案内させますので、こちらでお待ちを」

役人に指示された船宿へ行くと、主人がそういって腰をかがめた。

「まず、私が少々の荷を持ってエゾフ号に乗り込もう。阿部たちは、後から残りの荷を運んできてくれ」

芳男は虫の標本が並ぶ桐箱《きりばこ》を幾つか重ねて油紙で包み、艀に乗って海へ出た。船頭三人が三丁櫓《ろこ》を漕いで艀は進むが、エゾフ号に辿《たど》り着くのに四半刻《しはんとき》（約三〇分）ほどもかかる。

艀からエゾフ号に乗り移った芳男は、船長に挨拶《あいさつ》をして、為任たちが荷を運んでくるのを待った。陸地から運ばれた荷は、エゾフ号にいる芳男が受け取り、頑丈にできている長持《ながもち》のような箱に収めていく。

艀が幾度か往復して、すべての荷を運び入れる頃には、陽《ひ》はすっかり西に傾いていた。

「先生、物産方の荷はこれでおしまいです」

「そうか。阿部もこちらをちょっとばかり手伝ってくれぬか」

芳男は為任をエゾフ号の甲板《かんぱん》に上がらせると、荷物室へ連れていった。

「この長持みたいな箱をふたりで抱えて、壁のほうへ寄せたいのだ」

「わかりました。では」

為任が腰を落とす。

「よいか、慎重に頼むぞ。虫の標本が収まっているのだからな。そう、ゆっくりと」

ほどなく箱の位置を移し終え、芳男と為任がふうっと息をつく。

そのとき、芳男の後ろで声がした。

「ふたりとも、お疲れさん」

振り返ると、荷物室の入り口に男が立っている。

「や、津田さん。いつからそこに」

「物産方が博覧会の荷を船に積み込んでいると、外国方で耳にしたのでな。御城《おしろ》を下がって、まっすぐ品川へ駆けつけた。船宿に詰めている物産方の生徒にわけを話すと、艀に乗せてくれてね。この船に乗り移ったら、田中がここへ入っていくのが見えたのだ」

荷物室を物珍しそうに見回しながら、津田仙が近寄ってくる。

「いよいよ、仏蘭西へ赴《おもむ》くのだな。それにしても、お前さんのほうが先になるとは」

「二転三転しましたが、行かせてもらえることになりました」

「当たり前だ。市ヶ谷の家で虫の標本を目にしたときから、お前さんをおいて適任な者がほかにいるものかと思っていたよ」

虫の標本に芳男を付き添わせたいとの開成所の申し入れは、三度目にしてようやく幕府に受け入れられたのだ。同時に、幕府方の出品物すべての運搬と陳列を取り仕切るという大役も仰《おお》せつかった。

「先生、手前はこれにて陸地へ戻ります」

為任が控《ひか》えめに声を掛けてくる。

「朝からご苦労だった。私はこのまま船に残るが、気をつけて帰るように。若い連中にも、よろしく伝えてくれ」

「先生も、お体を大事になさってください。日《ひ》の本《もと》を留守になさっているあいだは、手前どもが培養地の手入れに努めます。諸々の研究もぬかりなく進めて参ると、父、喜任も申しておりました」

荷物室から為任が出ていくのを見届けて、芳男は首をめぐらした。

「腹が空《す》きませんか。津田さんも、夕餉《ゆうげ》を一緒にどうです」

「じつをいうと、端《はな》からそのつもりで参ったのだ」

津田がおどけたふうに応じ、ふたりは食堂に移った。広々とした板間に、細長い飯台がふたつ並べてあり、椅子《いす》が何脚か置かれている。窓はあるものの部屋は薄暗く、飯台の上に灯《とも》る蠟燭《ろうそく》の光が、周囲をほんのりと照らしていた。

印度《インド》人の給仕係が、ふたりを手前の席に通してくれる。客は芳男たちだけのようだ。椅子に腰掛けて気づいたが、飯台も椅子も、動かぬように釘か何かで床に据え付けてあった。

ふたり分の夕餉を芳男が英語で注文すると、給仕係は小さくうなずいて下がっていく。

「静かなもんだな。ほかに客はいないのか」

芳男の向かいで、津田が訊《たず》ねる。

「明日からは幕府方と商人方の出品物を積み込むので、にぎやかになるでしょうね。船に乗ったときに船長と話したのですが、日本人客は我々の一行、十三人のみだとか。あとは、西洋人や支那《しな》人の客が何組か」

巴里の万国博覧会には、徳川幕府第十五代将軍、慶喜《よしのぶ》公の異母弟、徳川民部大輔《みんぶたいふ》昭武《あきたけ》公が名代《みょうだい》として遣わされることが決まっている。芳男たちはいわば先発隊で、出品物を巴里まで運び、会場の飾り付けをすませたのちに昭武公の使節団をお迎えするという段取りになっていた。

「そういえば、外国方で旅切手を発行する係の者がいっていたが、商人方には女子《おなご》が三人いるそうだな」

「へえ、女子が」

「なんでも、博覧会場に茶屋を設けて、その女子たちが見物客に湯茶を供する趣向らしい。商人方の出品物総代を請け負《お》う清水卯三郎《しみずうさぶろう》という男の発案で、お上《かみ》でも反対する声があったが、しまいには承認したのだとか。三人とも、卯三郎が贔屓《ひいき》にしている芸者だそうな」

「はあ。手前みたいに無粋な者には、芸者と話す折など、どう転《ころ》んでもめぐってはこないでしょうな」

気のない返事をする芳男に、津田が苦笑している。

「博覧会には、佐賀藩や薩摩藩も参加するのだろう。その品々も、この船で運ぶのかい」

「あちらはあちらで、長崎からめいめいに船を仕立てるそうですよ。佐賀藩は焼物を持っていくと聞いています。薩摩藩は、よくわからないのですがね。巴里の会場をどのように飾り付けるかは、向こうで合流したのち話し合うことになろうかと」

「ふむ、九州の藩が横浜から船を出そうとすると、かえって遠回りになるものな」

そうだ、これを渡しておこうといって、津田が懐《ふところ》から書物を取り出した。三巻で一揃いになっている。蠟燭のあかりに、『西洋事情《せいようじじょう》』という題字が浮かび上がった。

「それはたしか、外国方の福沢諭吉さんが筆を執《と》られた……」

「福沢さんが亜米利加《アメリカ》や欧羅巴《ヨーロッパ》で見聞したことを基《もと》に、欧米の事物について解説を加えたものだ。読んでおけば、巴里で助かるのではないかと思ってな。福沢さんに頼んで、じきじきに譲《ゆず》ってもらったのだ」

「しばらく前に売り出されたのは存じていたのですが、虫捕り御用などでばたばたして、手に入れていなかったのです。これはありがたい」

芳男は頭を下げて受け取った。

給仕係が料理を運んできた。焼いた肉が盛り付けられた大皿と汁物の入った鉢《はち》、丸いパンが載《の》る皿などが、飯台に並べられる。津田が肉を指差して、給仕係と短いやりとりをした。

「ウシの肉だそうだ。横浜の居留地あたりで仕入れたのだろうな」

「まさに横浜の匂《にお》いですよ、これは。何年か前に開港場の路地で嗅《か》いだときは胸がむかむかしました。いまはずいぶん慣れましたが、口にしたことはありません」

「私もだ。もっとも、亜米利加へ行く前に、西洋の料理を試《ため》しに食べてみたくてね」

国の交渉事にあたるため、津田も近いうちに亜米利加へ渡ることになっている。

芳男は皿の両脇に置かれた銀製のナイフとフォークを持つと、肉をひと口の大きさに切り分けた。西洋の食事の作法については、外国へ行ったことのある開成所の教授方に図を描いてもらって講釈を受けている。じっさいにナイフとフォークを手にするのは初めてだが、わりとうまく使えた。

肉の欠片《かけら》をひとつ、口に入れる。歯を立てるとぷつりと肉の繊維が切れ、脂《あぶら》がじゅわっと広がる。

「獣《けもの》に特有の匂いはあるものの、この、適当にちぎったパンと合わせると、いくらか和《やわ》らぎますね」

「ほほう。パンにボートルを塗《ぬ》ると、また違った風味が加わるぞ」

ボートルは蘭《らん》語で、牛の乳を固めたものを指している。英語では、バターという。

「食事は日に三度のことですし、口に合うか案じておりましたが、これなら何とかなりそうです」

「うん。私も、けっこう好みの味だな」

芳男と津田は、出された料理を残らず平らげた。

やがて、ふたりは食堂を出て甲板へ上がった。暗がりの向こうでは、品川宿に軒《のき》を連《つら》ねる旅籠《はたご》や料理屋の灯《ひ》あかりが、うっすらと瞬《またた》いている。

潮風に頰《ほお》を撫《な》でられながら、芳男は津田に訊ねかけた。

「亜米利加行きの船に乗るのは、いつ頃ですか」

「年明け早々になりそうだよ」

芳男の前に、すっと手が差し出される。

「ここは西洋の船の上だ。別れの儀式も、西洋風にしよう。道中、くれぐれも達者でな」

「津田さんも、どうかご無事で」

芳男は津田の手を握り返し、目を見交わした。互いに言葉にこそしないが、生きてふたたび会える保証はない。

津田は一度、大きくうなずくと、船を下りていった。

幕府方と商人方の出品物、合わせて三百四十五箱を積み込んだエゾフ号が品川を発《た》ったのは十二月十四日のこと、横浜に立ち寄ったのち、翌十五日の朝に港を出ると、そこからはぐんぐん速度を上げていく。

腹の底に重く響く、蒸気機関の音。摑《つか》んだ甲板の手すりから伝わってくる、力強い振動。石炭が燃える、つんとした匂い。頰を切る、刃《やいば》のような風。

たちまち伊豆半島の石廊崎《いろうざき》が見えてきて、ほどなく遠州灘《えんしゆうなだ》にさしかかった。およそ十月《とつき》前、何日もかけて辿った虫捕り御用の旅路が、横浜を出て二刻（約四時間）もしないうちに遠ざかる。

愉快だ。すこぶる愉快だ。

しぜんに笑いがこみ上げてくる。しかし、甲板には芳男よりほかに日本人の姿は見当たらない。横浜を出たのちに空模様がだんだん怪《あや》しくなり、海面のうねりも大きくなって、芳男を除《のぞ》く日本人客たちは、ひどい船酔いに見舞《みま》われたのだ。

船は波に揉《も》まれながらゆっくりと進んでいたが、三日もすると天候が回復した。

「塩島《しおじま》さま、中山《なかやま》さま。ご気分はよくなられましたか」

芳男が食堂の隣《となり》にある談話室へ行くと、塩島浅吉《あさきち》と中山七太郎《しちたろう》が、背もたれと肘《ひじ》掛けの付いた布張りの椅子に腰掛けていた。

「おう、田中か。ようやく波が穏《おだ》やかになったな」

ふかふかした座面に埋もれるように坐《すわ》っている塩島が、羽織袴《はおりはかま》を着けた身体《からだ》をもぞもぞと動かしている。外国奉行支配定役元締で、芳男たち先発隊を率《ひき》いる頭である。

「それにしても、そなたはまるで参った様子が見えぬのう」

御小人目付の中山はまだいくらか胸がすぐれぬとみえ、蒼《あお》い顔をして小さな生あくびが絶えない。

「信州の山育ちなのに、どうも船には強く出来ているようでして。それに、本州から四国、九州と、海岸沿いの崖《がけ》や山々の形、いたる所でむき出しになっている山肌の色などが少しずつ移り変わっていくのを眺《なが》めていると、船が揺れていることも気にならないのです」

ただし、船室で書物を読めるほどではなく、『西洋事情』にも目を通すことができずにいる。

「はあ、さようか。ところで、その出《い》で立ちは」

うっくと、中山が口許を手で押さえる。

芳男は両手を大きく広げた。

「これですか。横浜で誂《あつら》えたフロックコートにシャツ、ズボンです。沓《くつ》は、やはり横浜の唐物屋《からものや》で見つけたものでして。畳《たたみ》にじっと坐っているぶんには羽織袴が向いておりますが、こうして船の中を動き回るには洋服が持ってこいかと」

芳男が洋服を誂えたのは、虫の標本に刺す針を買い求めた仕立屋であった。あの折は、大量の待ち針を買いたいという芳男を支那人の店主が信用してくれず、やむを得ず洋服を仕立てたのだが、こんなふうに役立つ日がくるとは思ってもみなかった。

「先ほど、薩摩の大隅《おおすみ》半島を通り過ぎましたから、そろそろ種子島《たねがしま》が見えてくる頃合いでしょう」

ズボンの足さばきも軽やかに、芳男は談話室を後にする。武家の乗客はいまひとり、神奈川詰の通詞《つうじ》で北村元四郎《きたむらもとしろう》がいるが、食堂や廊下《ろうか》に姿はない。商人方の面々も、船室で休んでいるとみえる。

芳男は商人方とも少しばかり話をしたが、博覧会場に茶屋を出すのはまことで、檜《ひのき》の材木や畳、障子戸《しょうじど》、屋根に葺《ふ》く檜皮《ひわだ》などもこの船に積み込んであるという。むろん、それらを普請《ふしん》する大工も、商人方の一員に加わっている。

その後も船は時々揺れたものの、航海そのものはまずまず順調で、横浜を出航して八日目には、芳男が生まれて初めて踏む異国の地、香港に着いた。

香港はもともと清国に属する島だったが、およそ二十四年前、阿片《アヘン》戦争に敗れて英吉利《イギリス》の植民地となり、英国鎮台《ちんだい》が置かれている。

春を思わせる生暖《なまあたた》かさで、空気が湿気を帯びていた。何かが腐《くさ》ったような臭いが、芳男の鼻を衝《つ》く。

エゾフ号は荷の揚げ降ろしがあるので幾日か港に碇泊するといい、一行は英国鎮台から招かれて船を下りた。差し向けられた馬車に乗り込み、西洋風の商館や役所、教会などが建ち並ぶ大通りを進んでいく。道は平らにならされて幅も広く、両脇には等間隔で樹木が植えられている。瓦斯燈《ガスとう》も設けられ、芳男は瞬きするのも忘れて市街の景色に見入った。

島の南側にそびえるビクトリア山の麓《ふもと》に町が開けており、道はじきに上り坂となる。一行は初めに、英国人が山の中腹に築いた花園へ案内された。

鎮台から迎えにきた役人が先に立ち、園内に植えられている草木や花々を、通詞の北村を介して塩島や中山に説明する。その後ろを、芳男や商人方の連中がぞろぞろと従《つ》いていく。

芳男の目の前に、白くしなやかな指先が突き出された。若い女が問う。

「田中さま、あそこに咲いている花は何というのですか。ほら、赤い花びらの」

「ブッソウゲだ。ハイビスカスともいって、温暖な土地でよく見受けられる」

「へえ、そちらの木は？」

「センネンボクだな。これも南国に育つ樹木だ。地中へ伸びる茎《くき》には、ほのかな甘みがあってな」

「さすがですねえ。よくご存じですこと」

「いや、書物で読んだことがあるきりでね。見たことも聞いたこともない木々も、ここには多く植わっている」

「じゃあ、あれは」

「もう、おさとばっかり、ずるい。ねえ、田中さま。あたしにも教えてくださいな。あれは何でございますか」

別の女が、芳男とおさとのあいだに割って入った。

「サンタンカ。時季になると、小さな赤い花が咲く」

「ちょいと、次はあたしだよ。田中さま、そこのは何と」

「バンザクロ。実は食用にされることもある」

「おすみ姐《ねえ》さん、おかね姐さん。少し黙っててくださいよ。あたしが田中さまと話していいるんですからね」

芳男の周りに、女たちの声が飛び交う。

「三人とも、いい加減にしないか」

後ろのほうで低く叱《しか》る声がして、男が芳男の前に回り込んできた。

「田中さま、あいすみません。お武家さまに、女子どもがご無礼を」

頭を下げた吉田二郎《よしだじろう》は、エゾフ号に乗り込んだ商人方の束《たば》ね役だ。二十代半ばで、博覧会場に茶屋を出す清水卯三郎の手代を務めている。商人ながら英語が話せるし、仏《ふつ》語もいくらかわかるらしい。

「なに、構わんよ。草木や花は私の領分だし、おさとは古い知り合いでね。といっても、船の中で向こうから声を掛けられたときは驚いたが」

芳男が苦々しく笑うと、おさとのまとう着物の袂《たもと》が左右に揺れた。浅黄《あさぎ》色の地に縫《ぬ》い取られた流水と花筏《はないかだ》の柄が、南国のしたたるような緑に映えている。

「あたしだって、びっくりしましたよう。船酔いが治まって甲板に出たら、お見掛けしたことのあるお侍さまがいなさるんですもの。千鳥屋の台所で下働きをしていた時分、田中さまが平菓花《アップル》のことを聞かせてくださいましたでしょ。あれから何やかやとあって、松葉屋《まつばや》抱えの芸者になりましたけど、どういうわけかあのときの話が頭から離れませんでね。そうした折、卯三郎さまが博覧会へ連れていく芸者を探しておいでだとうかがって、真っ先に手を挙《あ》げたんです。巴里へ行けば、平菓花を食べられるんじゃないかと思いまして」

「千鳥屋に奉公していたおさとだと名乗られても、すぐには思い出せなかったよ。なにしろ、あの頃はほんの少女だったものな。あれは何年前であったか」

「いま、あたしが十七ですから、四年前です」

女子というのは四年のあいだにこうも変わるものかと、芳男は船上でもあっけに取られたが、目の前にいるおさとに、改めて目を見張る思いがした。

往時から抜けるような白い肌をしていたものの、ひょろひょろしていた身体つきは娘らしい丸みを帯び、大きな両目には物怖じしない光が宿っている。

おさとが船で打ち明けたところによると、米問屋を営んでいた生家が打ちこわしに遭《あ》って千鳥屋へ奉公に出されたが、父親が心痛で倒れ、時を同じくして多額の借金を抱えていたことが明らかになったという。千鳥屋の女将《おかみ》はその話を聞くと、おさとを岡場所に売り飛ばそうとする借金取りが押しかけてくる前に、かねて存じ寄りであった芸者置屋「松葉屋」に相談を持ち掛け、おさとの身の上を引き受けてもらった。物心つく頃から三味線《しゃみせん》や踊りの師匠に通っていたこともあり、ふつうは仕込みに七、八年かかるところを、おさとは二年ほどで一人前の芸者になったのであった。おすみとおかねはおさとより二つ年長で、ともに松葉屋に住み込んでいる。

おさとの目許が、いたずらっぽく弛《ゆる》んだ。

「あたしのことを思い出せないのも無理はございませんよ。田中さまは、お駒さんにいいほの字でいなさいましたし」

「そ、そんなことは」

「この目をごまかそうったって、そうはいきませんよ。だけど、お駒さんも、いまの田中さまを見たらびっくりするでしょうね。こんなにご立派になられて……。羽織袴の殿方の中にただひとり、洋服が似合《にあ》っていて、たいそう物知りでいらっしゃるんですもの」

「いやはや、どうも弱ったな」

額《ひたい》に汗が滲《にじ》むのは、陽気のせいだけではなさそうだった。千鳥屋で女中をしていたお駒は、客として通っていた商家の主人に見初《みそ》められて嫁に入ったという。船でおさとに聞いたときはわずかに胸が痛んだが、長々と引きずることはなかった。

芳男とおさとのやりとりを、二郎がはらはらした顔で見守っている。

香港総督の邸宅は花園と接しており、芳男たちは細かい彫刻が施《ほどこ》された石門をくぐって敷地に足を踏み入れた。

総督は日の本の芸者を伴《ともな》った一行の訪れをことのほか喜び、夫人とともに邸宅内を案内してくれた。壁に掛かる絵画や金銀の施された調度品《ちょうどひん》などを、芳男たちは感嘆の声を上げながら見て回る。緑と花々に彩《いろど》られた庭をのぞむ居間で、英国式の茶のもてなしを受けたのちに鎮台を辞した。

馬車が停《と》めてある花園の入り口まで戻ってくると、支那人たちの人垣ができている。

「どうしたことだ、これは」

塩島が眉《まゆ》をひそめ、

「日の本から参った芸者衆を見ようと、群れになって押しかけたようです」

門番と話していた北村が、振り返って告げた。

馬車が待っているのは三間《けん》（約五・四メートル）ばかり先、男であれば小走りに駆け抜けられるが、すぐそこまで押し寄せた支那人たちが土地の言葉で口々に喚《わめ》いていて、おさとたち三人は怯《おび》えた表情で立ちすくんでいる。

一行が困惑していると、どこからか鋭い声が聞こえ、ひゅっと何かが打ちつけられた。その途端《とたん》、人だかりがさっと散らばる。衛兵たちが、鞭《むち》を持って駆けつけたのだ。

「あたしたちのせいで、お気の毒に……」

おさとは悲鳴を上げながら逃げていく人々を不憫《ふびん》がりながらも、ほっとしたふうに馬車へ乗り込んだ。

来たときに通った表通りは今しがたのような連中が待ち構えている恐れがあるので、馬車は異なる通りを進んだ。表通りには風采のよい西洋人や裕福そうな支那の商人が行き交っていたが、裏へ回ると一帯は昔のままで、石造りの壁がところどころ崩れた人家があったり、粗末な衣《ころも》を腰に巻いたきりの物乞いがうろついていたりした。大きな水溜《た》まりができた通りの端《はし》に荷車が止まっており、木樽《きだる》を肩に担《かつ》いだ支那人が西洋人に鞭で打たれながら蔵へ運んでいるのも見かけた。

エゾフ号に帰った芳男は、その夜、甲板の上から香港の町並みを眺めた。表通りに連なる二、三階建ての商館や西洋人の邸宅などが、瓦斯燈の光に浮かび上がっていた。芳男は江戸で幾度か吉原《よしわら》へ行き、遊郭の軒端に連なる提灯《ちようちん》のあかりで夜空が赤く染まるのを目にしたことがあるが、瓦斯燈はその何倍も明るく、闇を貫《つらぬ》く威力を持っている。

香港には、瓦斯燈の光の恩恵に浴している人たちと、そうでない人たちがいる。西洋人や支那人は横浜にもいるが、昼間に見た光景はそれともまた違って、植民地がいかなるものかを、芳男はつくづく考えさせられた。

日の本は亜米利加や阿蘭陀《オランダ》、露西亜《ロシア》、英吉利、仏蘭西といった国々と条約を結び、表向きは親しくつき合っているように見えるが、国の力の差は歴然としている。横浜から蒸気船に乗ればたかだか八日で辿り着く香港まで、げんに英吉利の力は及んでいるのだ。日の本がいつ香港のようになっても、おかしくはないのである。

そうならないためには、どうしたらよいのだろう。

胸に問いながら、町並みを見つめる。黒々とした闇に沈んでいるのは、貧しい人々が暮らしている周辺だ。

政治や軍事に関しては、もとより領分ではない。物産方の田中芳男として、いったい何ができるのか。

船室に戻った後も、芳男の眼裏《まなうら》には瓦斯燈の放つまばゆい光が残っていた。

五日ほどして香港を出航したエゾフ号は、慶応三年（一八六七）正月一日にサイゴン沖を通過した。

年が改まったのを機に、芳男は西洋の暦《こよみ》に従うことにした。それでいくと、同日は一八六七年二月五日となる。

「こう暑くてはかなわんな」

「船室はまるで蒸《む》し風呂だ。じっとしていても、汗が噴《ふ》き出してくる」

塩島や中山が、着物の襟許《えりもと》をくつろげながら扇子《せんす》であおいでいる。

食堂に集まった一行は、船長のはからいで振る舞われたシャンパンを屠蘇《とそ》代わりに新年を祝った。正月とあって、芳男も洋服ではなく単衣《ひとえ》の着物姿である。

日ごろは厨房の一角を借りて自分たちで煮炊《にた》きをし、船室で食事をしている芸者衆も、珍しく食堂に顔をのぞかせた。三人とも縞《しま》の着物で、椅子に腰掛けたおさとが三味線をつま弾《び》き、端唄《はうた》を口ずさんでみせると、にわかに場が華やかになる。

塩島たちが葡萄酒《ぶどうしゅ》を呑《の》み始めたのをしおに、芳男は珈琲《コーヒー》に切り替えた。エゾフ号で喫するようになって、こうばしい香りとすっきりした苦味に魅了されたのだ。

しばらくのあいだ、日本人どうしで和《なご》やかに碁《ご》を打ったりしていたが、酒の肴《さかな》に乾酪《チーズ》の盛られた皿が出てくると、芸者の三人が顔をしかめた。

「お前さん方は、ふだんは船室でどんなものを食べているのだ」

芳男が訊ねると、

「ご飯と味噌汁に、日の本から持ってきた梅干《うめぼ》しを添えています。お菜は、船が港に入ったときに魚を買って、煮付けにしたり干物をつくったり。ですから、ウシの乳の匂いがするものなんて」

おさとがそういって、鼻を袂で覆《おお》う。

「おいおい、欧羅巴へ渡ろうというのに、ご飯と味噌汁とはな。巴里には少なくとも半年は逗留《とうりゆう》するんだ。いまから慣らしておかぬと、向こうで苦労するぞ。だいたい、梅干しの壺《つぼ》を抱えた芸者など、誰も見たくはなかろうて」

芳男が冷やかし気味にいうと、男たちがどっと笑った。三人は袂を顔に当てたまま、乾酪の匂いから逃れるように食堂を下がっていった。

エゾフ号は、たいてい蒸気機関を用《もち》いて走ったが、風向きによっては三本マストに帆を張って進むこともあった。二月六日には新嘉坡《シンガポール》、十四日には錫蘭島《セイロンとう》ゴール、二十五日には亜剌比亜《アラビア》アデンの港に入り、そのつど芳男は船から下りて市街を見物した。町の大きさはまちまちだが、いずれも英国領で、昔ながらの土地の家屋を脅かすように、西洋風の建物が築かれている。どこの町でも、少数の西洋人の下で、先住の人々が汗水たらして働いていた。

サボテンやヤシ、バナナ、パインアップル、アダン、アロエ、そしてヒトコブラクダ、ゼブーなど、行く先々で南国ならではの動植物に目を奪われながら、芳男は香港でも感じた問いを、繰り返し覚えずにはいられなかった。

二

アデンを出航したエゾフ号は紅海《こうかい》を北へ進み、三月六日の深夜、埃及のスエズに到着した。翌朝、一行は船を下りて市街にある宿に入り、エゾフ号が無事に終着地へ着いたことを喜び合った。

船から荷を下ろす作業があるので、スエズでは三泊ばかりした。市ヶ谷の家を出て以来、およそ五十日ぶりに、芳男は陸地でぐっすりと眠ることができたのである。

赤道近くでは耐え難い暑さと湿気に閉口したが、船が紅海に入る頃には風がさらりとしてきて、朝晩は甲板に出ると肌寒いくらいになっていた。スエズは日の本でいうと十月頃の気候で、宿の食堂では平菓花が供され、おさとたちが嬉々《きき》として口にした。

すべての荷を陸地へ運び終えると、芳男たちは蒸気機関車に乗り、開削中のスエズ運河を横手に見ながら、カイロを経てアレクサンドリアを目指した。江戸から京までほどもある道のりを、蒸気機関車は一日もかからず駆け抜け、アレクサンドリアでは地中海《ちちゅうかい》を渡るためにふたたび船に乗る。

途中でシチリア島のメッシナに寄港したのち、約十日で仏蘭西のマルセイユに着いた。そこでも荷の積み替えで五泊ほどして、また鉄道で巴里へと向かう。

芳男は、一行がスエズに到着したことをアレクサンドリアへ知らせる電信機に瞠目《どうもく》し、蒸気機関車の矢のごとき速さに度肝《どぎも》を抜かれたが、巴里の繁栄ぶりを目の当たりにした衝撃は、それらを遥かに上回っていた。

かつての巴里は狭《せま》い路地が入り組み、風通しの悪いじめじめした町だったというが、この数年で大掛かりな改造が行われて、要所に配されている広場から大通りが放射状に広がり、通りの両脇には五、六階建ての石造りの建物が連なっている。きっちりと立てられた構想に基づいて市街が築かれたのは芳男の目にも明白で、皇帝ナポレオン三世の威光がうかがえるようであった。

一行がセーヌ川の右岸、ルーブル美術館にほど近いグラントテル・ド・ルーブルに宿を取り、旅装を解《と》いたのは三月二十四日のこと。横浜を後にして、じつに六十三日が過ぎていた。

芳男たち武家の四人と商人方の吉田二郎は、幕府使節の世話役を引き受けているフルーリ・エラールと、駐日公使の書記官や横浜仏語伝習所の校長を務めたこともあるメルメ・カションに会って打ち合わせをすると、馬車に乗って博覧会場の下見に出向いた。

「第一回万国博覧会が倫敦《ロンドン》で開かれたのは、いまから十六年前の一八五一年。こたびが第六回になりますが、巴里で開催されるのは、二度目です」

エラールの仏語を、北村元四郎が即座に訳す。

「十二年前に巴里で開かれた折は、二十五の国が参加して、六ヶ月の会期に五百十六万人ほどの見物客が訪れました。こたびも、大勢の来場が見込まれます」

「ごっ、ごごご、五百十六万……」

北村の隣に坐る塩島浅吉が、声を上《うわ》ずらせる。

セーヌ川沿いの通りを進んでいた馬車がイエナ橋を渡り、博覧会場にさしかかった。

「会場にあてられた敷地は、もとは陸軍の練兵場《れんぺいじょう》だったのです。広さは、約十四万六千平方メートルで……」

そこでいったん、北村がエラールに断りを入れた。カションとふた言、三言、言葉を交わして、芳男たちの顔を見回す。

「博覧会場には、上野《うえの》の不忍池《しのばずのいけ》がすっぽり収まるようですな」

ほどなく、巨大な展観本館《てんかんほんかん》が見えてきた。

展観本館は、間口《まぐち》三七〇メートル、奥行き四八二メートルの楕円形をした建物で、中央に温室庭園を設け、それを取り囲むように七本の回廊が同心円状に配されている。この展観本館を、仏語では宮殿という意味を持つパレと呼ぶそうだが、なるほど、鉄骨と硝子《ガラス》をふんだんに用いて築いた城のようであった。

「おおっ」

展観本館に足を踏み入れた芳男は、思わず身体をのけぞらせた。吹き抜けになった天井は、五、六階建てと同じくらいの高さがありそうだ。

エラールが前方を手で示した。

「あちらに見えているのが水力エレベーターです。見物客は地上階から箱に乗り込み、屋上に出ることができます」

一行は、誰もが口をあんぐり開けている。

博覧会を主催する仏蘭西の展観場《ば》は建物の二分の一を占め、日の本のそれは六十四分の一に過ぎなかった。それも、ひとつの区画を支那や暹羅《シャム》と分け合わなければならないのだ。

日の本から運んできた荷は会場に届いていたものの、展観本館の中は細かな普請が仕上がっていなかった。出品物の飾り付けにも取り掛かれず宿に帰ってきたが、芳男はその頃から背中がぞくぞくしてきた。

「ここ数日、何となく体調がすぐれなかったのだが、いよいよもって風邪《かぜ》を引いたらしい」

「おそらく長旅の疲れが出たのだろう。日の本を発つときは冬だったが、赤道に近い国々は真夏の暑さで、仏蘭西はまだ底冷えのする寒さが残っている。ほんのふた月で季節を行ったり来たりしては、身体がどうかなるのも無理はない」

同室の北村が顔をしかめる。

「頭痛もするし、いくぶん熱があるようだ」

「船や鉄道を乗り継ぐたびに、田中さんは荷の積み替えも差配していたものな。何か食べられそうか」

「どうも食欲がわかぬのだ。西洋の料理は脂がくどくて、胃にもたれる」

「今日は早めに休んだほうがいい。風邪をこじらせると厄介《やっかい》だ」

「博覧会の開会式までに癒《よ》くなるとよいが」

博覧会が一般に公開されるのは五月一日だが、ひと月前の四月一日に開会式が催されることになっている。

芳男の体調はなかなか上向かなかった。巴里の町医者に往診してもらい、薬を飲んでいくらか癒くなっても、博覧会場の飾り付けをして戻ってくると、夜になって熱が出る。

宿の食堂で夕餉を摂《と》ったものの、腹を下して寝台で休んでいる芳男を、北村が案じ顔でのぞき込んだ。

「民部大輔さまご一行がマルセイユに到着なさったとの電信があった。ご一行をお迎えに上がる塩島さまのお供をして、私も明日、こちらを発ってマルセイユへ向かう。明後日の開会式には中山さまと田中さんで列席してくれと、塩島さまが仰せになっている」

「うむ、心得た」

だが、開会式の当日になっても身体の具合は元に戻らず、会場には中山七太郎だけが出掛けていった。

西洋の家屋は総じて天井が高い。調度品も人の体格に合わせ、日の本のものよりひとまわり大きくこしらえてある。それゆえ寝台に寝てみて初めて、これほど室内が広かったかと意外な心持ちになる。

二台の寝台が並べられ、丸い卓《たく》と椅子二脚が置かれた部屋は、北村といると手狭《てぜま》ですらあるのに、ひとりで横になっていると、やけにがらんとして感じられた。宿に泊まっている客たちも、昼間は外へ出ているとみえ、部屋には物音も響いてこない。

寝台に半身を起こし、かたわらの棚《たな》に載せてある懐中時計へ目をやると、十一時半を回ったところだった。式典が始まるのは十二時で、中山も席に着いている頃合いだろう。

時計は、地中海を渡る船に乗っていた瑞西《スイス》の行商人から買った。

蒸気船や蒸気機関車、電信機を使いこなす西洋では、せっかちに時が進む。日の本だと、昼九ツ（正午頃）から暮れ六ツ（午後六時頃）までは八ツ（午後二時頃）、七ツ（午後四時頃）と区切られているきりだが、西洋では一時間ずつ刻まれていて、始終、時に追いかけられている気がしてならない。

船や鉄道に乗り遅れてはかなわないし、時計を持っていれば巴里でも重宝《ちようほう》するに相違ない。そう思案して、買ったのに……。

芳男は枕に頭を戻し、天井を見つめた。巴里に着いた途端、寝てばかりで、我ながら情けなくなる。

唐突に、祖国から遠く離れた異郷にいるという実感が、ひしひしと押し寄せてきた。

日の本にいれば、これしきの風邪などひと晩寝ただけで治してみせるのに、こうも長引くとは、よほど体力が落ちているのだろう。胃が食事を受け付けないとなると、自分が考えているよりも相当、まずいのではないか。

芳男はいつになく弱気になっていた。時計の脇に置かれた『三字経』へ手を伸ばす。己《おの》れを奮い立たせようと思ってのことだったのに、紙面を開くとなぜか飯田にいる母の面影《おもかげ》が浮かんできた。母には、使節に加わって仏蘭西へ赴くことを文《ふみ》で伝えたが、数日でも暇《ひま》を取って、きちんと顔を見せに行っておいたほうがよかったのかもしれない。ああ、熱がまた上がってきたみたいだ。

入り口の戸が叩《たた》かれる音で、芳男は目を開けた。

時計は二時を示している。どうやら、少し眠ったらしい。

布団《ふとん》を剝《は》いで寝台を下り、浴衣《ゆかた》の上に羽織を引っ掛けて戸口へ向かう。

「あの、田中さまが風邪で寝込んでおられると、吉田さまにうかがいまして」

立っていたのは、おさとであった。吉田二郎以下の商人方は、巴里では町家の部屋を借りて寝起きしている。

「梅干しの握り飯をこしらえて参りました。西洋の料理よりも、お腹にやさしいかと」

「わざわざそのような……。ここには、ひとりで来たのか」

「はい。道は吉田さまに教わりました。こちらは、アパルトマンからもさほど遠くございません」

微笑《ほほえ》みながら、おさとが紙包みを差し出す。

受け取りながら、芳男は胸がじんとした。

「まことにかたじけない。外は寒かっただろう。部屋で茶でも飲まぬか」

片手で戸を押さえ、芳男がわずかに身を引くと、おさとはちょっとばかり中をうかがって、一歩うしろへ下がった。

「帰りが遅くなると、アパルトマンにいるおすみ姐さんたちが案じますから……。くれぐれも、お大事になさってください」

腰をかがめると、廊下をうつむき加減に去っていく。

戸を閉めた芳男は、部屋を振り返って赤面した。自分で洗ったものの干すところがなく、椅子の背もたれに掛けておいた下帯が丸見えになっている。寝台もだらしなく乱れたままだ。

下帯を取り除き、椅子に腰掛けて紙包みを広げると、白い米の握り飯が三つ並んでいた。頬張《ほおば》ると、こしらえてあまり時が経《た》っていないのか、ほんのりした温もりが残っている。

エゾフ号の食堂であんなことをいった自分に握り飯を届けてくれたおさとに、頭の下がる思いがした。地味な身なりとはいえ、潰《つぶ》し島田《しまだ》に結《ゆ》った髪型も縞の着物も、巴里の人々の目にはこの上なく奇異に映《うつ》るに違いない。好奇の目にさらされながら通りを歩くのは、どれほど心細かったであろう。

おさとの心遣いを、芳男はひと口、ひと口、じっくりと嚙《か》みしめる。梅干しの強烈な酸味が、身体のすみずみまで目覚めさせるようだった。

その日の夕刻、宿に帰ってきた中山は、髭《ひげ》を剃《そ》ってこざっぱりとした芳男に目を丸くした。

「起きていて、平気なのか」

「すっかりご迷惑をおかけいたし、あいすみませぬ。休ませていただいたおかげで、たいそう癒くなりました。今夜からは西洋の食事も食べられそうです」

「それは何よりだが、食事の前に、ちと話がある」

芳男の部屋に入ってきた中山は、袴の両側を荒々しい手つきでたくし上げると、椅子にどっかと腰を下ろした。心なしか表情が険《けわ》しい。

「開会式で、何かございましたか」

芳男も向かいに腰掛ける。

中山はわずかに宙を睨《にら》んで、芳男に顔を戻す。

「式典にはナポレオン三世皇帝陛下、ウージェニー皇后陛下をはじめ、各国から招かれた使節が列席して、じつに壮観であった。しかしながら、そこに薩摩藩の連中が参っておってな」

「薩摩藩の……。すでに巴里に着いているとは耳にしておりましたが、出品物の目録を届けてこないし、棚を空《あ》けて待っていたのです。明日にでも薩摩側の者と話し合うことにいたしましょう」

「それが、薩摩は別の場所に一角を設けて、飾り付けを進めておったのだ。我々の展観場と通路を挟んだ向かい側に、大きな布に覆われて何があるのか見えぬようにしてある区画があっただろう。あそこだ」

「どういうことです」

芳男が訊《き》き返すと、中山は西洋人がよくやるように、両の手のひらを上に向けて首をすくめた。

「どうもこうも、さっぱりわけがわからん。連中は、琉球《りゆうきゆう》諸島王、松平修理大夫《しゆりだいぶ》の使節との触れ込みで式典に出ておった。幕府使節の一員たるわしの顔を見て慌《あわ》てるふうもなく、堂々としたものでな。衣服はわしと同様、羽織袴に陣笠《じんがさ》を被《かぶ》っていたが、羽織の胸のところに、丸に十字をかたどった錺《かざり》細工——こちらでいうところの勲章を着けておったぞ」

「なんと。それでは薩摩が徳川幕府の臣下ではなく、一国の主《あるじ》のように受け取られるではありませんか」

「さよう、それよ。ともかく、わしだけでは抗議もできず、今日のところは引き上げるほかなかった。民部大輔さまのご一行には、外国奉行の向山《むこうやま》さまが駐仏公使として随行されている。こちらへお見えになったら、正式に談判《だんぱん》することになるだろうが……」

「いずれにしても、だいぶ揉めそうですな」

中山の渋い顔つきを見て、芳男も眉を寄せた。

三

徳川民部大輔昭武公と三十一名の随行者から成る幕府使節団が巴里に着いたのは、西暦一八六七年（慶応三年）四月十一日である。

ほどなく、琉球諸島王を名乗って万国博覧会に参加している薩摩藩との会談が持たれた。幕府側からは外国奉行で仏蘭西《フランス》公使を務める向山隼人正一履《はやとのしょうかずふみ》が、薩摩側からは家老の岩下佐次右衛門《いわしたさじえもん》が席に着いたが、結果としては薩摩側のほうが一枚上手《うわて》で、幕府側の思うような成果は得られなかった。

「薩摩は当地のモンブランなる者を藩の博覧会顧問に任じて、こたびの一切を取り仕切らせておってな。このモンブランが、かなりのくせ者なのだ」

山内六三郎が苦々《にがにが》しい口調でいうと、

「会談は幕府と薩摩藩、いわば日本人どうしの話し合いであるのに、いちいちモンブランが嘴《くちばし》を入れてくる。向山さまも仏語でまくし立てられるものだから、いい返すにも調子が出ない。向こうのいいように寄り切られるかたちで、徳川幕府は〈日本大《たい》君《くん》政府〉、薩摩藩は〈薩摩太守《たいしゅ》政府〉と記《しる》すことで決着がついたのだがね」

箕作貞一郎が言葉を続ける。

「ふうむ、政府という語は聞き慣れませんが、薩摩は前々から念入りに準備していたとみえますな。それはそうと、おふたりと巴里でお目に掛かれるなんて」

芳男は敵地で味方にめぐり合えたような心持ちでふたりの顔を見た。山内も箕作も外国方の通詞として昭武公に随行しているが、山内は芳男が伊藤圭介と横浜ホテルにシーボルトを訪ねた折の世話役であり、箕作はかつて開成所の教授方を務め、芳男と千鳥屋で酒を酌《く》み交わしたこともある。

箕作が口許をほころばせた。

「私たちも、田中さんが幕府の出品物に付き添っていると聞いて、巴里で会えるのを楽しみにしていたんだ」

山内も人懐《なつ》こい笑みを浮かべる。

「使節団の船には、アレクサンダーどのも乗っていましてね。田中さんも、横浜ホテルで会っていますよ。憶《おぼ》えていませんか」

「ああ、シーボルト先生のご子息の」

あのときシーボルトに引き合わされた若者を、芳男は思い出した。伊藤圭介や芳男と面会したのち、シーボルトは阿蘭陀へ帰国し、日の本に留《とど》まったアレクサンダーは英吉利公使館に通訳官として勤めたと耳にしている。

「先般、シーボルト先生が亡くなりましてね。訃報《ふほう》を受けたアレクサンダーどのは、休暇を取って本国へ帰るところだったのですが、折しも幕府の使節団が巴里へ向かうというので、自ら通詞を買って出てくれたのです」

「さようでしたか」

芳男はシーボルトの死を悼《いた》むとともに、伊藤もさぞ悲しんでいることだろうと、日の本にいる師を思いやった。

わずかにしんみりした場を仕切り直すように、山内が話を元に戻す。

「政府なる語は、仏語ではグヴェルヌマンというそうで、この場合は、地方政庁といったところではないかと」

「どうにも、手前は政治向きのことはからきしで……」

「会場での国名の表記に関しては今しばらくごたごたするかもしれませんが、私たちはお役目に励《はげ》むよりほかないでしょうな」

「手前も同感です」

芳男が山内にうなずき返すと、箕作があたりをぐるりと見回した。

「しかし、なかなかいいところを見つけて引き移ったものだ」

「巴里に着いて十日ほど宿に逗留したのち、ここイスリー街のアパルトマンに越してきましてね。通りに面していて馬車の音が響きますし、近くにあるサン・ラザール駅からは夜中も汽笛が聞こえてきますが、宿に泊まるよりも費用は安く上がりますし、何より気が楽でして」

二人部屋が二室に食堂兼居間と台所、風呂、厠《かわや》が備わったアパルトマンで、芳男はルーブルの宿に泊まっていたときと同じく北村元四郎と部屋を使っている。北村とは齢《とし》も近く、この旅のあいだにずいぶんと打ち解けていた。体調のほうも、おさとが届けてくれた握り飯のおかげで、すっかり快復している。

芳男と箕作、山内の三人は、食堂に置かれた飯台を囲んで椅子に腰掛けていた。飯台の上では、通いの下女が淹《い》れてくれた珈琲が湯気を上げている。

茶碗《ちゃわん》を持ち上げた箕作が、珈琲をひと口すすった。

「私たちは、ここからほど近いグラントテル・ド・パリに泊まっているが、べらぼうな費用が掛かる。使節団の勘定《かんじょう》方を受け持っている渋沢篤太夫《しぶさわとくだゆう》などは、早いところ宿を引き払ってアパルトマンに移られてはいかがと民部大輔さまに進言しているのだが、御付《おっ》きの者どもが容易には首を縦《たて》に振らんのだ」

「民部大輔さまの御付きというと、水戸藩士たちでしたか」

水戸家から清水《しみず》家へ入った昭武公は、この正月に十五歳になったばかりの少年で、水戸藩士七名が小姓に付いて身の回りの世話にあたっていた。

「なにしろ、尊王攘夷でがちがちに凝《こ》り固まった連中でな。自分たちは異国の言葉を喋《しゃべ》ったり、その真似《まね》をしたくて海を渡ったのではない。民部大輔さまを夷狄《いてき》どもからお守りするために参ったのだと豪語している」

「聞いているだけで、頭が痛くなりますな」

「民部大輔さまには、山高石見守《やまたかいわみのかみ》さまというれっきとした御小姓頭取が付いておられるのに、連中はやりたい放題なのだ。宿の部屋でも、調度品や寝台を勝手に壁際《かべぎわ》へ押しやって、日の本から持ってきた座布団を床に置き、そこに羽織袴でかしこまっている。夜は部屋の入り口で宿直《とのい》をするありさまで」

芳男が小さく噴き出すと、箕作も馬鹿らしくなったのか、珈琲の残りに口をつけた。

「使節団の方々は、巴里ではどのようにお過ごしになるのですか」

「まず、ナポレオン三世皇帝陛下との謁見《えっけん》式が、数日後に控えている。その後も、観劇や舞踏会、競馬などに誘われているそうだ。いうまでもないが、万国博覧会の会場にも、民部大輔さまは幾度か足を運ばれるだろう」

「おふたりも、だいぶ忙しくなりそうですね。手前はたいがい博覧会場に詰めておりますが、同じ地におふたりがおられると思うと、何とも心強い気持ちになります」

「そうはいっても、巴里に関しては半月ほど先に着いた田中さんが先輩だ。ここは見物しておくとよいといった場所があったら、ぜひ教えてもらえないか」

　芳男は手を左右に振った。

「そんな、先輩などと。出品物の飾り付けで、アパルトマンと会場を行き来するばかりですし、町では厠を見つけるのに難儀するので、遠くまで出歩くこともないのです。仏語もあまり上達しませんし」

「そういえば、商人方もアパルトマンを借りているのだったな。田中さんが乗っていた船には、三人の芸者もいたのだろう。水戸侍にうんざりさせられていた私たちからすれば、うらやましいかぎりだよ」

　箕作の言葉に、山内もうなずいている。

「その中に、昔、千鳥屋に奉公していたのがいるそうじゃないか。台所の下働きだったらしいな」

　飯台の上に箕作が身を乗り出し、珈琲茶碗に肘が触れて、かちゃりと音を立てた。

「よ、よくご存じで」

「商人方の総代を請け負っている清水卯三郎が、私たちの船に乗っていたのでね。卯三郎は、私の祖父、阮甫や叔父《おじ》、秋坪の下で蘭学《らんがく》や英語を学んだこともあって、私とも旧知の間柄なのだ。で、卯三郎がいっていたのだが、千鳥屋に奉公していたのが三人の中でも器量がよくて、女子ながらに度胸もあるのだとか。ええと、名を何といったか」

記憶を辿るように、箕作が天井へ目をやる。

芳男は何となく、おさとを男たちの口の端《は》に上らせておくのがいたたまれなくなった。

「ジャルダン・デ・プラント！　ミュヂェム！」

唐突に大声で叫んだ。できるだけ、話をおさとから遠くへ引き離したい。

「あ、あの、いま思い出しましたが、一度、ジャルダン・デ・プラントを見物なさるとよかろうと存じます」

箕作はきょとんとした顔で芳男を見ている。

「ジャルダン・デ・プラントは、国立自然史博物館に属する植物園です。こちらに着いて、幾度か行っておりましてね」

「博物館か……。英吉利や亜米利加へ渡ったことのある同僚や叔父から聞いてはいるが、どのようなものか、いま少し摑めていないのだ」

箕作がようやく話に乗ってきた。

「博物館とは、英語の〈ミュヂェム〉を翻訳した語ですが、日の本にはそうした施設がありませんので……。そうだ、あれを」

芳男は立ち上がると、部屋から『西洋事情』を持ってきた。

「手前もこれを読んで、博物館という語を知ったのです。ええと、ここです」

書物を広げて、紙面を指差す。〈博物館ハ世界中ノ物産、古物、珍物ヲ集メテ人ニ示シ、見聞ヲ博クスル為メニ設《もうけ》ルモノナリ〉と記されていた。

「ジャルダン・デ・プラントは、かつては薬草園だったそうです。いまでは広い敷地にさまざまな草木が植えられていて、ちっとも飽《あ》きないのです。巴里の市民たちも、思い思いに散策しておりますよ」

「それなら江戸にもあるじゃないか。向島《むこうじま》の百花園《ひゃっかえん》とか、亀戸《かめいど》の梅屋敷とか」

「百花園の比ではないのです。千、いえ、万花園とでもいいましょうか。とにかく広大で、温室も備わっていましてね。開成所でも培養地に冬室《とうむろ》をこしらえて植物を育てていますが、鉄と硝子で組み立てられたこちらの温室は大きくて堅牢なのです。南国育ちのサボテンや珈琲の木などが、生き生きと繁《しげ》っていて」

「わかった、わかった。田中さんは、こういう話になると止まらなくなるんだ」

箕作が両手で押さえる仕草をする。

「植物園ばかりではありませんよ。敷地には、動物園もあるのです。自然の山水《さんすい》を模した景観の中に、クジャクやオウム、インコといった鳥が養われていて」

「ふうん、花鳥茶屋みたいなものか」

「ですから、花鳥茶屋などの比ではないのです。ラクダやヒツジ、アライグマ、ヒョウなどの獣も養育されていましてね。書物や絵図でしか見たことのない生き物があちらこちらにいて、もう、瞠目するばかりでして。動物ごとに食べる物も、生きるのに適した気候も異なるのに、そういう諸々をととのえ、ひとつの場所に集めて養育するのは、並大抵なことではありませんよ。養育人たちも、受け持ちの動物について研究しなくてはなりませんし、食べ物を揃えるのだって……」

箕作と山内があきれ顔を見合わせているのに気づいて、芳男は言葉を切った。

「すみません、つい熱が入りました」

「ジャルダン・デ・プラントが巴里随一《ずいいち》の行楽地だと、とくと心得たよ。いずれ、見物に参るとしよう」

箕作が腰を上げ、山内も立ち上がる。

戸口へ見送りに出た芳男に、山内が声をひそめた。

「先ほどいい出せなかったが、巴里は二度目でしてね。三年ばかり前に、池田筑後守《いけだちくごのかみ》さまの使節団に加わっていたのです。それはさておき、仏語をうまくなりたいなら、当地の女子と懇意《こんい》になるのが近道かと」

「へ」

「カフェの女中に心付けをはずめば、お喋りの相手になってくれるかもしれませんよ」

「なっ。ということは、山内さまも」

意味深長《いみしんちょう》な笑みを返したきり、山内は箕作と帰っていった。

四月の終わりにかけて、芳男は幕府雇いの小者たちに指図を与えながら、会場の飾り付けに精を出した。漆器《しっき》や陶器《とうき》、刀、鎧《よろい》、錺細工、鉱物標本のほか、開成所の画学方で描かれた油絵などもある。もちろん、芳男たち物産方が各地で捕らえた虫の標本も並べられた。

飾り付けの合間には、戸外にある庭園にも足を向けた。そこでも参加国ごとに地所が割り当てられ、めいめいが趣向を凝らした仮小屋を建てている。

清国の地所の隣では、エゾフ号に乗っていた商人方の大工が茶屋の普請に掛かっていた。船の中で芳男が見せてもらった図面では、六畳《じょう》の座敷に土間と厠を備えた檜《ひのき》造りの平屋が建つとのことだったが、見込みよりも幾《いく》らか遅れているようだ。

「茶屋が出来上がるのは、いつ頃なのだ」

普請場を眺めている男に、芳男は後ろから声を掛けた。

「材木を日の本から運んでくるあいだに、虫に食われたものがございましてな。船の中で見つけていれば早めに手を打てたんですが、ここに着いてやっと気づいた次第でして。大工が付き添っていたのに、まったくもって間抜けな話でございますよ。そんなわけで、茶屋を開くのは当地の六月にずれ込むかと」

背恰好《せかっこう》からいって、エゾフ号で一緒だった吉田二郎とばかり思っていたが、振り返ったのは別の人物である。齢は四十前後、精悍《せいかん》な顔立ちで、鼻がわずかに上を向いている。ずけずけした物言いも相まって、男にはいささか傲岸《ごうがん》な感じが漂《ただよ》っていた。

「おや、お侍さまとは初めてお目に掛かりますな。手前は商人方総代を務めております、清水卯三郎と申します」

わずかに腰をかがめた男の顔を、芳男はまじまじと見る。

「開成所物産方の田中芳男と申すが、そなた、前にどこかで会ったことが。そうだ、横浜だ。パンとブレッドの」

卯三郎が、怪訝《けげん》そうな顔をする。

「たしかに、横浜の商家を手伝っていたこともございますが、パンとブレッドとは」

「そのふたつさえ憶えていれば、世界のどこへ行っても食いはぐれることはないといっていただろう。いやあ、そなたが清水卯三郎であったのか。あのときは山師のようだと見て取ったが、あながち外《はず》してもいなかったのだな。箕作先生の学塾に通い、千鳥屋を贔屓《ひいき》にし、博覧会では商人方の出品物を取りまとめて……」

いくつもの断片が、目の前にいる卯三郎と結び付いていく。

「あの、何のことやら」

卯三郎は、首をひねるばかりだ。

「それでは、松葉屋抱えの芸者衆を引き抜いて博覧会へ連れてきたのも、そなたなのだな」

「さようで」

「三人は、どうしている。会場の下見にも参らぬようだが」

芳男がさりげなく訊ねると、にわかに卯三郎の顔つきが改まる。

「茶屋が開くまで、芸者衆はここに用はございませんし、アパルトマンで芸の稽古《けいこ》や縫《ぬ》い物などをしております。むやみに外を歩かせて、悪い虫がついても困りますのでな」

眉尻を持ち上げた卯三郎から、心なしか冷ややかな声が返ってきた。

四

五月に入って博覧会が一般に公開されると、大勢の見物客が会場に押しかけた。仏蘭西人はむろん、さまざまな肌の色をした人々が行き交っている。

芳男が飾り付けを担《にな》った徳川幕府の展観場にも、入れ替わり立ち替わりで見物客が訪れた。万国博覧会に日の本が正式に参加するのは初めてとあって、いずれの品の前にも人が群がる。とりわけ人気を集めたのは、歌川派の芳幾《よしいく》や国周《くにちか》らが描いた肉筆の浮世絵や陶器、刀などであった。

西洋人には徳利《とつくり》や猪口《ちょこ》をどのように用いるのか見当がつかないとみえ、かたわらへ控えている芳男に訊ねかけてくる。平易な英語や仏語、蘭語ならば受け答えができるのだが、早口だったり、少々掘り下げた問いを投げてくる見物客もいて、応じきれないときは北村元四郎に助けてもらった。ただ、通路の向かい側に掲《かか》げられた〈薩摩太守政府〉の額を指差して、「徳川幕府が日の本を統治していると捉《とら》えていたが、じっさいは連邦制をとっているのか」と訊かれたのには、芳男も北村も往生《おうじょう》した。

薩摩藩は、薩摩焼と呼ばれる陶器をはじめ、漆器や武者人形、樟脳《しょうのう》のほか、琉球産の砂糖、泡盛《あわもり》などを出品していた。戸外の庭園でも、卯三郎の茶屋から少し離れたところに地所を借り受け、農家風の家屋を建てている。

巴里の各新聞は、日の本では一つの国家に二つの権力が並んで立っているといっせいに書き立て、徳川幕府の面子《メンツ》は丸潰《まるつぶ》れとなっていた。どうも、薩摩藩の顧問に雇われているモンブランが、新聞社にねたを持ち込んだとみえる。

芳男は薩摩のやり方を卑劣だと感じたが、日本人どうしが内輪《うちわ》揉めをしている場合ではないとも思っていた。大方の見物客にとって、ずっと遠くの島国で起きている勢力争いなどはどうでもよく、日の本の文物や風俗、物産といったものに触れることこそが肝心なのだ。芳男の役どころは、それらを見物客に伝えることである。

己れに与えられた場で、為《な》すべきことをまっとうするのみ。

生前の父と市ヶ谷の家で交わした言葉が胸によみがえる。

会場では、時間があれば他国の出品物を見て回った。

英吉利や普魯西《プロシア》、白耳義《ベルギー》が陳列している蒸気機関車はいうまでもなく、蒸気機関を用いた紡績《ぼうせき》器械や耕作器械、製紙、印刷器械などもあり、芳男はこうした器械が今後の主役になっていくだろうとの所感を抱いた。英吉利のアームストロング砲や普魯西のクルップ砲といった、大砲の陳列も目立つ。

仏蘭西の出品物はさすがに多い。鞄《かばん》や人形、銀食器、化粧品、文具、灯具などが並ぶ会場は見本市さながらで、ひとつひとつを眺めていると、時が経つのを忘れるほどだ。

『西洋事情』では博覧会についても触れられており、世界の各国が出品物を通して知恵や技量を教え合い、学び合う場だと書いてあったが、まったくその通りだと芳男は感じ入った。もっとも、欧米の国々は日の本のはるか先を走っていて、自分たちは学べるだけ学んで、開いている差を少しでも縮《ちぢ》めなくてはならない。

山内六三郎から伝授された仏語が上達する秘訣も心に残っていて、町にあるカフェにも足を向けた。アパルトマンで下女が淹れるのとは段違いで、カフェでは香り高い珈琲が飲める。

だが、女中に心付けを渡すにも相場がどのくらいなのか察しがつかないし、そもそもいつ渡せばよいかもわからない。それに、仏蘭西の女子が着ている衣服は身体の線がはっきりと出て、肉置《ししおき》も豊かなので、前に立たれるとどことなく気圧《けお》されるような心持ちになってしまう。芳男はカフェの女中と懇意になるのは断念し、珈琲を楽しむだけに留めた。

会場が一般に公開されて何日かした頃、ひとりの仏蘭西人が芳男に声を掛けてきた。黒いフロックコートにズボン、シルクハットという身なりで、立派な口髭《くちひげ》を蓄《たくわ》えている。

男は丁寧《ていねい》な口調で、ジョセフ・ドケールと名乗り、身振りを交《まじ》えながら芳男を虫の標本が並んでいるところへ連れていくと、何やら訊ねかけてきた。この標本をこしらえたのはお前かといっているようだ。

「ウィ」

応《こた》えはしたものの、ドケールがさらに続けた問いは、芳男にはまるで聞き取れなかった。北村は別の用があって今日は会場にいないし、商人方で仏語がわかる吉田二郎の姿も見えない。

まごまごしている芳男に、ドケールは標本を指差して言葉を重ねてくる。

いかん、何とかしなくては。

思案をめぐらせた芳男は、ドケールに少しばかり待っていてほしいと断ると、その場を離れて通路を向こうへ渡った。

「どなたか、仏語のできる人はいませんか。見物客にちょっと入り組んだことを訊かれて、弱っているのです」

芳男が駆け込んだのは、薩摩藩の展観場であった。国名の表記で揉めたことで、幕府側も薩摩側もふだんは挨拶もしないし、したがって行き来もない。いきなりのことに、薩摩藩の者たちも面食らっている。

「よし、私が行こう」

洋服を着た男が、奥からすっと出てきた。切れ上がった目を芳男に向ける。

「どの人だ」

「あ、あちらの」

手で示されたほうへ、男が颯爽《さっそう》とした足取りで歩き出した。芳男も慌てて従《つ》いていく。

ドケールは、国立自然史博物館に勤める研究員であった。仏蘭西昆虫学会の大家、モリス・ジラールから勧《すす》められて、日の本の標本を見にきたのだという。そのジラールが、徳川幕府に虫の標本を出品してもらえるよう、仏蘭西側の仲介人に働きかけた当人であるらしかった。芳男が虫捕り御用を申し付けられた折は、巴里の商人が所望していると聞かされたが、どこかで間違って伝わったようだ。

「ジラール先生も話しておられたが、日の本の虫はとても興味深い。幾つかのチョウは仏蘭西で見かけるものと差異がないが、同種と思われるのに形が大きかったり、翅《はね》の模様が異なるものがある。支那や印度に生息する種に似ているものもあるね。それと、トンボやバッタ、クワガタ、ハチ、カメムシの類は相当に揃っている。ドロバチの巣も、生態が手に取るようにわかる。これだけのものを、よく集めたものだ」

「いやあ、それほどでも」

芳男はぼんのくぼに手を当てる。

「だが、全体に傷《いた》みが激しいようだ。ことにチョウやトンボは、翅が剝がれたり破れたりしている。完全なる姿を見たかったのに、幾分がっかりさせられたよ」

「それは、暑さと湿気で……。船の中では、なるべく涼《すず》しく、風通しのよい場所に置いてもらっていたのですが」

「まあ、致し方がないね」

ドケールが顔をしかめ、顎《あご》を撫でた。

「あの、手前からお訊ねしてもよろしいですか」

「ええ、どうぞ」

「国立自然史博物館には幾度か通い、虫の標本も目にしたのですが、針を刺す位置がいささか異なっておりました。とくに、クワガタやカメムシの類は」

「ウィ。チョウやトンボは、胸の真ん中に針を刺す方法でよいが、クワガタやカメムシは、右側の翅に刺すのが正式なんだ」

「それは何ゆえ」

「虫というのは大抵、左右対称な形をしている。右側に針を刺せば、左側は完全な形で残る。それに、クワガタなどは背の真ん中に針を刺すと、翅が広がってしまう。ごらん、あなたの標本は、どれも形が崩れているだろう」

「たしかに……。もうひとつ訊きたいのですが、針そのものも違うようですが」

「それも指摘しようと思っていたんだ。見たところ、あなたは裁縫《さいほう》用の待ち針を使っているみたいだね。昆虫針といって、専用の針があるんだよ」

「そうなのですか。まるで知りませんでした」

ドケールが帰ったあと、芳男は通詞を引き受けてくれた男に頭を下げた。

「おかげで助かりました。片言《かたこと》ならまだしも、細かいことになるとてんで駄目《だめ》で」

「褒《ほ》められているようにみえて、厳しくやられていましたな」

遠慮のない口調で図星を指されて、わずかにむっとする。

「否定はしませんが、こっちも虫の標本については何もわからんところから始めたのです。満点を取れなかったのは悔《くや》しくもあるが、正しい作り方を指南してもらって、得るもののほうが多かった。ところで、そちらの名をうかがえませんか」

「町田《まちだ》です。藩では、町田民部《みんぶ》と呼ばれていますよ」

薩摩の芋侍などと幕府の者たちは陰口を叩いているが、町田はさほど国訛《なま》りもなく、すらりとした体躯《たいく》に洋服がしっくりと馴染《なじ》んでいる。

「それにしても、町田どのは仏語が達者ですな。虫のことにも詳しそうだ。ある程度の見識がなければ、先ほどのやりとりを訳すのは容易ではありませんよ」

町田の口許に、不敵な笑みが浮かんだ。

「二年ほど前から、倫敦に留学していましてね。大英博物館で、たいがいのものは目にしているので」

「ほう、倫敦に留学を。しかし……」

町田が日の本を発った時分には、日本人がみだりに海外へ渡ることは許されていなかったのではないか。

だが、そのことを芳男が口にする前に、町田の後ろ姿は薩摩藩の展観場へ吸い込まれていった。

五

芳男が巴里に着いたのは春先で、たまに底冷えのする日もあったが、逗留してふた月もすると、季節はめぐって陽射《ひざ》しにも力強さが加わった。日の本のようなじめじめしてうっとうしい梅雨とは無縁の、爽《さわ》やかな陽気が続く。

六月に入ってほどなく、卯三郎の茶屋が店開きを迎えた。芳男はさっそく茶屋を見にいったが、たいそうな人だかりで地所に近づくこともかなわない。西洋人たちには日の本の家屋も風変わりなら、着物に身を包んで畳に正座している日本人の芸者衆も物珍しくてならないのだ。

芳男は人混みを掻き分けて前へ出るのを諦《あきら》め、つま先立ちになって頭と頭の隙間《すきま》から茶屋の様子をうかがった。縁側《えんがわ》の軒先に赤い提灯が連なっており、奥の座敷ではおさとやおすみ、おかねの三人が煙草盆《たばこぼん》を前に置いて一服つけていた。刻み煙草を煙管《キセル》に詰め、火を付けて口許へ運ぶという一連の所作を、見物客たちが食い入るように見つめている。

おさとたちが煙草を吸い終わっても、見物客はいっこうに立ち去る気配がなく、芳男は仕方なく持ち場へ戻った。

その後も幾度か足を運んだものの、そのたびに茶屋の見物客は増える一方であった。

「卯三郎の茶屋は、大当たりを取っているようだな」

あるとき、商人方の展観場に詰めている吉田二郎に芳男は声を掛けた。

「おかげさまで、店開きからひと月がすぎても客足が落ちません。お客さまの所望に応じて、茶や味醂《みりん》酒を供する趣向も喜ばれております。湯呑みを盆に載せて運ぶのは商人方の男で、芸者たちが客とじかに接することはないのですが、急須《きゅうす》で茶を淹れるのも、甘い味醂酒の味わいも、西洋人には珍しいようでして」

「結構なことじゃないか。薩摩藩に続き、先だって巴里に着いたばかりの佐賀藩も、幕府とは別の展観場を設けることになった。そこにも芋侍どもが一枚嚙んでいるのではないかと、使節団の上層部はおかんむりだが、茶屋が評判になれば少しは幕府側の面目も立つだろうよ」

芳男は皮肉まじりにいう。

「お武家さまのことは、手前にはよくわかりませんが……。茶屋の脇に設けた屋台でも、袋物や扇子などの小間物が飛ぶように売れております」

「巴里の新聞にも、博覧会で随一の珍物と取り上げられていたものな。この先も、どんどん客が押しかけてくるだろう」

「それはそれでありがたいのですが……」

いいさして、二郎が小さくため息をつく。

「ふむ、どうした」

「じつは、女子たちが参ってきているのです。連日、好奇たっぷりの目にさらされて、おさとなどはアパルトマンに帰ってからも誰かに見られている気がして眠れないと、先日も朝から目を赤くしておりまして」

「なに、おさとが」

芳男の胸が、きゅっと締《し》め付けられた。

「おすみやおかねも、似たようなものです。自分が見世物になるのを当人たちも承知してはいたでしょうが、よもやこれほどとは。商人方としても、案じられまして」

二郎の眉間《みけん》に、深い皺《しわ》が寄る。

芳男は腕組みになり、しばらくのあいだ思案した。

「私もこちらへ来て感じたが、その国の人が外国人に向ける眼差《まなざ》しには、好奇のほかに、蔑《さげす》みや嫌悪といったものも少なからず混じっている。まあ、横浜にいる外国人を日本人がじろじろ見るのと同じだな。あの外国人たちも、決していい気持ちはしていないだろう」

「わかります」

二郎が顎を引く。

「一日じゅう茶屋に詰めきりで、そういう目を向けられていたのでは、どうかならんほうがおかしいくらいだ。これは医者として忠告するが、このまま放っておくと、気が塞《ふさ》いで床から起き上がれなくなるかもしれんぞ」

「そ、そんな」

「ちょっと休ませてやれるとよいのだがな。私から卯三郎に話してみようか」

「いえ、それは手前が。今夜にでも、アパルトマンでいまの話をしてみます」

その後、おさとのことが気に掛かりつつも、芳男は日々の仕事に打ち込んだ。博覧会場に通うほか、巴里の本屋を回って物産方の役に立ちそうな書物を探したり、種《しゅ》苗《びょう》商を訪ねて開成所の培養地に植える種子を買ったりと、逗留しているあいだにこなすことが山ほどある。

「このほど、たった一日ではありますが芸者たちに暇《ひま》を与える目途《めど》がつきました。暇が出た経緯《いきさつ》を三人に話したところ、それでは田中さまとどこかへ出掛けたいとおさとがいい出しましてね。おすみとおかねも、ぜひにと申しております。手前もお供しますが、ご迷惑でなければ、いかがでしょうか」

二郎がそう声を掛けてきたのは、七月の末であった。

芳男に否《いな》やがあろうはずがない。凱旋門《がいせんもん》やルーブル美術館などの名所はひととおり見物したというので、芳男のひと言でジャルダン・デ・プラントを散策することになった。

ジャルダン・デ・プラントは、セーヌ川の左岸にある。入り口で二郎たちと待ち合わせ、門をくぐって歩いていくと、前方に大広場が現れる。

「あの大きな建物が自然史博物館で、その周りに植物園と動物園が配されているんだ」

「へえ、たいそう立派なところですねえ」

おさとたちが驚嘆の声を上げた。大広場には仏蘭西式の花壇が設けられ、季節ごとに植え替えられるさまざまな種類の花が、一面を色とりどりに染めている。

博覧会場にある茶屋では華やかな振袖《ふりそで》をまとい、潰し島田に結った髪に絞りの手絡《てがら》を掛けている三人が、ここでは縞の着物に髪には銀簪《ぎんかんざし》が一本という地味な身なりで、化粧気のない顔をしている。すれ違う人々もいちおうは振り向くものの、同じ女子とは気がつかない。

どことなくおさとたちと秘密を分かち合っているようで、芳男の胸はひそやかな優越感に満たされた。とはいえ、芳男にしても三人と連れ立って歩くのは、巴里に来てから初めてだ。

植物園をひとめぐりすると、折しも昼になった。

「出店で何か買って、あそこで食べませんか」

おさとが通路に並んでいるベンチを指差した。かたわらに植えられた樹木が、ほどよい木陰をこしらえている。

芳男たちはサンドイッチを買い、隣り合ったベンチに男と女に分かれて腰掛けた。

サンドイッチの包みを開きながら、芳男が三郎に訊ねる。

「アパルトマンでは、女子たちは米の飯を食べているのか」

「米はとうに底を突きました。いまは蔬菜《そさい》や魚を調理して、パンと一緒に食べていますよ。相変わらず、肉は避《さ》けておりますが」

「田中さまは、西洋料理がお好きなのですよね。白いご飯なんて、ちっとも恋しいと思われないのでしょ」

隣のベンチから、おかねがちくりと声を入れてくる。

「西洋料理もいいが、巴里へ来てご飯と梅干しもいいものだと思い直したんだ」

芳男は何気なくおさとをうかがうが、おさとはやりとりを聞いていないのか、サンドイッチを頬張りながら顔を上に向けている。

「この大きな木、巴里でよく見かけますね。大通りの脇に連なっているのとか、広場の片隅《かたすみ》とか」

芳男も頭上を見上げた。

「マロニエというのだ。新緑の頃に花を咲かせ、秋になると棘《とげ》のある実を付ける」

「花が咲いているのは見ました。白くて、桐の花みたいな咲き方で……。ふうん、実が生《な》るのですね」

食事を終えてしばらく休むと、このあとは動物園に行こうという話になった。動物園へは、博物館前の大広場を横切っていく。

二郎やおかねたちの後ろから、芳男が花壇に咲く花々を眺めながら歩いていると、おさとが隣に寄り添ってくる。

「あたしたちが休みをもらえるよう、田中さまがお口添えしてくださったとうかがいました。お礼を申し上げます」

「大げさな。こちらこそ、握り飯の礼もまだだというのに」

「茶屋を出してから、毎日、息が詰まりそうだったんです。だけど、こうして外へ連れ出していただいて、何だか身も心も軽くなりました。天気もいいし、気持ちがのんびりします」

おさとが足を止めて深呼吸する。

青い空から降り注ぐ陽射しが、地上のあらゆるものを輝かせていた。木々の緑は躍動し、おさとの素肌はまぶしいほどに白い。

一枚の絵画を見ているようで、芳男はしばし見とれた。

ふと、近くで子供の笑い声がした。目をやると、仏蘭西人の若い母親と女の子が花壇を見ながら談笑している。

「七つか八つくらいかしら。おっ母《か》さんと一緒で、楽しそうですね」

「花のかたわらに添えられた木札を見て、おっ母さんが子供に花の名を教えてやっているんだろう」

「へえ。仏語だからわかりませんでしたけど、あの木札には花の名が書いてあるのですか」

「さよう。私だって、先ほどは知った顔でこの花壇をお前さんたちに案内したが、木札がなかったらとても全部の名を示すことはできなかったよ」

「まあ。それはそうと、おっ母さんが名を知らない花でも、木札を読めば子供に答えてやれるし、子供もずいぶんと物知りになれるでしょうね」

それを聞いた瞬間、芳男は雷に打たれたようになった。

「おっ母さんが木札を読めば、子供も物知りに……」

そうだ、その通りだ。ここには幾度も通っているのに、いままでどうして気がつかなかったのか。

先を歩く二郎たちとのあいだが、だいぶ開いていた。おかねが声を張っている。

「早く来ないと、ふたりとも置いていっちまいますよう」

「あら、いけない。田中さま、参りましょう」

そういって、小急ぎに歩を進めたおさとが、

「あの、田中さま……？」

二間（約三・六メートル）ばかり行ったところで、怪訝そうに振り返る。

芳男は立ち止まったままであった。

これまで己れは本草学《ほんぞうがく》や物産学を学び、研究から得た知見を実地に生かすことを第一に掲げてきたが、人々の知見を広げることもまた、世の中に益《えき》をもたらすひとつの道筋なのではないか。人々の無知を切り拓き、正しい知見を与えるのに、ジャルダ

ン・デ・プラントのような施設は打ってつけである。

どこまでも澄み渡った巴里の空に、芳男は大きな声で叫びたくなった。

日の本にも、ジャルダン・デ・プラントを作りたい――。

政治でも軍事でもない、これこそ物産方の田中芳男が為すべきことなのだ。

足許で地面をついばんでいた鳥たちが、いっせいに飛び立った。

六

巴里では日の本よりも駆け足で秋がやってくる。

「暑かったのはいっときで、月が替わったら朝夕はにわかに空気がひんやりしてきましたな」

「まことに。こちらの建物は石造りのせいか、ことに明け方は肌寒く感じる」

イスリー街にあるアパルトマンで、芳男が同室の北村元四郎と話していると、部屋の戸を軽く叩く音がして、塩島浅吉が入ってきた。それぞれの寝台に腰を下ろしている芳男と北村へ目を向ける。

「公使の向山さまにうかがったところによると、民部大輔さまが巴里にお着きになっておよそ四月《よつき》、ナポレオン三世公との謁見もかない、そろそろ欧羅巴各国をめぐる旅へ赴かれる運びとなったそうだ」

昭武公は、将軍慶喜公の名代として欧羅巴の各国を歴訪し、親善を図ることになっていた。

「ついては、向後は民部大輔さまが博覧会場へお出向きになることもないだろうし、そなたたちも日の本へ帰ってはどうかと」

「博覧会の会期は、十月三十一日までとうかがっております。それまでは巴里に留まるものと心得ていたのですが……。こちらの本屋に注文してある書物も、届くまでにいま少しかかりそうですし」

芳男が塩島にいうと、

「どうも、使節団の懐《ふところ》具合がはかばかしくないらしいのだ。民部大輔さまも、いまではペルゴレーズ街のアパルトマンに移っておられるが、何かと物入りのようでな」

「では、民部大輔さまの一行が瑞西《スイス》や阿蘭陀、英吉利などへおいでになる費用を工面《くめん》するために、手前どもが巴里を去らねばならないのですか」

北村も不服そうであった。

「そなたらの気持ちはわかるが、我らが当地に逗留する費用が幕府から出ていることも忘れてはならぬ。ともかく、近々ここを離れるつもりでいるように」

塩島が重々しくいい渡した。

翌日から、芳男は折をみては自然史博物館や植物園、動物園、美術館を見て回り、陳列の区分けや品の並べ方など、気づいたことを余さず帳面に書き付けた。

博覧会場でも、興味を覚えた展観場には幾度も足を運んだ。戸外の庭園では淡水と海水の水族館も設けられており、芳男はそこに置かれている魚の剝製《はくせい》を見ると、北村に通詞を頼んで水族館の係の者に作り方を教わったりもした。日の本にジャルダン・デ・プラントをこしらえるのに、目にしておいて損になるものはないのだ。

帰国の船に乗るのが九月二十六日と決まると、時の流れる勢いが増した。物産方での研究にと買い込んだ書物や種苗、地球儀やその他の荷をマルセイユで船に積み込むことを考えると、二十日頃には巴里を発ったほうがよさそうである。

巴里にいるのもあと三日となったその日、芳男は博覧会場の裏手にある門の近くに立っていた。博覧会に参加している各国の係員や、庭園内にあるカフェやレストランの給仕係が出入りする通用門だ。

ズボンのポケットから取り出した懐中時計の針は、夕方の六時半を指していた。夏のあいだは夜の九時でも空に明るさが残っていたのに、このところは日に日に昼が短くなって、かたわらに建つ瓦斯燈《ガスとう》にはすでに灯が入っている。

いましばらく待っていれば、おさとが門を出てくるはずであった。三人の芸者が身を置く茶屋は、依然として見物客を集めている。

巴里にいるあいだに、いま一度、おさととゆっくり語らいたい。三人の芸者が会場とアパルトマンを往復する折は二郎がお供につくので、ふたりきりにはなれないだろうが、みんなで食事を共にできたらと思っている。惜別の宴にはグラントテル・ド・ルーブルかグラントテル・ド・パリのレストランがふさわしい気がするが、おさとたちが尻込みするようなら、博覧会場に普魯西が出している居酒屋で麦酒《ビール》を呑むのでもいい。

芳男の周りには、ほかに十人ばかりの男たちがいた。いずれも人待ち顔で、門のあたりを見つめている。外国人ばかりで、日本人は芳男だけだ。会場ではアラブ風の音曲が流れるカフェで給仕するチュニジア人の女中や、トルコ人の踊り子なども見物客の目を引いているので、そうした女たちを口説こうともくろんでいるに相違ない。

何はともあれ、芳男はおさとを隣に坐らせて、こういうのだ。

日の本に帰ったら、また、梅干しの入った握り飯を食わせてくれないか。

どういうことかというと、それは、つまり……。

門の向こうに人影が動いて、芳男は物思いから引き戻された。うす暗がりに、おさとの顔が白く浮かび上がっている。

「お、おさと」

手を掲げた芳男のほうへ、おさとが首をめぐらせる。

と、芳男の横に立っていた男が、ついと前に進み出た。

「オサトサン、ボンソワー」

おさとに近づいた男は、赤い薔薇《ばら》を一輪、恭《うやうや》しく差し出す。

おさとがはにかむように襟許へ顎を埋め、薔薇の花を受け取った。

芳男は茫然《ぼうぜん》としながら、行き場をなくした手を下ろす。

「このところ、毎日なのですよ」

いつのまにか、二郎の顔が横にあった。かたわらにはおすみとおかねもいて、おさとたちをうっとりと眺めている。

「町の染物工場で働いている男だそうですがね。ひと月ほど前になりますか、茶屋を見物しておさとを見初《みそ》めたようなのです。それ以来、勤めが休みの日には茶屋に顔を見せ、そうでない日は勤め帰りに門のところで待っておりまして」

「このことを、卯三郎は存じておるのか」

「いちおう耳に入れてあります。茶屋に来るときはかならず茶代を払ってくれますし、ほんの少し立ち話をするだけですから。じつのところ、先に田中さまから意見されたこともあって、卯三郎も女子たちに息抜きをさせてやらぬと可哀《かわい》そうだと了簡《りょうけん》したのでしょう。とやかくいうつもりはないようです」

「…………」

「おさとも満更《まんざら》ではなさそうで、幾らか仏語も覚えましてね。ちょっとした買い物くらいなら、じゅうぶん通じます。やはり、当地の人と話すとめきめき上達しますな」

二郎はひと息ついて、芳男に向き直った。

「田中さまも、いまお帰りですか」

「あ、ああ。ま、まあな」

「たまには手前どもと食事などいかがですか。近いうちにこちらをお発ちになるとうかがいましたが」

「いや、そう気遣わんでくれ。アパルトマンに帰って、荷造りをしなくてはならんのだ」

芳男の肩先を、かさりと掠《かす》めたものがあった。足許に目をやると、茶色く色づいたマロニエの葉が落ちている。

通りに積もった枯れ葉を踏みしめ踏みしめ、芳男はひとり、暮れ方の巴里を歩いた。

数日後、巴里を発った芳男は、マルセイユから船に乗り帰国の途に就《つ》いた。だが、約十月《とつき》ぶりとなる祖国は、変転の最中《さなか》にあったのである。

第六章　御一新

一

　慶応四年（一八六八）七月下旬、芳男は中山道《なかせんどう》の碓氷峠《うすいとうげ》を越えようとしていた。険《けわ》しい峠道を登りきるとにわかに視界が開け、前の晩に泊まった坂本《さかもと》宿の家並みが眼下に広がる。

　箱庭のような景色を見下ろしながら、ふうっとひと息つく。

　昨年のいま時分は洋服を身にまとって巴里《パリ》の町を歩いていたが、この日は裾短《すそみじか》に着た小袖《こそで》に股引《ももひ》きを穿《は》き、手甲《てっこう》、脚絆《きゃはん》に草鞋《わらじば》履きという出《い》で立ちだ。振り分けにした荷を肩に掛け、単身での旅である。

　杉林に覆《おお》われた山道は、昼日中でもうす暗かった。時折、涼《すず》しい風が木々のあいだを渡ってくるものの、巴里の夏の爽《さわ》やかさには及ばない。

いま一度、息をととのえて、いくぶん勾配《こうばい》の弛《ゆる》くなった山道を歩き出す。峠を越えると、軽井沢《かるいざわ》宿からは信州となる。

飯田城下の千村陣屋に辿《たど》り着いたのは、三日後だった。

陣屋内にある田中家の裏口へ回ると、台所ではお津真が流しの脇で青菜を切り刻んでいた。

「母上、ただいま帰りました」

「芳男……。まことに、芳男か」

庖丁《ほうちょう》の音が止《や》み、お津真が飛び出してくる。芳男がこの世の者であるのをたしかめるように、肩から腕へと手で触れた。

「よう帰ったに。よう……」

それきり言葉にならない。

「文《ふみ》を出したのですが、届いておりませんか」

「届くには届いたが、顔を見るまでは安心できなんだ。先の天子《てんし》さまが身罷《みまか》られ、徳川さまが将軍の座を退《しりぞ》かれて、江戸でもたいそうな騒ぎがあったとか。ともかく、家にお入り。疲れとるら」

奥で着替えた芳男は、風呂敷《ふろしき》包みを抱えて部屋を出てきた。

「母上にお話ししたいことは山ほどあるのですが、先に市岡さまへご挨拶《あいさつ》にうかがおうかと」

「それがいいだに。積もる話は、のちほど聞かせておくれ」

市岡家を訪ねた芳男が居間に通されて待っていると、じきに市岡雅智《まさとも》が入ってくる。単衣《ひとえ》の着流し姿であった。

「芳男、久しぶりじゃな。先般、文を受け取ったぞ」

「雅智さま、ご無沙汰《ぶさた》しております」

芳男は畳《たたみ》に手をつき、向かいに腰を下ろした雅智に頭を低くする。

「そなたが飯田に帰ってくるのを、我が親父は首を長《なご》うして待っておられた。芳男から万国博覧会の話を聞くまでは死ねぬ、と申してな」

「経智さまにお目に掛かるのを、手前も楽しみにしていたのですが……。父の葬儀でお会いしたのが最後になりました」

市岡経智がこの世を去ったのは、昨年の慶応三年（一八六七）九月であった。家督を継いだ雅智もすでに隠居して、いまは雅智の倅《せがれ》、昭智《あきとも》が市岡家の当主を務めている。

雅智は四十四歳、軽く引き結ばれた口許《くちもと》が、亡き経智を彷彿《ほうふつ》とさせた。

「親父は、幼い時分のそなたが生煮《なまに》えのきのこを食べて腹を壊したことを持ち出して、仏蘭西《フランス》でも珍しい物を口にして具合を悪くしてはおらぬかと案じておったよ」

「経智さまの中では、手前はいつになっても食い意地の張った子供のままだったのでございましょう。しかしながら、こちらで『伊奈郡菌部』や貝の標本を見せていただいたことが本草学《ほんぞうがく》や物産学《ぶっさんがく》に関心を抱く糸口となり、ひいては仏蘭西行きへ導いてくださったのだと思うと、感無量でございます」

「そなたの父御《ててご》とうちの親父、先に亡くなった北原因信さま。いまごろはあの世で再会して、思い出話に花を咲かせていることじゃろう」

雅智は穏《おだ》やかに微笑《ほほえ》むと、

「して、巴里で開かれた万国博覧会とは、どのような」

経智が生きていたらそうであったろうと思わせるような、きらきらした目で問い掛けてきた。

芳男は膝《ひざ》の横に置いた風呂敷包みを開くと、一冊の帳面を取り出す。

「以前から『捃拾帖《くんしゆうじよう》』と名付けた貼《は》り交ぜ帖《ちよう》をこしらえておりまして、経智さまにもご覧に入れたことがございます。こちらは、巴里の旅にて手に入れたものを貼り込んだ、『外国捃拾帖』でして」

「ほう、じつに色鮮やかな。これは何じゃ」

帳面をめくっていた雅智が手を止める。

「万国博覧会に出品されていた、多色タイルの見本の刷り物です。薄い板状の焼物なのですが、欧羅巴《ヨーロッパ》では、色とりどりのタイルを組み合わせて、壁面の飾りにしますので」

「ふうむ、うつくしいのう。では、これは」

「巴里で泊まったグラントテル・ド・ルーブルにある食堂の品書きです。あちらへ渡った初めのうちは、文字は読めても料理の見当がつかず、皿が出てくるまではそわそわしたものでしてね」

芳男は博覧会の陳列品をはじめ、蒸気船や寄港地でのあれこれや、巴里の様子などをひとしきり語った。

雅智は相づちを打ちながら問いを挿《はさ》み、返答を聞いてしきりに感心している。

「あの、土産《みやげ》といっては何ですが、これを市岡さまに」

芳男は帳面と共に携《たずさ》えてきた箱を差し出した。

「おお、これは見事な」

箱の蓋《ふた》を取った雅智が目を見張る。銀でこしらえた匙《さじ》が六本、収まっていた。

「匙のことを英語でスプーンというのですが、銀のスプーンは食事に用《もち》いるほかに、欧羅巴では縁起物でもあるそうでして」

「かようにたいそうな品を、かたじけない。仏壇に供えさせていただこう。親父も、きっと喜ぶだろう。後でそなたも、線香をあげてやってくれ」

蓋を戻した雅智は、箱を押し頂くようにして脇へ置くと、いくぶん顔つきを改めた。

「帰朝の折は、甚《はなは》だ驚いたであろうな」

芳男も居ずまいを正した。

「船が品川に着いたのが、昨年の十月十五日です。先の帝《みかど》が崩御《ほうぎょ》あそばされたことも、日《ひ》の本《もと》がごたごたしていることも、巴里で耳にしておりましたが、よもや帰朝する前日に、幕府が朝廷に大政奉還《たいせいほうかん》を奏上《そうじょう》しようとは……。もちろん、港には出迎えの者もおりません。陸地へ荷を下ろすのも、それを市中へ運ぶのも、自分で手配りをしなくてはならんというありさまで」

ちなみに、巴里では西洋の暦《こよみ》に従っていたが、品川に着いたのをしおに日の本の暦に戻すことにした。

「さようであったか……。江戸では商家に押し込みが入ったり、方々に火が付けられたりしていると聞いてな。そうしたところへ帰ってきたのでは、芳男もさぞかし難儀しているのではないかと、飯田でも案じておったのだ」

「まあ、世上が騒がしいといっても、開成所の物産方が与えられている務めに変わりはございませんのでね。仏蘭西から持ち帰った植物の種子や苗《なえ》を培養地に植えたり、買ってきた書物の整理をしたりしておりました」

「思いのほか呑気《のんき》なのだな」

「向こうでは地球儀や双眼鏡、ホロホロチョウの剝製《はくせい》なども手に入れましてね。せっかくだから、所望する人がいれば見せて差し上げようと、披露日会《ひろめかい》を開いたのですよ」

「披露日会と」

「仏蘭西へ渡った使節に、箕作貞一郎という方がいるのですが、湯島天神下にあるその方の屋敷の玄関先を借りましてね。さよう、王政復古《おうせいふっこ》の大号令《だいごうれい》が発せられた頃のことです」

「世の中がひっくり返ろうかというときに、そのような会など開いておったとは」

雅智の声に困惑が混じった。

「珍しい物を手に入れたのに蔵にしまっていたのでは、宝の持ち腐《ぐさ》れですのでな。ともあれ、今年に入ってからは、培養地の手入れをするかたわら、サボテンやコチニール虫に関する論文をまとめたり、洋書の翻訳をしておりました。年明けに幕府軍と官軍の戦が始まったとはいえ、上方《かみがた》の話でしたし……。ですが、三月頃からは江戸もいよいよ不穏になり、四月には御城《おしろ》が明け渡され、五月になると上野の山が」

「うむ、官軍と彰《しよう》義隊《ぎたい》の攻防戦じゃな」

「こうなるとさすがに剣呑《けんのん》だと、開成所にこもっておりましたがね。物見《もの み》櫓《やぐら》に登りましたら、折しも大砲を撃ち放すような轟音《ごうおん》がとどろき、上野の方角に黒い煙が上がっていましたよ」

雅智が、芳男の顔をしげしげと眺《なが》める。

「戦が怖ろしくはないのか。それに、徳川方の使節として外国へ渡り、帰ってきたら親方と恃《たの》む幕府が倒れていたのだぞ。心の拠《よ》りどころを失って、私であったら何も手につかなくなりそうだ」

「幕府が倒れたとはいえ、日の本が滅んだわけではありません。仏蘭西では、徳川方の使節である以前に日の本の一員なのだと、つくづく考えさせられました。海の外へ目を向ければ、亜細亜《アジア》には英吉利《イギリス》や仏蘭西が植民地を増やし、日の本のすぐそこまで迫ってきています。そうした力に太刀《たち》打ちしなくてはならないのに、徳川だの薩長だのと揉《も》めている場合ではない。まことに怖ろしいのは、西洋諸国に攻め込まれて日の本を乗っ取られることとなのです」

「む」

「何かの役に立てるのであれば、親方が徳川であろうと薩長であろうと、手前は日の本のために尽くす所存です。人たる者は、世の中に生まれ出たからには自分相応《そうおう》な仕事をし、世に尽くさなければならぬと、父もよく申しておりました。いずれにせよ、物産方の田中芳男が為《な》すべきは、武の力ではなく知の力でもって世を切り拓くことでございますゆえ」

　まぶしいものでも見つめるように、雅智が目を細めた。

「そなた、洋行してひと皮剝《む》けたな」

　障子《しょうじ》を開け放った縁側《えんがわ》から、心地よい風が入ってくる。

「それはそうと、もらった文には、新たなお役目を拝命し、大阪へ向かう途中での帰郷と書いてあったが」

「開成所を引き継いだ新政府に、舎密局御用掛《せいみきょくごようがかり》を仰《おお》せつかりましてね。舎密というのは、蘭《らん》語で〈化学〉を意味する〈セミー〉の、いわゆる当て字です。何でも、大阪に理化学を研究、伝授する学問所をこしらえるので、それを差配しろと」

「理化学の学問所を大阪にな。江戸……いや、東京ではいかぬのか」

江戸は、七月に東京と改められ、大坂も、このところは大阪と表すようになっている。

「そもそもは、長崎にあった分析究理所《ぶんせききゆうりしよ》を徳川幕府が江戸へ移そうとし、開成所の敷地で普請《ふしん》に取り掛かっていたのが、昨今の情勢によって途中で止まっておりましてね。新政府の上層部が話し合って、東京はこの先しばらく落ち着かぬだろうし、いっそのこと大阪にこしらえてはどうかと声が上がったそうです。理化学の研究が世の中の急務であると睨《にら》んでいるようですな」

「だが、そなたにとって舎密局は、いささか畑違いなのでは」

顎《あご》に手をやった雅智に、芳男は苦々《にがにが》しい笑いで応じる。

「東北ではまだ戦が続いており、新政府も混乱しているのでしょう。当面、物産方は閉じた恰好《かつこう》ですし……。舎密局を立ち上げて万端《ばんたん》とととのったら、いずれまた東京へ戻すといわれていますが、果たしてどうなることやら。新政府が物産方をどのように捉《とら》えているかもはっきりしませんし、何年か先に戻ったとしても、これまでと同じ研究を続けられるかどうか」

物産方の己《おの》れに何ゆえ舎密局のお鉢《はち》が回ってきたのかと、少々気が進まないのは事実だ。旧幕府では箕作貞一郎や神田孝平《かんだたかひら》、何礼之《がのりゆき》らが上方への出役《しゅつやく》を命じられ、めいめいが船に乗って任地へ向かったが、芳男だけがゆるゆると陸路を辿ることにしたのも、ささやかな抵抗を示したつもりだった。

しかしいま、日の本は激しく揺れ動いている。与えられた場が己れの領分ではないといって、そっぽを向くのは道理に外《はず》れているとも思った。

いかなる場であっても、己れの持てるすべてでぶつかるのみだ。

「大阪での立地計画は、手前に任《まか》せてもらえると聞いております。どうせなら舎密局だけでなく、鉱物や植物標本を陳列する博物館、四季折々の植物を楽しめる庭園や薬草園、日の本の鳥や獣《けもの》を集めた動物園を周辺にこしらえ、広大な施設にしてはどうかと思案しておりまして」

「それはまた大掛かりじゃな」

「巴里にあるジャルダン・デ・プラントを手本にしているのです」

「な、ジャンデプラ……?」

芳男は、ジャルダン・デ・プラントがいかなる施設であるかを詳細に語った。

「百聞は一見に如《し》かずと申しますように、そこを訪れる人々は、まさに実物を見て見識を深めることができます。文字の読めない人にもわかりやすく、子供にも興味を持ってもらえるでしょう。ひとりひとりの知見に厚みが増せば、国全体の底力も上がろうというもの。手前は、ジャルダン・デ・プラントをこの日の本に作りたいのです」

「ふむ、じつにとてつもない話で……」

要領を得ないといった雅智の表情も、もっともであった。日の本にはまだ、博物館と呼ばれる施設がないのだから。

雅智が坐《すわ》り直した。

「飯田には、いつまでおるのか」

「父の墓参りをしたり、母方の親戚にも顔を見せたり、少しばかりゆっくりできるかと」

そう応じて、芳男は市岡家を辞した。

隆三が亡くなったあと、田中家には母と芳男の妹、お松が暮らしていた。お松はいささか身体《からだ》が弱く、二十三歳になるいまも嫁には行かずにいる。女所帯の住まいは、陣屋内にあるほかの家々と比《くら》べて傷《いた》みがひどく、外壁の羽目板《はめいた》が反《そ》り返り、雨樋《あまどい》はゆがんでいた。

幕府から物産学出役を命じられて江戸へ出たとはいえ、芳男のことを郷里の生家を顧《かえり》みず好き勝手ばかりしてと貶《けな》す人は、陣屋内にもいるだろう。罪滅ぼしではないが、芳男は城下の大工のところへ出向いて家の修繕を頼んだり、庭の畑を耕《たがや》し、仏蘭西から持ち帰った作物の種を蒔《ま》いたりした。

「そういえば、父上が生前に市ヶ谷の家を訪ねてくださった折、手前に縁談があると話しておられました。飯田の娘とうかがいましたが、手前がここにいるあいだに、一度、会ってみましょうか」

飯田に戻って十日もした頃、夕餉《ゆうげ》を食べながらふと思いついて、お津真に訊《たず》ねてみた。

「お前、いつの話をしとるだに」

給仕についてくれた母の顔に、あきれた表情が広がる。

「あの娘はとうに嫁に行って、このあいだ子も生まれたに」

「え」

「娘盛りが過ぎ去るのはあっという間、もたもたしておったら行き遅れになる。うちのお松がよい例だに。お前との縁談があった娘は、これからどんどん子が増えて、三、四年もすれば立派なおっ母《か》さんじゃ」

お津真のいうことには、芳男を得心《とくしん》させる妙な力があった。しばらく会わないうちにまぶしく成長していたおさとの娘ぶりが脳裡《のうり》をよぎる。思い出すと、まだ胸がずきずきした。

「異国へ渡った者は獣の肉ばかり食べるのじゃろうというて、そんな男のところへ大事な娘を嫁にやる親なぞ、この飯田にはおらぬ。じっさいのお前がそうでないのは心得ているが、娘の親の気持ちも、私には痛いほどわかる。もう、お前に嫁をもらうのは諦《あきら》めた。嫁がほしいなら、自分で見つけるがいいだに」

「母上……」

「そんなことよりも」

お津真が御櫃《おひつ》の側を離れ、芳男の前にいざり出た。

「今日も義廉からの便りはなかった。あの子は無事でおるのじゃろうか」

じりじりと迫ってくる母の目から、芳男は視線を逸《そ》らした。

「便りがないのは無事の証《あか》しと、昨日も、一昨日《おととい》も申し上げたではございませんか。幕府の海軍に属していたのですから、いますぐにというわけにはいかぬかもしれませんが、そのうち飯田へ顔を見せに戻って参るでしょう」

「お前ときたら、よくもいい加減なことを」

忌々《いまいま》しそうに、お津真が鼻の穴を膨《ふく》らませた。

三つ違いの弟、義廉は、芳男と同じく名古屋で医学と蘭学を学んだのち、江戸へ出て海軍兵学と蒸気機関に関心を持ち、幕府の海軍に出仕した。住まいは市ヶ谷からさほど遠くはない小日向竹島町《こひなたたけしま》にあるが、義廉は数年前に妻帯しており、物産学とは領分も異なることから、日ごろはあまり行き来がなかった。

その義廉が唐突に芳男の家を訪ねてきたのは、この三月であった。軍艦を下りて、二月に結成されたばかりの彰義隊に加わったという。上野寛永寺《かんえいじ》に謹慎《きんしん》している徳川慶喜公をお守りするかたわら、江戸市中の警戒にあたり、官軍が攻めてきた折はとことん戦うつもりだと、義廉は熱っぽく語った。

芳男は万国博覧会に陳列されていた英吉利のアームストロング砲を引き合いに出し、これはここだけの話だがと断った上で、薩摩藩は密《ひそ》かに英吉利と通じて武器を買い入れていること、佐賀藩は大砲を自前でこしらえる力を持っていることなど、巴里で耳に入った話をした。あんなものを自陣に撃ち込まれては、彰義隊はひとたまりもない。了簡《りょうけん》を改めるよう説得を試《こころ》みた兄に、すでに肚《はら》は定《き》まっていると弟はいい、表情からも意志のほどがうかがえた。

市岡雅智の前では何食わぬ顔をしていたものの、芳男が開成所の物見櫓から見た黒い煙の下には、義廉がいたのである。官軍との戦に敗れたあと、彰義隊の一部は品川沖から船で東北へ向かったらしいが、義廉が乗り込んでいるかは摑《つか》めない。すなわち、弟の消息は不明なのだ。そのことを、芳男はどうしても母に打ち明けられなかった。

義廉の安否《あんぴ》と共に、津田仙の身の上も案じられた。芳男が仏蘭西へ向かったあとに亜米利加《アメリカ》へ渡った津田は、芳男よりも先に日の本へ帰ってきていた。箕作家にて開かれた披露目会にも顔を見せている。亜米利加行きの使節には髪結《ゆ》いがいなかったそうで、津田は断髪していた。

「亜米利加は士農工商の別なく、尊卑《そんぴ》の隔《へだ》てがない。とりわけ農家は裕福なのだ。農事は国を豊かにする事業だと、改めて思い知らされたよ」

津田も自身の目で外国を見て刺激《しげき》を受けたようだったが、その後しばらくして新潟奉行所での通詞《つうじ》、翻訳御用を命じられ、江戸を離れたのだった。

東北や北陸ではいまでも諸藩が手を結んで官軍に抗しており、ことに越後《えちご》では激しい攻防が続いていると聞く。津田が戦に巻き込まれていなければよいが、芳男にできるのは無事を祈ることよりない。

ひと月ほど飯田に留《とど》まったのち、芳男は重い腰を上げた。大阪に着いたのは、八月末だ。

翌九月には、元号が明治《めいじ》と改まった。

二

大阪に赴《おもむ》いて二年ほどが経《た》ち、明治三年（一八七〇）六月になった。

梅雨に入ったせいか、湿りを帯びた夜風が頬《ほお》にまとわりつく。家の格子戸を引くと、ほどなく暗がりに手燭《てしょく》のあかりが浮かんだ。

「お前さま、お帰りですか」

妻、お栄《えい》の掲《かか》げたあかりがまともに目に入り、芳男はわずかに顔をそむける。妻を娶《めと》ったのは昨年五月のこと、芳男は三十二歳、お栄は十八歳であった。

「なんだ、寝ておったのか」

お栄は白い浴衣《ゆかた》の肩に半纏《はんてん》を羽織《はお》っていた。聡明そうな目鼻立ちを、あかりが照らし出している。

「床《とこ》に入ってはおりませんでしたが、もう四ツ（午後十時頃）を回っていますよ。まあ、お酒臭い。また酔うておられるのですね」

首を突き出したお栄が、芳男の胸許で眉《まゆ》をひそめた。

芳男は自分が酒臭いとは思わなかったが、妻のうなじからは湯《ゆ》の香《か》と体臭がほのかに漂《ただよ》ってくる。

「どちらにいらしたのです。ハラタマ先生のお宅ですか、それともボードイン先生のご宿舎、はたまた緒方さまのお屋敷……」

阿蘭陀《オランダ》人のハラタマは舎密局の教頭を、同じく阿蘭陀人のボードインは大阪医学校の教師を、そして緒方惟準《これよし》は浪華仮病院《なにわかりびょういん》長を務めている。惟準は、いまは亡き緒方洪庵の倅であった。

「ハラタマ先生のお宅で、そのお三方と食事をしてきたのだ。おっと」

沓《くつ》を脱いで框《かまち》に上がり、よろけたふりをしてお栄に抱きつこうとしたものの、

「火が危のうございますよ」

暗がりを泳ぐようにすいっと身を躱《かわ》して、お栄は奥へ入っていく。くすりと笑ったようだ。

六畳《じょう》の寝間には、すでに布団《ふとん》が敷《し》き延《の》べられていた。

「東京にはいつごろ戻れそうかと、向こうから問い合わせがあってな」

「前におっしゃっていた、東京の大学に出仕なさるというお話ですか」

かたわらへ来たお栄が、芳男の脱いだジャケツやチョッキ、ズボンを受け取り、皺《しわ》を手で伸ばしながら丁寧《ていねい》に畳む。

芳男はシャツとくつ下を乱れ箱に入れると、脇にある浴衣に袖を通した。

徳川幕府が瓦解《がかい》したのち、幕府の下にあった教育機関は所管や組織の改編、改称を繰り返しているが、いまは昌平坂《しょうへいざか》学問所を前身とする大学校を本校とし、その下に医学校の流れを汲《く》む大学東校《とうこう》、開成所の後身である大学南校《なんこう》が置かれている。その大学南校に物産局を開設するにあたり、芳男が大学出仕を命じられたのは春先のことだった。

「東京に戻ってこいと声を掛けてもらえるのはありがたいが、はいそうですかというわけにもいかんのだ。大阪城の追手門《おうてもん》向かいに舎密局が開校したのは、私たちが祝言を挙《あ》げたのと同じ月だった。それから一年にしかならんのだぞ。入学を希望する生徒も少しずつ増えて、これからというときに」

舎密局の敷地内に建つハラタマの居宅で食事を共にしたあと、ハラタマと芳男、ボードイン、緒方惟準の四人は葡萄酒《ぶどうしゅ》を呑《の》みながら、「それもこれも新政府が明確な見通しを持たず、場当たり的に事を進めようとするからだ」と話し合った。

そもそも舎密局や医学校を大阪に設《もう》ける構想が持ち上がったとき、都はまだ京にあった。新政府の参与職に就《つ》いた大久保利通《おおくぼとしみち》が大阪遷都《せんと》を唱えている時分で、それゆえ旧幕府の開成所内に設立されかけていた理化学校も、大阪へ移されることになったのだ。

　だが、芳男が大阪に赴任した頃には、日本の首都は東京へ移ることにほぼ固まっていた。

　新政府は所詮《しょせん》、薩長《さっちょう》土肥《どひ》の寄り合い所帯だ。それぞれがほかより先に抜きん出ようと、手柄を焦《あせ》っているに相違ない。そうした連中の思惑に、芳男たちはもろに振り回された恰好だった。舎密局の普請も金繰りがつかずに中断し、見込みよりふた月も遅れて落成したのだ。

　初めは気乗りがしなかった大阪行きだが、用地の選定や予算の交渉など、これまでにない苦労も味わって、芳男には舎密局に対する思い入れが生まれていた。二階建て、白亜の洋館が出来上がったときは、日の本の理化学はここから新たに歩み始めるのだと、気持ちが高まったものだ。開校したのちは、芳男も植物学と動物学の講義を受け持っている。

　いずれは東京に戻る心づもりでいたものの、いまの状態では舎密局のすべてがととのったとは到底いいがたい。

「そうだわ、飯田のお母さまから文が届いておりました。お読みになりますか」

お栄が思いついたようにいった。

「急ぎの用かな」

「とくだん、お急ぎではなさそうでしたが。ふたりとも息災にしているかと」

お栄がそこで、どういうわけか恥ずかしそうに目を伏せる。

「では、読むのは明日にしよう」

妻の表情を少々いぶかしみながら応《こた》えた途端《とたん》、しゃっくりが出た。

あらまあ、とお栄がまばたきする。

「水を持って参りますか」

「うむ、頼む」

乱れ箱を抱えて、お栄が部屋を出ていった。じきに、台所から物音が聞こえてくる。

ひとりになると、にわかに眠気が兆《きざ》してきて、芳男はお栄が戻ってくるのを待ちきれずに鼾《いびき》をかいていた。

けっこう葡萄酒を呑んだわりに、翌朝はすっきりと目覚めた。芳男が茶の間に入ると、台所にいたお栄が顔をのぞかせる。

「頭は痛くありませんか。お茶漬《ちゃづ》けでもこしらえましょうか」

「調子はすこぶる良い。ふだん通りで構わんよ」

しばらくすると、お栄が膳《ぜん》を運んできた。ご飯と味噌汁《みそしる》、梅干《うめぼ》しのほか、ほわほわと湯気の上がる卵焼きが載《の》っている。仏蘭西から帰ってしばらくのあいだは、梅干しを見るとほろ苦い思いが込み上げてきたが、もう何ともない。

芳男の前に膳を据えると、お栄は自分の膳も抱えてきた。芳男がいい出して、夫婦は共に食膳に向かうことにしている。ただし、芳男の卵焼きは三切れ、お栄のはふた切れだ。

「これはこれは、朝から豪勢だな」

芳男が手にした箸《はし》は、迷いなく卵焼きに伸びた。ひと切れを半分に分けて口に入れる。もったりした重みとふるふるの柔らかさが舌の上でほどけた。

「ん、いつもと違う」

「甘いでしょう。わたくしの生家《さと》では卵に出汁《だし》と醤油《しょうゆ》をちょっぴり足すのですけど、緒方さまの家では砂糖を加えるのですって。家によって違うものなのですね」

「へえ、緒方さまが」

「昨夜お話しできませんでしたが、昼間に吉重《よしえ》さんのところへうかがったのです。庭の畑で育ったキャベツを持っていったら、お返しに卵をいただいたの。惟準さまの患者さんが届けてくだすったそうで」

芳男とお栄の縁を取り持ってくれたのは、緒方惟準夫妻である。惟準の妻女、吉重は、下総佐倉城下に順天堂《じゅんてんどう》を開いた蘭方医、佐藤泰然《さとうたいぜん》の孫娘で、泰然の妹、おふくの孫娘であるお栄とは親戚どうしだった。田中家へ嫁ぐにあたりお栄は吉重の両親の養女となったので、いまでは義姉妹の間柄だ。ついでながら、吉重の実妹、おもとは箕作貞一郎に嫁いでいる。

お栄を嫁にもらった芳男は緒方家や佐藤家、箕作家、そして泰然の子で高名な蘭方医、松本良順《まつもとりようじゆん》とも縁戚になったのだ。

「キャベツが卵に化けたのか。まるで、わらしべ長者だな」

「お前さまは甘いものがお好きですから、砂糖の入った卵焼きも、きっと気に入ってくださると思って」

約三年前には兵庫も開港され、居留地の周辺では西洋野菜が栽培されるようになったが、市中に広く出回るほどではない。芳男の家の畑にあるキャベツは、かつて開成所の培養地に植わっていたものから採れた種を蒔《と》いて育てたのであった。

「卵焼きのお代わりはあるかな」

「もう食べておしまいになったのですか」

芳男の向かいで、お栄が目を丸くする。

「巴里で食べたオムレツにちょっと似ていて、美味《うま》いのだ」

「卵焼きだけ先に食べず、ほかのおかずも少しずつ召し上がればよいのに」

手本を見せるように、お栄がご飯や梅干しへ順に箸を持っていく。

「せっかくの味わいが、別のものに邪魔されては台無しだ」

芳男がわずかに口を尖《とが》らせると、お栄はまるで子供を慈《いつく》しむ母親のような表情になった。

「まことに、お前さまはこれと定めるとほかが見えなくなるのですからね。冬に採れた香港菜《な》もそうでした。漬物《つけもの》にしたのを幾度《いくど》もお代わりして、あとで咽喉《のど》が渇《かわ》いて弱っておられたでしょう」

「そうはいっても」

「卵は残っていますが、今日のところはそれまでになさいませ。偏《かたよ》った食べ方をすると身体に毒だと、松本のおじさまも申しておられましたよ」

「むう、良順さまが」

「また明日、こしらえて差し上げますから」

せめてあとひと切れ食べたかったが、お栄のいうことも一理ある。芳男はおとなしく従った。

自分でも不思議なことに、ひと回り以上も齢下《としした》の女房に諭《さと》されても、腹立たしくはなかった。少しばかり向こう意気の強いところはあるものの、お栄は頭のめぐりの速い女だ。洋学者の多い家系に育っているので、洋行帰りの芳男に偏見を持つこともない。ここ大阪の家でも、芳男は研究に入り用な品々を所狭《せま》しと置いており、中にはトカゲやアオダイショウをアルコール漬けにした標本や魚の剝製など、女子《おなご》に眉をひそめられそうなものも少なくなかったが、お栄はそれらを初めて見た折にわずかに目を見張ったきりで、気味悪がるふうはなかった。

食事がすむと、お栄が茶簞笥《ちゃだんす》の引き出しを開け、お津真から届いた文を取り出した。

受け取って読んでみると、お栄がいった通り、時候の挨拶と芳男夫婦の身を慮《おもんぱか》る言葉が並んだあと、近況がざっとしたためられている。他愛《たあい》のない内容だったが、赤子はまだ出来ませんかと終《しま》いに訊ねていた。

ははあ、これだな。昨夜のお栄が見せた表情に合点がいった。芳男が舎密局の仕事に忙殺されていることもあってか、お栄が子を授かる気配はない。

いっときは芳男に嫁が来るのを諦めていた母が、嫁が来たら来たで赤子はまだかと急《せ》かしているのが、芳男には可笑《おか》しく思われた。彰義隊に加わり消息を絶っていた義廉がどうにか生き延びて、新政府の海軍兵学寮で兵学大助教を務める身となったいま、母の関心はひとえに芳男夫婦へ向けられているらしい。

読み終えた文を畳み直していると、お栄が口を開いた。

「東京へ引っ越すと、吉重さんとも会えなくなりますね」

声に感傷が溶《と》け込んでいた。関東で生まれ育ったお栄にしてみれば、嫁入りと同時に移り住んだ大阪は未知の土地で、昔からつき合いがあり、齢もひとつしか違わない吉重は、たいそう心強い存在であっただろう。

ハラタマたちと何の彼《か》のと不平を並べても、新政府からの達しに背を向け、いつまでも大阪に居続けてはいられないのは、芳男も承知している。舎密局で受け持っている植物学や動物学の講義を今後どう引き継ぐのかという気掛かりもあるが、構想を立ち上げた当初の半分も実現できていないのが、いかにも心残りだった。

いつだったか市岡雅智に話したように、芳男が構想を任された段階では、舎密局の周りに薬草園や庭園、鳥獣を集めた動物園なども配して、ジャルダン・デ・プラントを模した施設を作ろうと考えていた。しかるべき筋に話もつけ、順を追って手が付けられる見通しであったのに、資金難やら何やらで、じっさいは舎密局とハラタマの居宅しか建っていない。

この先、全体が形になったときのことを見越して、舎密局を博物館と改称してはどうかと上申したのも、所管の大阪府には取り合ってもらえなかった。芳男が東京へ戻ってもハラタマはここに残るわけで、それを思うと心苦しくもある。何もかもが中途半端だ。

「東京には緒方さまの知り合いがたくさんおありだし、吉重さんとはこれから先だって会えるさ」

芳男はお栄に、気休め程度の言葉よりほかに掛けてやることができない。

ふた月もすると、新政府がふたたび上京を促してきた。

三

明治三年八月、芳男は割り切れぬ思いを抱いたまま、大阪をあとにした。二年ほど前に赴任した折は中山道を単身で歩いたが、こたびはお栄を伴《ともな》って大阪から横浜まで蒸気船に乗り、横浜に数泊して界隈《かいわい》を見物したのち、乗合馬車を使って東京に向かった。

芳男がいないあいだに、東京の景色もずいぶんと変わっていた。横浜裁判所から東京築地《つきじ》の運上所までは電信線が架け渡され、築地には居留地が設けられて巷《ちまた》を歩く外国人も増えている。牛鍋屋の看板を掲げる店や、このごろ商《あきな》い始めたという人力車も目につく。

芳男夫婦の住まいとなったのは、一ツ橋門外にある大学南校の官舎だ。大阪から送った家財道具も運び込まれ、九月初旬には新居がととのった。

芳男は茶の間に据えられた仏壇に手を合わせた。

「父上、大学南校に物産局を開くにあたり、東京に戻って参りました。犬が夜を守り、鶏が晨《あした》を司《つかさど》るように、芳男も世のために尽くす所存にございます。なにとぞ見守ってくださいますよう」

大学南校の敷地は、かつて開成所が構えていた場所だ。芳男には懐《なつ》かしくもあるが、以前とは異なるものも幾つか見られた。

その一は、開成所物産方の差配していた培養地が潰《つぶ》され、新たな建物が建っていたことだ。物産方で机を並べた阿部喜任は、幕府が倒れると小石川御薬園の御薬草栽培方に任じられたし、虫捕り御用の旅を共にした鶴田清次郎は、旧主の徳川家に従って駿府《すんぷ》に移住している。芳男もそうしたことは心得ていたが、かつての名残が失せてしまった景観を目にすると、いいようのない虚《むな》しさを覚えた。

その二は、大学南校物産局に与えられた役割だ。幕府に属していた時分は、物産の研究をするかたわら、後進を育てることも心掛けていたが、今後は殖産《しょくさん》興業にいっそう力を入れることが求められる。芳男としては、かねてより重点を置いて取り組んでいることでもあり、願ったりかなったりだ。

もっとも、植物学や動物学、鉱石学を志す生徒の育成には外国人教師が教鞭を執《と》り、芳男も日本人教官として補佐することになっている。

その三は、上役となった町田久成《ひさなり》である。大学南校に出仕した初日、構内を挨拶して回った芳男は、見覚えのある容貌《ようぼう》に声を上げた。

「町田さん、あの町田さんですか」

「ああ、きみは虫の標本の」

巴里の博覧会場で、自然史博物館に勤めるジョセフ・ドケールから話し掛けられた芳男が往生《おうじょう》したとき、仏《ふつ》語の通詞を買って出てくれたのが町田民部久成であった。

聞けば、薩摩藩の由緒ある家柄の出で、生まれは芳男と同年の天保九年（一八三八）、二十六歳のときには藩の大目付になったという。洋学教育が盛んになっていた薩摩で、町田は洋学所の学頭を務め、日本人の渡航が禁じられていた慶応元年（一八六五）に、藩の留学生として英吉利へ渡った。倫敦《ロンドン》での留学を終え、巴里で開かれている万国博覧会に顔を見せたところに、芳男と出くわしたのである。

帰朝したのちは新政府に出仕しておもに外交の任にあたっていたが、芳男が大阪から東京へ戻る直前に、町田は大学大丞《だいじょう》を命じられたのだった。大学南校全体の校務を受け持つ役職とはいえ、外務省から大学への転属は左遷といっても過言ではない。どういう経緯があったのか、芳男には見当もつかないが、そのあたりのことには当人も触れてほしくなさそうだ。

東京に戻った当初は芳男ひとりであった物産局も徐々に増員されて、十二月になると名古屋にいた伊藤圭介が出仕してきた。

「伊藤先生……」

「おお、田中、息災そうで何よりじゃ」

伊藤の手を取った芳男は胸が詰まり、しばらく無言で師の顔を見つめた。折にふれて文のやり取りは続けていたものの、伊藤が開成所を辞して、かれこれ七年が経っている。明治の世になったのち、伊藤は名古屋でもっぱら医業と洋学の教授に努め、藩の種痘所《しゅとうじょ》頭取および病院開業掛に任じられたが、このたび新政府より大学出仕の命を受けたのだった。

六十八歳になった伊藤は、芳男の記憶にある姿よりもたしかに老いてはいたが、上質な羊毛地で仕立てられた洋服を見事に着こなし、断髪してもなお豊かな白髪とふさふさした鬚《ひげ》が風格を添えていた。

「物産局が殖産興業に本腰を入れるといっても、土台となるのはさまざまな物産の鑑定や同定《どうてい》の作業です。見識に富んだ伊藤先生のお力を、ぜひとも貸していただきたいのです」

「この老いぼれに何ができるかと我が身に問うたが、物産局では植物や物産に関する書物の編纂《へんさん》もすると聞いたのでな。それならば役に立てるかもと、名古屋を出て参ったのじゃ。四男の恭《きょう》四郎《しろう》も連れてきておる。植物の採集や物産の調査に同行させてやってくれ」

旧開成所の物産方で集めた品々はそのまま物産局に引き継がれていたが、まだまだ数が足りない。芳男は伊藤恭四郎やほかの局員たちと、東京の近郊へ出向いて植物や鉱物などを採集して回った。

ほどなくその年も暮れ、明治四年（一八七一）を迎えた。

一月も下旬となり、物産局の研究室で芳男が机に向かっていると、戸を軽く叩《たた》く音がして、町田久成が入ってきた。机に出ている懐中時計は午後六時を回ったところで、研究室にいるのは芳男きりだ。硝子《ガラス》障子の外は暗くなっているが、巴里で買ってきた石油ランプのおかげで手許は明るい。

「よう、いつもながら精が出ることだ」

町田は空《あ》いている椅子《いす》を抱えて芳男のかたわらに置くと、腰を下ろして足を組んだ。机の上を、ひょいとのぞき込む。

「仏語だな」

「向こうで手に入れた書物です。大阪では舎密局の仕事に忙しく、腰を落ち着けて翻訳できませんでしたから」

町田は無言で紙面に目を這《は》わせたものの、さして興味を覚えぬとみえてすぐに首を引っ込める。

「九段坂上の三番薬園地、どうやら大学南校に下げ渡してもらえそうだ。先ほど、内々に通達があった」

「や、まことですか」

各地で採集した品が増えると、こんどは収容する場所が追いつかず、物産局では構内で使われていない棟《むね》や土蔵を割り当ててもらっていた。しかしながらそれも手狭になっており、九段坂上にある三番薬園地を受け取れないかと上申していたのだ。三番薬園地は、もとは故緒方洪庵に依頼されて芳男が手入れしていた医学所の薬草園で、幕府が瓦解したのちは東京府の所管となっていた。

「あの、町田さん。その三番薬園地に関して、折り入って話したいことがあるのですが」

「何だ、改まって。時分どきだし、どこかで美味《うま》いものでも食べながら聞こうか」

「美味いもの……。手前に心当たりがあります」

芳男は机の上をざっと片付けると、構内にいる下男に頼んで人力車を呼んでもらった。

向かった先は、築地ホテル館だ。居留地の一画に建てられた外国人向けの宿泊所である。設計は亜米利加人のブリジェンス、普請は日本人の清水喜助《しみずきすけ》によるもので、百二の客室を擁《よう》している。本館の中央には物見櫓を模した塔屋《とうや》を備え、海鼠《なまこ》壁に桟《さん》瓦葺《がわらぶき》、鎧戸《よろいど》付きのバルコニーという外観であった。外国を知らない人々はこれぞ西洋だと思い込んでいるようだが、本場の建造物を見てきた芳男の目には、西洋風と日本風がごちゃ混ぜになっていて、なんとも奇怪に映《うつ》る。

正面玄関を入るとゆったりとしたロビーがあり、宿泊客らしい外国人夫婦や、商用で訪れたとみえる日本人が外国人と会話している姿などが見かけられた。

毛足の長い絨毯《じゅうたん》の上を歩きながら、芳男はホテルの雇人たちがこちらに目を留め、一礼してよこすのに気がついた。日本人の客にも、わざわざ向き直って腰をかがめる者がいる。

何ゆえかといぶかしみ、はっとした。

「町田さん、お嫌でしたら別のところにいたしますが」

大学南校へ移ってくるまで、町田は外務大丞の任にあったのだ。ここには、外交の場として足繁《しげ》く通っていたに相違ない。

「構わんよ」

町田は悠然とロビーを横切って階段を上ると、二階にある食堂へ入っていく。

芳男たちは、奥手にあるテーブルに案内された。食堂はホテル裏手の庭園に面していて、その先には海がひらけているが、硝子障子の向こうは青黒い闇で、庭園に配された石燈籠《いしどうろう》のあかりが淡《あわ》い光を滲《にじ》ませているきりだった。

「しかし驚いたな。田中さんにここへ連れてこられるとは。よく来るのかい」

「はい、幾度か。町田さんには、巴里で通詞を引き受けてもらったお礼もすんでおりませんでしたので」

「律儀な男だな、きみは。いや、執念深いというべきか」

町田の口の端《はし》が、わずかにゆがむ。

品書きを持ってきた給仕係に、ふたりはおのおの注文をした。

「それで、三番薬園地についての話というのは何かね」

町田がテーブルに片肘《かたひじ》をつき、顎に手を当てる。巴里で初めて会った折は、小さなことにこだわらない、面倒見のよい男だと思ったが、大学南校で顔を合わせるうちに、芝居がかった仕草が鼻につくようになっていた。

「博物館をこしらえたいのです」

「む？」

いきなりの申し入れに、町田のととのった眉がぴくりと動く。

「三番薬園地は、およそ三千五百坪《つぼ》からの広さがあります。あの場所に、ジャルダン・デ・プラントのような施設を作ってはいかがでしょうか」

「ジャルダン・デ・プラントか」

町田は顎を持ち上げ、天井のほうへ目をやった。町田も、巴里ではジャルダン・デ・プラントを訪れたはずだ。

「ジャルダン・デ・プラントには、自然史博物館、植物園、動物園が揃《そろ》っております。ことに鉱物や人体の骨格標本、動物の剝製などが陳列されていた自然史博物館の充実ぶりには瞠目《どうもく》しました。日の本にもそうした施設があれば、人々の知見を広げることができます。物産局は殖産興業に力を入れるよう求められておりますから、医術や測量に用いる器械なども加えて並べるのがふさわしいかと」

町田が小さく息をつく。

「日の本に博物館を作ることは、私もかねがね思案していたところだが」

「そうですか、町田さんも。ならば話が早い」

芳男がテーブルに両手を置いて身を乗り出すと、町田は上体を引いて腕組みになった。

「田中さんも知っての通り、私は外務省を馘《くび》になった身だ。大学南校へ飛ばされる前の一年くらいは、外務省に籍はあっても宙ぶらりんな立場でね。どこか静かな場所で出処進退を見極めようと、各地の寺や神社をめぐった。と、そういえば聞こえはいいが、要は心の拠りどころを失って、神仏にすがりたくなったんだな」

いったん言葉を切り、町田が寂《さび》しそうな笑みを浮かべる。町田でもそんな表情をすることがあるのかと、芳男はいささか意外な心持ちがした。

「ところが、新政府が神仏分離を唱えてからこっち、世の中には廃仏毀釈《はいぶつきしやく》の嵐が吹き荒れている。寺院へ行けば仏塔や堂宇《どうう》が壊され、神社へ行けば御神体《ごしんたい》とされていた仏像や仏具が打ち捨てられるというありさまだ。とてもではないが、来《こ》し方《かた》行く末を落ち着いて見つめてはおられん」

もとは新政府の一政策であったものが、古い物を壊さなければ新たな世が開けないと心得違いをしている連中に捻《ね》じ曲げて受け取られたのだ、と町田はいって言葉を続ける。

「当節は旧物を悪とし、新しく珍奇な物のみを善とする風潮が流行《はや》っているが、それは必ずしも正しいとはいえん。寺院に長いあいだ受け継がれてきた宝物が失われると、我が国が築いてきた歴史の一部が消滅してしまう。何としても、それは避《さ》けねばならん。西洋に目を転ずれば、世から世へと伝わってきた宝物を博物館に集めて保存している。そう、倫敦の大英《だいえい》博物館のように」

「大英博物館……」

その名は幾度か耳にしているが、芳男は訪ねたことがない。

「あすこには英吉利の植民地をはじめとする世界各国から集められた宝物が収められて、いにしえの制度や文物を考証するのに役立てられている。古い品々を大切に守り、そこから学ぼうとしているのだ。私の頭にあるのは、そうした博物館だ。あるいは集古館といい換えてもよい」

「すると町田さんは、博物館に古器旧物を収めたいとお考えなのですな」

芳男は少しばかり戸惑った。ひと口に博物館といっても、芳男と町田の胸にある像にはいささかのずれがあるようだ。町田のいうことはわからないでもないが、仏像や仏具、書画のたぐいを集めたところで、物産局に課された殖産興業につながるとは考えにくい。

どう応じたものか思案していると、食事が運ばれてきた。

初めにスープが供される。カウリフラワーのポタージュです、といい置いて給仕係が下がっていく。

「ほほう、これは」

ひと口すすった芳男から、我知らず声が洩《も》れた。

「カウリフラワーは、こうして食べると美味いのだな。だが、どうやって調理するのだろう」

「葱《ねぎ》などと一緒に柔らかくなるまで煮て、裏ごしするのです。牛乳と合わせて、温めましてな」

芳男の後ろで、男の声がする。

「ふうん、裏ごしを……。あ、津田さん」

首をめぐらせると、津田仙が立っていた。恰幅《かっぷく》のよい体軀《たいく》に、燕尾服《えんびふく》がさまになっている。

「田中さま、我が築地ホテル館にようこそおいでくださいました。町田さまも」

津田が深く一礼すると、町田が芳男と津田を見比べるようにした。

「おや、ふたりは知り合いか」

「津田さんとは、幕府に仕えていた時分からのつき合いでしてね」

「物産方でこしらえていた作物を、分けてもらったこともございますよ」

新潟奉行所へ通詞として赴いた津田は、そこで幕府軍と官軍の戦に巻き込まれたが、長崎へ逃れてしばらく身を潜めていた。幕府が瓦解すると東京へ戻って官職を離れ、築地ホテル館の理事となったのである。開業したばかりのホテルが直面したのは、外国人客に供する新鮮な西洋野菜をいかにして手に入れるかということであった。芳男が大阪で舎密局の立ち上げに駆け回っていた頃、津田は外国からさまざまな種子を取り寄せ、自分で耕した畑で西洋野菜の栽培に励《はげ》んでいたのだ。

昨年から大学南校に出仕するようになった芳男も、津田の畑を幾度か訪ねている。アスパラガスや阿蘭陀イチゴ、平菓花《アップル》などが育てられている畑で、「まるで物産方に鞍替えしたみたいだ」と津田は笑っていた。

給仕係が津田に近寄り、小声で何やら告げた。顔馴染《かおなじ》みの客が店に入ってきたようだ。

津田が芳男たちに腰をかがめる。

「お食事のところを、お邪魔いたしました。手前はこれにて失礼いたしますが、どうぞごゆっくり」

津田が立ち去ると、給仕係が皿を運んできた。メインはビーフステーキで、付け合わせに馬鈴薯《ばれいしょ》と西洋人参《にんじん》が添えられている。

芳男と町田は、ナイフとフォークを手に取った。

「そうか、きみは津田さんと知り合いだったのだな」

「はい」

「だが、津田さんは外国方にいたのだろう。物産方と、そんなに行き来があるものかね」

「…………」

「執務する場所も、違ったのではないか」

「…………」

芳男は食べるのに夢中で、町田のいうことを聞いていなかった。

顔を上げると、町田が苦笑している。

「よほど肉が好物とみえる。先に肉だけ食べて、付け合わせの野菜もパンもまるごと残っている。残っているじゃないか」

「家ではビーフステーキなぞ出ませんので、つい」

芳男はわずかに首をすくめる。お栄はこのほど子を身ごもり、少しずつ腹が膨らんできていた。先だってまで悪阻《つわり》に苦しめられていたが、近頃はやたらと眠いらしく、芳男は帰りを気にせず早く休めといってある。いま時分はひとりで夕餉をすませ、床に入っていることだろう。

「きみは思い込んだらまっしぐらなのだな。日の本に博物館をこしらえるのは結構だが、明確な見通しを持たずに走り出すとろくなことにはならんぞ。目隠しをして、やみくもに刀を振り回すようなものだ」

町田がナイフとフォークを置き、口許をナプキンで拭《ぬぐ》う。

「大きなことを一直線に目指すのではなく、段階を追って考えてみてはどうだろう。博物館を作るといっても、建物を普請するにも収容する品を集めるにも、それなりの時間がかかる」

「たしかに、おっしゃる通りで」

「私なら、まず手始めに博覧会を開くがね。各方面に呼び掛けて、出品を募《つの》るんだ。集まった品を、のちのち博物館に収容しては」

「町田さん、妙案ですな。大学南校の博覧会、ぜひともやりましょう」

「となると、三番薬園地だけでは狭いかもしれん。隣《となり》にある招魂社《しょうこんしゃ》の敷地も、使えるとよいな。所管する兵部省《ひょうぶしょう》には、私が掛け合おう。もちろん、太政官にも」

外務大丞に就くほどの人は、頭の切れも実行力も凡人とは違う、と芳男は思った。

「出品物の取りまとめや事務は、手前が引き受けますよ。巴里の万国博覧会に出す幕府方の品を差配しましたので、要領は心得ております」

「おう、任せたぞ」

食堂を出たのは午後九時に近かった。一階のロビーは先ほどよりも人が増えたようで、壁際《かべぎわ》に置かれた椅子に腰掛けて談笑する客たちの声や小さな物音がこだましている。

「町田さァ」

ざわざわしているのに、よく通る声だった。

「町田さァではありもはんか」

壁の手前にいた男が、絨毯の上をカツカツと踏み鳴らすような足取りで近づいてくる。瘦せ型の長身にまとったフロックコートが、こうこうと煌《きら》めくシャンデリアの下でつややかな光沢を放っていた。芳男の知らない男である。

ゆっくりと振り返った町田が、軽く会釈する。

「これはどうも」

「近ごろはとんと顔を合わせておりもはんな。外務省からどこぞへ移られたそうで」

そういって、男が町田のかたわらに立つ芳男へ顔を向ける。目の奥にある怜悧《れいり》な光にはじかれるように、芳男は腰を折った。

「大学南校の物産局に出仕しております、田中芳男と申します」

「ほう」

男が値踏みするような表情になる。

「大学南校の人間が築地ホテル館に出入りしてはいかんかね」

町田が口を開いたとき、少しばかり離れたところから「大久保参議」と声が掛かった。男はそちらへ手ぶりで応じておいて、町田に向き直る。

「すんもはんが、このあと英吉利の高官と用談がありもしてな。話は、こんどまた」

返事を待たず、男は声を掛けてきた相手のほうへ去っていく。

「大久保参議……。すると、いまのは」

「大久保利通だよ」

「はあ、あの方が。なんとも居ずまいのご立派な」

威厳の漂う後ろ姿に芳男が見入っていると、町田が低くつぶやいた。

「あれは使える男だ」

その声に不遜《ふそん》な響きがわずかに混じっていた気がして、芳男は思わず町田を見返す。頭上からシャンデリアが射しかけて、町田の表情は影になっていた。

翌日から、芳男は太政官に提出する博覧会の趣意書作りに取り掛かった。

三番薬園地に隣接する招魂社は、戊辰《ぼしん》の戦で命を落とした官軍兵の霊を祀《まつ》るため、旧幕府の歩兵屯所《とんしょ》があったところに建立《こんりゅう》された。年に幾度か祭礼が執《と》り行われ、なかでも五月半ばのものは数多《あまた》の参詣《さんけい》客でにぎわう。芳男は人出を当て込んで、博覧会の会期を五月五日から三十一日までとすることにした。

陳列する品は、鉱物や植物、鳥獣、魚、昆虫の標本などの天産物《てんさんぶつ》、諸器械や舶来の品、古器旧物といった人造物が基本となる。ただし、物産局が所有しているものでは数が足りないので、人々の知見を広げることのできる品であれば何であっても、一般からの出品を受け付ける。

品を並べる建物は、巴里の万国博覧会にあった展観本館を手本にした。一辺が十二間《けん》（約二一・六メートル）の八角形をした三階建てで、中央には広い中庭を設ける。全体は木造だが、出入り口や窓には硝子の扉を付けるのだ。

そして、その建物がゆくゆくは博物館になることを見込んで、主催は大学南校博物館とする。

ふむ、これでよし。趣意書に記《しる》された〈博覧会〉と〈博物館〉の語を目でなぞり、芳男はほくそ笑んだ。いずれも『西洋事情』に取り上げたのは福沢諭吉だが、じっさいの形にして世に披露するのは己れだと意気込んでいた。

築地ホテル館で話し合った通り、兵部省には町田が働きかけて認可を取り、その旨も合わせて太政官宛てに博覧会開催の伺《うかが》いを立てた。裁可《さいか》を得たのが二月末、物産局はただちに一般からの出品を募った。

が、思うように品は集まらなかった。布告してから開催するまで三月《みつき》もないのでは、建物を普請するのも間に合わない。

いかんせん、準備にあてる時間が少なすぎたのだ。博覧会という呼び方が世間の人々に馴染みがないのも、品が集まらない要因と思われた。

芳男は万国博覧会で商人方の総代を務めた清水卯三郎に声を掛けたり、伊藤圭介に頼んで名古屋の家で所蔵しているものを取り寄せてもらったりして、陳列品を揃えることに奔走した。

結局、会期は五月十四日から二十日までと短くなり、展観場《ば》も招魂社にもとからある建物を借りることとなった。会の呼び方も、大学南校物産会とすることに落ち着いた。

芳男の意気込みは、いささか勇み足だったのかもしれない。

当初の案からひと回りもふた回りも縮小された大学南校物産会は、しかしながら、開幕すると大勢の見物客が押しかけた。ペンやボタン、キャンドルなど西洋の小間物や、セーブル焼の陶器、マイクロスコープや摩擦エレキ、バロメートルといった器械など、芳男にはすでに見慣れた舶来の品々が、見物客の目を惹《ひ》き付けたのである。芳男が香港や新嘉坡《シンガポール》で拾った石、埃及《エジプト》の砂漠で集めた砂、巴里の土なども珍しがられた。

日の本にジャルダン・デ・プラントをこしらえるという大望は、大阪の舎密局に次いで東京の三番薬園地でもかなわなかった。だが、芳男は大阪では味わうことのなかった手応えを覚えている。

旧来の物産会という呼び方に戻し、趣意書に記されていた〈博覧会〉も〈博物館〉

も立ち消えになったように見えるが、かつてとは異なる点もある。こたびは鉱物、植物、動物はとくに門を設け、その中に細目として部を振り分けており、分類を整備した。出品者が思い思いに品を並べていた頃と比べると、格段に前へ進んでいる。芳男が万国博覧会や自然史博物館で学んだことが生かされたのだ。

大学南校物産会は盛況のうちに幕を閉じ、五月二十九日には皇城《こうじょう》の吹上御苑《ふきあげぎょえん》に出品物を並べて天覧を仰《あお》ぎ、芳男も案内役のひとりを務めた。

お栄が子を産んだのは、六月一日であった。誕生した娘に、芳男は奈津《なつ》と名付けた。

第七章　博物館事始め

一

中央に新政府が立ち上がったのちも、地方では旧来の藩主がそれぞれの領地を治めていたが、明治四年（一八七一）七月になると廃藩置県《はいはんちけん》の詔《みことのり》が発布《はっぷ》され、新政府が全国をじかに統治する体制がととのった。

時を同じくして太政官制《だじょうかんせい》の改定が行われ、太政官に正院《せいいん》、左院《さいん》、右院《ういん》が置かれて三院制となり、また各省の新設や廃合が進められた。それまで教育行政官庁と教育機関を兼ねていた大学は、新設された文部省に教育行政官庁の役割を移し、教育機関としての大学は、単に南校、東校と称することとなった。

芳男の属していた大学南校物産局は文部省に引き継がれ、名称も博物局《はくぶつきょく》と改まった。当節は何でも新しいものをありがたがる世の中で、物産学は博物学と呼ばれるようになっている。

文部省が置かれたのは、かつて昌平坂学問所と呼ばれていた湯島聖堂《せいどう》の一帯であった。芳男たちの博物局も一ツ橋門外から湯島へ引き移るとともに、敷地内にある大成殿《たいせいでん》を展観場《ば》として賜《たまわ》った。

この大成殿で博覧会が催《もよお》されたのは、明治五年（一八七二）三月のことであった。

「これが名古屋城の金鯱《きんしゃち》でございますか。大きなこと」

「断っておくが、金箔《きんぱく》や鍍金《めっき》ではないぞ。正真正銘、まるごと金の塊《かたまり》だ」

「へえ。こんなたいそうなものが、御城《おしろ》の天守に載《の》っていたのですね」

口を小さく開いたお栄が、自分の頭よりも高いところにある金鯱の尾を見上げた。

お栄の背中では、生まれて十月《とつき》になる奈津が、柔らかな陽射《ひざ》しに包まれて気持ちよさそうに眠っている。

名古屋城にあった金鯱は、明治に入って新政府に献上され、宮内省《くないしょう》で保管していたのを、博覧会を開くにあたって博物局が借り受けたのだった。本来は雄《おす》と雌《めす》で一対だが、博覧会で披露されているのは雄だけだ。約六十坪《つぼ》ほどの中庭にでんと構えるその姿は高さがおよそ八尺《しゃく》五寸《すん》（約二・五五メートル）もあり、一体きりといえども威容を誇っている。

金鯱が収まっている硝子《ガラス》張りの小屋の周りには、芳男たちばかりでなく、この博覧会の目玉ともいえる出品物を見ようという人たちが群がっていた。

「開幕して十日になるが、今日もかなりの人出だ。ここにいると、ほかの見物客の邪魔になる。ちょっと離れよう」

芳男にうながされて場所を移ったお栄が、中庭のぐるりを囲んでいる回廊を見回しながら、感心したようにため息をつく。回廊に沿《そ》って設《もう》けられた硝子製の陳列棚《だな》には、出品物がずらりと並べられている。

「どこを見ても人、人、人。お前さまが博覧会だの博物館だのとおっしゃっても、これまでの薬品会とどう違うのか見当がつかなかったのですが、この場に立って、ようやく得心《とくしん》がいきました。私のような女子《おなご》も見物しているし、ほら、あちらには大勢の子供たちが」

お栄が通路の先へ目を向けた。天水桶《てんすいおけ》のような甕《かめ》がふたつ、それぞれに生きたオオサンショウウオとクサガメが収まっていて、子供たちが物珍しそうに周りを取り囲んでいる。

佐倉の順天堂にゆかりを持つ家柄で育ったお栄は、縁戚の蘭方医《らんぽうい》や洋学者から薬品会の話を聞いたことがあるそうだが、そうした会に集《つど》うのは医者や本草学《ほんぞうがく》を嗜《たしな》む者たちが大抵であったから、女や子供も見物できるというところに、博覧会の目新しさを感じ取ったとみえる。身分や男女の別なく見物できるのは、何も今回に始まったわけではなく、昨年五月に催された大学南校物産会もそうだったのだが、臨月《りんげつ》を控《ひか》えていたお栄は足を運んでいなかった。

「博覧会が終わったら、この建物がそのまま博物館になるのでしょう。お前さまの宿望《しゅくぼう》が、いよいよ叶《かな》うのですね」

お栄の晴れやかな笑顔につられて、芳男もうなずきそうになったものの、

「いや、それはちと違う」

「あら、どのように違うのですか」

お栄が怪訝《けげん》な表情になる。

「田中さん、少々よろしいですか」

「奥方を案内なさっていると耳にして、我々もご挨拶《あいさつ》をと」

見物客のあいだを掻《か》き分けて、ジャケツを身にまとった男がふたり、近づいてきた。

「お栄、博物局に勤める小野職愨《おのもとよし》君と田中房種《ふさたね》君だ。小野君は、本草学で高名な小野

蘭山《らんざん》先生のご子孫でね。今しがた見て回った陳列棚に、植物の標本が並んでいただろう。あれは彼の受け持ちだ。それから、房種君は開成所に物産方があった時分の生徒で、いまは動物学を専門にしている。キジやイノシシを剝製《はくせい》にしたのは、彼なんだ。ふたりとも私の仕事を手助けしてくれる、なくてはならぬ部下たちだよ」

「いつも主人がお世話になっております」

お栄が腰をかがめると、小野は恐縮したように手を前に押し出し、房種はお栄よりも深く腰を折った。

「我々のほうこそ、田中さんに手取り足取りご教示いただきながら、知見を蓄《たくわ》えているところでして」

「奥方はタイの剝製をご覧になりましたか。田中さんが巴里《パリ》の万国博覧会でこしらえ方を学んでこられて、我が国で初めて剝製にした魚類なのですよ」

房種が首を伸ばし、お栄の背中をのぞき込む。

「へえ、こちらが田中さんのお嬢さんですか」

「なかなかの器量よしだろう。生まれたては皺《しわ》くちゃの猿みたいで、どうしたものかと案じたが、このごろは目鼻立ちがだいぶしっかりしてきてな。目の大きなところなど、私にそっくりだ」

芳男が胸を張ると、房種と小野は何ともいえない顔で目を見交わしている。

ふたりが持ち場へ戻っていくと、お栄がわずかに首をかしげた。

「あの、伊藤圭介先生のお姿が見えませんが、どちらに」

「先生はご高齢ゆえな。騒々しいところは苦手だと申されて、大勢の人が集まる場所にはあまり出てこられぬのだ。そうはいっても、学問に向けられる熱はますます盛んで、このところは、全国各地の物産に関する書物の編纂《へんさん》に取り組んでおられる」

「さようでございましたか。では、次は何を案内していただこうかしら。ねえ、あちらの棚には、どのような品が」

お栄が東側の回廊を手で示す。

「あちらは、とくにたいしたものでは……」

芳男が応じていると、またひとり、見知った顔が歩み寄ってきた。

「やあ、ここにいたか。さっき、小野君たちに聞いたのでね」

片手を掲《かか》げた男に芳男が目礼するのを見て、お栄が丁寧《ていねい》にお辞儀《じぎ》をする。

「町田さん、手前の家内です」

町田久成は芳男にうなずき返すと、お栄に目を向けた。

「奥方にお目にかかるのは、初めてですな。田中さんとは大学南校に物産局が置かれて以来、日《ひ》の本《もと》に博物館を作ろう、そのためにはまず博覧会を開こう、と話してきました。昨年、招魂社で催したのは物産会でしたが、今年は博覧会と銘打って、主催者名も文部省博物館とすることができましてね」

「先ほど主人ともそれを話していたのです。でも……」

「出品物はすべてご覧になりましたか。ふむ、天産物《てんさんぶつ》の区画だけと。でしたら、まだ全体の三分の一といったところですな。こたびは古器旧物の陳列に重きを置いておりましてね。名古屋城の金鯱のほかにも、漢委奴国王《かんのわのなのこくおう》と刻まれた印や小野道風《おののとうふう》の書、笛や琴《こと》の古楽器など、貴重な宝物が並べられていますから、とくと見ていかれるとよろしいでしょう」

町田はいいたいことだけをいうと、お栄に負ぶわれている奈津に関心を示す素振りもなく去っていく。

「なんだかせかせかした方でございますね。いまの話をうかがっておりますと、植物の標本や動物の剝製よりも、書や古楽器のほうが多く並べられているようでしたけど、あの」

町田の後ろ姿を見ていたお栄が、戸惑い気味に芳男を振り返った。

その夜、家に帰って夕餉《ゆうげ》をすませた芳男は、お栄が膳《ぜん》を下げたあとも茶の間に残り、考え事にふけった。

部屋の隅《すみ》には、綿入《わたい》れ半纏《はんてん》を身体《からだ》に掛けられた奈津が寝息を立てている。

腕組みをして目をつむると、昼間の光景が浮かび上がった。

三月十日に開幕した博覧会は、見込みをはるかに上回る大入りが続いており、当初は二十日間とされていた会期の延長が、早くも検討されている。閉幕後には、大成殿は常設の博物館となることが決まっていた。ともかく、この博覧会をもって我が国初の博物館が開館したのだ。

しかし、芳男の心は弾《はず》まなかった。

あんなものは到底、博物館とは呼べぬ。

交差させた腕に、ぐっと力が入る。

町田がお栄に話した通り、大成殿での陳列は古鏡《こきよう》、古硯《こけん》、絵巻物などの古器旧物が大方を占めていた。むろん、植物や鉱物の標本、動物の剝製も並べられたが、招魂社で開かれた物産会とは明らかに趣《おもむ》きを異にしているのだ。

どうも、物産会の内容が、町田の望むものとかけ離れていたらしい。昨年、芳男が物産会の出品物を集めるのに四苦八苦していた時分、町田は太政官に対して古器旧物の保存と集古館《しゆうこかん》の建設に関する建言《けんげん》を行っていたのだ。建言を受け入れた太政官が古器旧物保存を布告したのは、物産会が終わった直後であった。

町田はこれを足掛かりに、古器旧物の調査や収集に取り掛かり、自分の思うような博覧会を開催しようとしたのである。そこに陳列した品を、いずれは博物館で保存しようと睨《にら》んでのことだ。物産局が手に入れていた三番薬園の土地も、手狭《てぜま》だといって東京府へ返上することを、誰にも相談せずに決めてしまった。

日の本に博物館をこしらえたいという思いは共通していても、どのような博物館にするかとなると、町田と芳男の目指すところは異なる。そのことを芳男は承知しているが、物産会の開催に掛かりきりとなっていたこちらの隙《すき》を突くようなやり方には、いいようのない憤りを覚えた。

巴里に逗留《とうりゆう》していたとき、辻《つじ》にさしかかった馬車が突如として進まなくなったことがある。御者《ぎよしや》に訊《たず》ねると、二頭立ての馬の片方が、鞭《むち》を無視して折れるべき角を折れなかったのだという。御者は見習いの若者で、同乗していた親方に替わると、馬車はすんなりと動き始めた。

手前勝手にふるまう馬の姿が、いまの町田に重なった。とはいえ、古器旧物の保存は太政官のお墨付きで、横槍《よこやり》を入れることもならない。

芳男にしても、博物館にばかり気を取られてはいられなかった。

文部省では、国民皆学を指針とする学制の発布に向け、さまざまな取り組みが進められていた。省内に設けられた編輯寮《へんしゅうりょう》で、芳男も小学校の教材づくりに携《たずさ》わることになったのだ。

芳男は手始めに、『泰西訓蒙図解《たいせいきんもうずかい》』を刊行した。西洋の事物を子供向けに紹介した絵入りの事典である。巴里の書店で手に入れた原書は英語と仏《ふつ》語で著《あらわ》されているが、芳男は翻訳するにあたって日本語、独《どく》語、漢語を付け加えた。

それが昨年、明治四年の暮れのことで、今年に入るとさらに新たな職務を仰《おお》せつかった。来年、澳太利《オーストリア》の維也納《ウィーン》で開催される万国博覧会に日の本も参加する運びとなり、芳男は澳国《おうこく》博覧会御用掛《ごようがかり》に任命されたのだ。町田久成も同様であった。

つまり、芳男と町田は、文部省博物局と澳国博覧会事務局を兼務することとなったのである。このときから、博覧会と博物館に関わる事業は、文部省博物局と澳国博覧会事務局が両輪となって進み始めたのだった。

さっそく、澳国博覧会事務局は出品物を全国から集めに掛かった。万国博覧会では日の本の優れた産品を海外に紹介し、輸出を増やす狙《ねら》いもある。博物学に通じた芳男は、そうした観点からの品集めを任《まか》された。

芳男は小野職愨や田中房種らと地方ごとの物産目録を作って各府県へ配布し、該当する産品を二品ずつ揃《そろ》えて事務局へ送るようにうながした。一品は万国博覧会の出品物、一品は湯島大成殿での博覧会に陳列し、その後、博物館に収蔵するためだ。また、目録に記《しる》されていなくても、珍しい植物や鉱物、鳥獣、魚介、虫などがあれば出品するよう求めた。

片や町田は古器旧物に造詣《ぞうけい》の深い蜷川式胤《にながわのりたね》や内田正雄《うちだまさお》らと、皇室に伝わる品の出陳を建言したり、各地の社寺や華族が所蔵している品を出すよう依頼した。

全国各地から、生糸《きいと》や茶、煙草《たばこ》、鉱物などが事務局に集まり始めた。だが、芳男たちが品集めに掛かってから日が浅く、湯島大成殿の博覧会に陳列するには数が少ない。

一方、昨年、古器旧物保存の布告が行われて以降、保存すべき品目や所蔵者の目録を作って各方面に呼び掛けていた町田たちの許には、古鏡や古瓦《こがわら》、古楽器、書画といった品が続々と集まってきていた。

今日の大成殿での光景には、その差が如実に現れていたのである。

まるであのときと同じではないか。芳男は、巴里の博覧会場に単独で展観場を設けた薩摩藩のことを思い出す。

町田は大成殿が常設の博物館となるのを見据え、かなり前から周到に準備を進めていたのだ。そう思うと、まんまと出し抜かれたような気がして、歯嚙《はが》みをしたくなるほど悔《くや》しかった。

「まあ、いけませんよ」

お栄の声で我に返ると、膝《ひざ》の前に奈津がいた。いつのまにか目を覚まし、這《は》い這いをしていたようだ。伸ばした手が、茶の入った湯呑《ゆの》みに届こうとしている。

「危ないっ」

お栄が駆け込んできて、奈津を抱き上げる。

ひゅっと咽喉《のど》の奥を鳴らして、奈津が泣き始めた。

「おお、よしよし。びっくりしたのね。お前が火傷《やけど》をするのではないかと、母《かか》さまは冷や冷やしましたよ。父《とと》さまが近くにいてくださるから、すっかり油断していたわ」

「私のせいだというのか。母親がしっかり見ていなくてはいかんだろう」

いつになく尖《とが》った声が出た。

お栄が驚いた顔で振り向き、奈津の泣き声が大きくなる。

「ここでは考え事もできん。自分の部屋へ行く」

舌打ちして立ち上がり、芳男は茶の間を出た。自室に入ると、文机《ふづくえ》に置かれた石油ランプに荒々しい手つきで灯《ひ》をともし、書棚から「捃拾帖《くんしゆうじよう》」と題簽《だいせん》が付された帳面を取り出す。ぱらぱらと捲《めく》って、あいだに挟《はさ》んである紙を抜き取り、文机の上に広げた。

大阪にいる時分に手掛けた舎密局《せいみきょく》の計画図であった。じっさいに形になったのは図面の一部でしかないが、もともとは舎密局の周りに薬草園や庭園、動物園を配し、巴里のジャルダン・デ・プラントを模した施設をこしらえようと構想していた。

芳男が日本にこしらえたい博物館は、ジャルダン・デ・プラントにあった自然史博物館である。博物局や澳国博覧会事務局には殖産《しよくさん》興業の役割も課されているので、いくぶん産業博物館の色合いが加わるのは致し方ないとしても、いま大成殿で開かれている博覧会の様相が博物館に引き継がれるとしたら、芳男の描く理想とは異なるものになってしまう。

それだけは、何としても阻止しなくては。

焦《あせ》るような心持ちで、計画図を見つめる。

茶の間では、ぐずぐずいっていた奈津がようやく泣き止《や》んだようだ。博物館のことが思い通りにいかず、先ほどはつい、女房と子供にあたってしまった。

あとで詫びなくてはいかんな。

芳男は己《おの》れの未熟さを恥じ、浅く息を吐《は》いた。

大成殿で開催された文部省博覧会は、会期を二度も延長し、四月末日に閉幕した。その後、官員の休日である毎月一と六が付く日に、博物館として開館することとなった。

文部省博覧会が終わる直前の四月二十八日、「博物局《はくぶつきよく》／博物館《はくぶつかん》／博物園《はくぶつえん》／書籍館《しよじやくかん》／建設之案《けんせつのあん》」という上申が、文部卿《きよう》大木《おおき》喬任《たかとう》の決裁を得た。伺《うかが》いを立てたのは博物局となっているものの、中心となって案を練《ね》ったのは芳男であった。

骨子《こつし》を要約すると、博物局や博物館、博物園、書籍館の建設におけるそれぞれの任務をまとめたもので、いわばジャルダン・デ・プラントのような総合施設をこしらえるための基本構想といえた。博物園というのは、植物園と動物園をひとつにまとめたものを想定している。書籍館は、英語の〈ライブラリー〉を日本語に訳したものだ。あくまでも土台となるのは、動物や植物、鉱物を研究する博物学である。その考えの上に立って、博物館、博物園、書籍館などの施設を置くべきだ。

したがって、博物館に陳列する品は、動物、植物、鉱物といった天産物を第一とし、殖産興業の観点から、人々の暮らしに役立つよう天産物を加工した品を第二に据える。ただ、上申書を大木文部卿に提出するには、町田文部大丞の承諾を取らなくてはならない。ゆえに、古器旧物を第三の陳列品として付け足した。

町田の好き放題にはさせないという、芳男なりの意思表明であった。湯島の博物館が古器旧物で埋め尽くされる前に、全体の構想を明確にしておこうと考えたのだ。

湯島の博物館が開館してほどなく、東京は梅雨を迎えた。じめついた日々が続くが、ひと月ほどもすると夏のとば口が見えてくる。

セミがさかんに鳴きたてる頃になると、芳男たちが春先に各府県へ通達しておいた産品が、だんだんと送られてくるようになった。澳国博覧会事務局が置かれているのは日比谷《ひびや》門内の旧徳島藩邸だが、荷が届くのは湯島にある博物局だ。博覧会事務局は近いうちに山下《やました》門内への引っ越しを控えてばたばたしているし、湯島聖堂の敷地は約二万坪もあり、往時の学寮や学舎、教官居宅、蔵などの建物も残っていて、産品を保管するのに打ってつけなのだ。

芳男と部下たちは、各地から集まった産品をここで吟味《ぎんみ》し、万国博覧会に出品するものとそうでないものを選《よ》り分ける作業にあたった。

「やや。今日もまた、たくさん届いたな。どこからだ」

開梱場《かいこんじょう》に使っている建物に芳男が入っていくと、菰掛《こもか》けの荷を開いていた小野職愨が顔を上げた。

「長野県です。この木箱には、鉱物が収まっているようですね。水晶に瑪瑙《めのう》、蠟石《ろうせき》、長石《ちょうせき》……」

「ほほう、霰石《あられいし》もあるぞ」

芳男は木箱をのぞき込む。

ところで、この場に町田の姿はない。町田は蜷川や内田といった部下を率い、京都や奈良、伊勢《いせ》などの古社寺を調査するために五月末から出張している。

小野のかたわらで別の荷を解《と》いていた田中房種が振り返った。

「福井県からは、紙が届いております」

「紙といえば、四国《しこく》や山陰《さんいん》からも送られてきていたな」

芳男が応じると、房種が壁際《かべぎわ》に寄せられている棚のほうへ行き、紙の束《たば》と冊子を手にしてきた。

「土佐《とさ》紙に伊予《いよ》紙、石州《せきしゅう》紙です。こちらが、それぞれの調べ書きになります」

各府県には、産品の原料や製法、費用、生産高などについての調べ書きも提出するよう通達していた。芳男は房種から冊子を受け取り、一冊ずつ開いてみる。

「紙は産地ごとに持ち味が異なるが、細かな違いまでは、これまであまり知られていなかった。紙を専売品としていた藩も多かったゆえ、原料を混ぜ合わせる割合や漉《す》き方の要領などが秘事とされていたのだ。こうして調べ書きを比《くら》べてみると、産地ごとに工夫が凝《こ》らされているのが明らかになって興味深い。だが、ここで我々だけが面白がっているだけでは、何とももったいない」

ひとつ息をついて、芳男は言葉を続ける。

「各地から提出される調べ書きの内容をまとめて、とくに子供たちに知ってもらいたいと思案しているのだ」

「はあ、子供たちに」

房種がいぶかしそうな顔をする。

「このところ、小学校の教材にと、『博物図』をこしらえているだろう。あれと同じように、紙や生糸、茶などの製法を一枚刷りの紙にしてみてはいかがかと。そうだな、『教草《おしえぐさ》』とでも名付けるのがよかろう」

文部省では学制の発布が間近に迫っており、小学校の教材づくりにも熱が入っていた。子供たちに博物学にも興味を持ってもらおうと、芳男たちは亜米利加《アメリカ》の書物に載っている動植物図を手本にして、動物図五枚、植物図五枚から成る『博物図』の作成に取り掛かっていた。

縦《たて》三尺（約九〇センチ）、横二尺（約六〇センチ）ほどの大きな紙に、動物なり植物なりが数種類ずつ配してあり、図は鮮やかな色彩で刷られている。教場の壁に掛けておけば、子供たちは折にふれて図を目にし、知らず知らずのうちに博物の知見を身につけることができるという寸法だ。

『博物図』と同様、子供向けといって手を抜いてはいかん。何事も、初めて目に触れる教材が肝心だからな」

「なるほど。『教草』を見れば、紙や生糸、茶などがどのようにこしらえられているのか、ひと目でわかるのですな」

「小学校に通う生徒には、紙を漉いたり蚕《かいこ》を飼ったりする家の子供もいます。そうした子供たちが学校で得る知見が、自身の勘や経験に頼るほかなかった親たちの役に立つこともあるかもしれません。有用な知見を皆が持てば、全体の生産高も上がるでしょうし」

房種と小野が深くうなずいた。

万国博覧会に向けた産品の仕分け作業、調べ書きの取りまとめと内容の吟味、小学校の教材づくりなど、毎日が目の回るような忙しさだった。

暑い盛りはあっという間に過ぎ去り、気づくと見上げた空が高くなっている。

万国博覧会の出品物が出揃ったのは、十一月に入って木枯《こが》らしが吹き始める頃だった。

「おい、出張だ。こんどは維也納だぞ」

玄関を入った芳男が、框《かまち》に腰掛けて沓紐《くつひも》を解《ほど》いていると、

「お帰りなさいまし。どうなさったのですか、大きな声をお出しになって」

着物を襷《たすき》掛けにしたお栄が、水に濡《ぬ》れた手を前垂《まえだ》れで拭《ふ》きながら出てきた。夕餉の支度《したく》をしていたとみえる。

芳男たちは夏のあいだに一ツ橋門外の官舎を出て、今川《いまがわ》小路にあるこの家に引き移ってきた。

「まだ本決まりではないが、維也納で開かれる万国博覧会に事務方として差し向けられることになりそうだ。巴里のときは行くか行かぬか、船が出るぎりぎりまで揉《も》めたが、こたびは早々に話があった。後ほど、用意するものを書き出しておく。準備を頼む」

芳男の明るい声とは裏腹に、お栄が表情を曇らせた。

ジャケツから藍木綿《あいもめん》の普段着に着替えて茶の間へ行くと、すでに膳《ぜん》が並んでいる。芳男が腰を下ろすと、お栄が向かいの膳の前にかしこまった。膝には奈津を乗せている。

「出立《しゅったつ》はいつ頃なのですか」

柔らかく煮《に》えた馬鈴薯《ばれいしよ》を匙《さじ》で潰《つぶ》し、奈津の口許へ持っていきながら、お栄が訊ねる。

「年明けだ。一月の終わりになるだろうな」

「維也納には、どのくらいご逗留を」

「博覧会は五月から十一月までだが、その後も残務処理やら何やらがあるらしい。帰りは、年をまたぐかもしれん」

お栄が匙を持つ手を止め、顔を正面へ向けた。

「どなたか、ほかの方に替わっていただけないのですか」

「どういうことだ」

「お前さまは、毎日、あちらこちらを飛び回られて、たまに家においでかと思えば読書や書き物で部屋にこもられてばかり。先日は東京府知事に建白書を提出されましたし、義廉さまのお手伝いまで引き受けられて……。このうえ外国へ出張なさるだなんて、そのうち身体を壊すのではないかと、気が気ではないのです」

芳男はこのほど、市内の往来《おうらい》に洋風の並木を取り入れることを建白していた。また、海軍省にいた義廉が、学制が発布されたのを機に文部省へ移り、小学校の教科書づくりに携わることとなった。英語のできる義廉は、海軍でも洋書を翻訳して教科書を著しており、その見識が買われたようだ。

今川小路の家を訪ねてきた義廉は、亜米利加で用《もち》いられている教科書を翻訳して、日の本の子供に向けた国語読本をこしらえるのだと語った。やさしい内容から始めて、いずれは植物学や動物学を詳しく解説したものも作りたいのだそうで、その折は芳男もきっと力を貸そうと約束した。

「なにゆえ、お前さまばかり……。お前さまの下には、小野職愨さまや田中房種さまがおいでなのでしょう。維也納には、そういう方たちに行ってもらえばよいではございませんか」

「そうはいっても……」

「うーまー、うーまー」

唐突に、奈津が割って入ってきた。めいっぱい腕を伸ばして、お栄の持つ匙を摑《つか》もうとしている。口に食べ物が運ばれないので、不満を覚えたようだ。

それはそうと、いつから言葉を発するようになったのだろう。

「ひと月も前から、喋《しゃべ》っておりますよ。先だっては、母さまと呼んでくれました」

奈津を見つめている芳男の心を読んだふうにいって、お栄が匙をふたたび動かし始める。

「奈津が初めて歩いた日のことも、お前さまは憶《おぼ》えておられないのでしょう。維也納へいらして、一年以上も会わずにいたら、奈津だって父さまのお顔を忘れてしまうかも」

しまいのほうが鼻声になった。

奈津は機嫌が直ったとみえて、しきりに口をもぐもぐさせている。

ぷっくりと膨《ふく》らんだその頰《ほお》を、芳男はしみじみと眺《なが》めた。

「奈津や家の中のことをお前に任せきりで、すまぬとは思うておる。だが、私は、〝鳥なき里の蝙蝠《こうもり》〟なのだよ」

まだ名古屋にいた時分、存命であった吉田平九郎が口癖にしていた言葉が、しぜんにこぼれた。

「鳥なき里の蝙蝠……？」

「すぐれた者のいないところでは、つまらぬ者が幅をきかすといった意味合いでな。万国博覧会で陳列する出品物の扱い方、荷造りや荷解きの要領、植物の移植の仕方……。いずれも些細なことだが、前回、巴里で出品物の差配にあたった者でないと対処できないことが、数えきれぬほどあるのだよ」

お栄が奈津を膝から下ろし、坐《すわ》る位置を少しばかりずれて畳《たたみ》に手をついた。

「お前さまのお仕事を妨げるようなことを申しました。どうかお許しくださいませ。縁の下の力持ちとは、お前さまのようなお人をいうのですね」

出立までにいくらか間があるとのんびり構えていたが、じつのところさほど余裕はなかった。というのも、西洋で使われている太陽暦が採用され、明治五年十二月三日をもって明治六年(一八七三)一月一日とすると定められたのだ。

世間の人々は、年の暮れの煤払《すすはら》いや餅《もち》つきをする間もなく正月を迎えた。田中家でも、芳男の渡航支度をお栄が慌《あわ》ただしくととのえた。

二

澳国博覧会一級事務官、田中芳男の乗る仏国船ハーズ号は、明治六年一月三十日に横浜港を出航した。芳男たち先発隊だけでも六十数名、のちに合流する澳国博覧会事務副総裁、佐野常民《さのつねたみ》らも入れると、総勢七十余名もの派遣団となる。

先発隊として海を渡るのは、芳男のような官員をはじめ、民間からは博覧会場に日本庭園を築く大工や植木職、売店を出す商人、陶器《とうき》や鋳物《いもの》、蒔絵《まきえ》などの職人という顔ぶれであった。職人たちは陳列の助手を受け持つほか、幾人《いくにん》かは伝習生となって会期後も向こうに残り、西洋の技術を学ぶ段取りになっている。また、数人のお雇い外国人も随行していた。

余談だが、澳国博覧会事務総裁の大隈重信《おおくましげのぶ》や、芳男の上役である町田久成たちは、日の本で留守番をしている。

「おう、田中。船室に姿がないと思ったら、ここだったか」

甲板《かんぱん》に出てきたのは、津田仙だった。

「風は冷たくとも、外の景色を眺めるには一番ですからね。巴里の博覧会へ行くときも感じましたが、やはり、蒸気船は速い」

「あの時分は、お前さんが仏蘭西《フランス》へ、私が亜米利加へ渡った。ついこのあいだみたいな気がするのに、もう六年ほどになるのだな」

芳男の横に立った津田が、指を折っている。

「六年後に津田さんと同じ派遣団に加わり、澳太利へ渡ることになるなんて、思いもしませんでしたよ」

しばらくのあいだ、ふたりは海を見つめた。白く砕ける波頭の向こうに、伊豆半島が遠ざかっていく。

芳男と町田が食事で築地ホテル館を訪れてほどなく、津田はホテルの理事職を辞し、麻布に買った広い畑で農業にいそしんでいた。その後、北海道開拓使の嘱託《しょくたく》を務めたのが縁となり、万国博覧会へ農具及び庭園植物主任として差し遣《つか》わされる運びとなったのだ。

「それにしても、えらい人数の派遣団を仕立てたものだ」

風に乱れた髪の毛を手で押さえながら、津田が左右に首を振る。

「新政府になって、初めて参加する万国博覧会です。日の本という国を各国に認めてもらうまたとない機とあって、たいそう意気込んでいるのですよ。巴里のときは、徳川幕府と薩摩藩、佐賀藩がばらばらに展観場を設けて、みっともなかったですし」

芳男は苦々《にがにが》しく笑った。

頭上では、カモメたちがにぎやかに鳴き交わしている。

津田が芳男に顔を向けた。

「お前さんのところは子供も小さいし、長いこと家を離れるのは寂《さび》しかろう」

「ええ、まあ。このごろは幾つか言葉を覚えましてね。父さま、お土産《みやげ》。このふた言で、送り出してくれました。津田さんの娘さんは、亜米利加へ渡られたとうかがいましたが」

一年ほど前、津田は開拓使でつながりのあった黒田清隆《くろだきよたか》の呼びかけに応じ、次女、お梅を亜米利加へ留学させた。五人の女子留学生でもっとも年少のお梅は、日の本を出立したときには数え八歳であった。その折に話を聞いた芳男は少なからず驚いたが、仕事が忙しくなったのもあって、このところは津田とゆっくり顔を合わせていなかった。

「お梅は、ジョージタウンという町にいるのだ。寄宿先に着いた旨は文《ふみ》で知らせてよこしたが、それきり便りはない。里心が付かぬようにと、先方が気を遣ってくれているのだろう。母国語の通じぬ国でお梅も苦労しているに相違ないが、私も負けてはおられぬ。澳太利では師に就《つ》いて西洋農業を学び、知見と技術を日の本へ持ち帰りたい」

「手前は、各国の博物館がどのような状況にあるかを調べ、我が国の参考にしたいと思っています」

芳男はそういって、潮風を胸いっぱいに吸い込んだ。

香港に着いたのは、横浜を出て七日後の二月六日だった。

ハーズ号は蒸気船としては小さめで、日ごろは横浜と香港のあいだを行き来している。ふだんであれば、日本から欧羅巴《ヨーロッパ》へ渡るには香港で大きな船に乗り換えなくてはならないが、こたびはハーズ号が修繕のために仏蘭西へ向かうのを博覧会事務局が借り上げたので、派遣団は乗り換えなしで航行を続けられる。大所帯といっても乗客は自分たちだけだし、片言の日本語を喋る外国人船員もいて、食堂では日本人の好みに合わせて味付けされた皿が供される。

芳男はふと、梅干《うめぼ》しの壺《つぼ》を大事そうに抱えていたおさとを思い出し、時の流れに感じ入った。

香港を出たハーズ号は、二月十三日には新嘉坡《シンガポール》、二十二日には錫蘭島《セイロンとう》ポイント・デ・ガールに寄港しながら、三月四日には亜刺比亜《アラビア》アデンに着いた。おおむね順調な航海だったが、外洋のことゆえ朝から晩まで船が大きく揺れる日もある。派遣団には初めて洋行する者も多く、船酔いに苦しむ団員が続出した。山育ちながら船には強くできている芳男は、船室を回って団員たちの介抱にあたった。

ハーズ号は紅海に入り、三月十二日に埃及《エジプト》のスエズに着いた。六年前はここで陸に上がり、鉄道に乗り換えて地中海側を目指したが、いまではスエズ運河が開通して、船に乗ったままポートサイドへ抜けることができる。

ポートサイドから地中海を進み、やがてアドリア海に入ると、三月二十一日、ハーズ号は終着地のトリエステに入港した。横浜を出て、五十日が経《た》っていた。

香港や新嘉坡ではホテルに泊まれたし、スエズ運河のおかげで荷揚げや荷下ろしの手間もかからず、道中の寒暖差に備えて衣服の支度をしてきたので、芳男の体調は上々だ。

トリエステでは二日ほどかけてハーズ号から荷を下ろしたが、気掛かりがひとつあった。名古屋城の金鯱、鎌倉《かまくら》大仏の模型、有田《ありた》焼の大花瓶《かびん》という巨大な出品物が幾つかあり、それらのうち鎌倉に鎮座する大仏からじかに型を取ってこしらえた紙製の張り子は、ことに大きかった。数個の箱に分けてあるものの、もとは台座も入れると高さ五丈《じょう》（約一五メートル）近くにもなる代物ゆえ、いずれにしろ大きいことに変わりはない。それが、維也納へ向かう鉄道の隧道《トンネル》で、天井に閊《つか》えるのではないかと恐れたのだ。

芳男ら数名の事務官が駅に赴《おもむ》いてやりとりを重ね、荷を載せてもよいとの許諾を得た。汽車は無事に隧道を抜け、芳男は客車でほっと胸を撫《な》で下ろしたのだった。

維也納に到着したのは、三月二十三日の午後十時であった。駅からホテルへ向かう馬車に乗ると、町には珈琲《コーヒー》の香りが漂《ただよ》っていて、芳男は欧羅巴に来たことを実感した。

三日後、芳男は幾人かの団員と連れ立って博覧会場へ出向いた。

巴里ほどの華やかさはないが、維也納には古都らしい風情がある。博覧会場になっているプラーター公園は、市街を流れるドナウ川のほとりにあり、かつては貴族の狩猟場であった広大な土地だった。事前に聞いた話では、巴里の博覧会場に比べて約五倍の広さがあるという。

敷地に建てられた展観本館は、独語で円形建築を意味するロトンドと呼ばれ、高さ約四十八間《けん》（八六・四メートル）、直径約五十九間（一〇六・二メートル）もの大園堂《ドーム》を中心にして、各国の展観場を兼ねた回廊が東西へ伸びている。

日本にあてがわれたのは、回廊のほぼ東端であった。鰻《うなぎ》の寝床といってもよいような、間口《まぐち》が狭《せま》くて奥行きの深い一画である。

出品目録を見ながら、何をどこに並べるかを芳男たちが話し合っていると、展観場に男が駆け込んできた。

「た、た、田中さんっ」

ただならぬ声に振り返ると、一級事務官の佐々木長淳《ささきながのぶ》が肩で息をしている。日本庭園の差配を務める佐々木は、戸外で職人たちに指図を与えているはずだった。

「か、か、鎌倉大仏が、も、燃えて……」

「えっ」

芳男たちが飛び出していくと、日本庭園が築かれることになっている敷地に、小山のような黒い塊が転がっていた。

「大仏の張り子を箱から出して、組み立てていたんだ。台座に腰と胴体を載せたままではよかったんだが、少し離れた場所で一服つけていた者がいて、足許の藁《わら》に落ちた火が大仏へ移っちまって」

庭園づくりに携わっている津田が、芳男の姿を見て近寄ってくる。水の入った木桶《きおけ》を抱えていた。

計画では、千三百坪ほどの敷地に神社や神楽殿《かぐらでん》を建て、池を掘って太鼓橋《たいこばし》を架け渡すことになっている。池の周辺には日の本から持ってきた植物を植え、石燈籠《いしどうろう》を置いたりして、維也納にいながら日の本の風景を楽しんでもらおうという仕掛けだ。

紙の張り子に漆《うるし》を塗《ぬ》って仕上げた鎌倉大仏の模型は、その風景に欠くことのできない出品物だった。わざわざ張り子にしたのには、雨ざらしであっても破れない、日の本の紙の丈夫さを喧伝《けんでん》する狙いもあったのだ。

目の前にある塊は、竹でこしらえた骨組みが真っ黒に焦《こ》げていて、これから紙を張り直せそうもない。あたりには、木や紙の焼けた臭いが残っていた。振り返ってみると、肩を落とした大工や植木職たちを、敷地の外にいる他国の係員たちが案じ顔で窺《うかが》っている。

腹掛けに股引《ももひ》き、印半纏《しるしばんてん》を羽織《はお》った男が、散切《ざんぎ》り頭に被《かぶ》っていた手拭《てぬぐ》いを取りながら芳男の前に立った。

「た、田中さま。どうも、あっしのせいでとんでもねえことに……。いってえ、どうお詫びをすればよいのか」

蒼白な顔をしてうなだれている。

ハーズ号で船酔いに罹《かか》った者の手当てをしたり、洋行の心得を説《と》いてやったりしたせいか、芳男は職人たちから何かと頼りにされるようになっていた。先発隊を率いる一等書記官の山高信離《やまたかのぶあきら》は、澳国方の博覧会事務局に所用があるとかで、ここにはいない。

「不注意は咎《とが》められようが、そう思い詰めるな。ほかの者たちも、欧羅巴では日の本よりも空気が乾いているから、火の取り扱いにはくれぐれも気をつけるように。大仏の模型については、山高さまや、のちほどお見えになる佐野さまの指図を仰《あお》ぐことになる。いずれにせよ、大仏の頭部は残っているのだ。当面、箱に収めたままにしておこう」

先発隊から遅れること半月余りの四月十四日、博覧会事務副総裁を務める佐野常民ら十数名が維也納に到着した。佐野は鎌倉大仏のことを聞いてわずかに眉《まゆ》をひそめた

が、

「出品物が焼けたのは惜《お》しまれるものの、不慣れな外国では予期せぬ出来事が起こりがちだ。大きな火事にならなかったのは何よりだった。せっかくここまで運んできたのだし、残っている頭部だけでも陳列しなくては。展観場の天井へ縄を渡して、吊《つ》り下げてはいかがかな」

すぐさま的確な指示が下され、芳男たちは大仏の飾り付けに掛かった。

五月一日には、澳太利のフランツ・ヨーゼフ一世皇帝夫妻の出席の下、万国博覧会の開会式が執《と》り行われた。

日の本は出品物の飾り付けにいくぶん手間取り、十七日に展観場の半分を、二十八日に全体を公開した。部屋に入ってすぐのところには名古屋城の金鯱、有田焼の大花瓶、石燈籠が置いてあり、進んでいくと鉱物や薬種のほか、織物や竹細工、磁器、漆器といった細工物が並んでいる。さらに奥には、商家や町家、農家といった家屋の模型、五重塔の模型などが箱庭風に配されていた。高いところに吊り下げられた鎌倉の大仏さまが、それらを悠然と見渡しているという趣向である。

金鯱や大花瓶、大仏の模型などの巨大な品や、繊細で手の込んだ細工物を出品するにあたっては、アレクサンダー・シーボルトや、ゴットフリート・ワグネルといったお雇い外国人から助言を受けた。いまは亡きシーボルト先生の長男、アレクサンダーは、弟のハインリッヒと共に派遣団に加わっている。

入り口に置いた巨大物で見物客を中へ引き込む策が当たって、日の本の展観場には数多《あまた》の人々が詰めかけた。

外庭に設けられた日本庭園も、神社や売店などを建てるのに時が掛かったが、普請《ふしん》の作業そのものが陳列品になったような恰好《かっこう》で、大工が鉋《かんな》を使う様子や、屋根職人がこけら板を木釘で打ち付ける技が、新聞などにたびたび取り上げられた。

日本庭園が一般に公開されたのは、五月末になってからである。日の本ではそろそろ湿気に悩まされる季節の始まりだが、維也納では街路に植えられたニセアカシアやシンジュなどの並木が緑に染まり、軽やかな風が梢《こずえ》から梢へと渡っていく。

「それにつけても、田中君は居心地のよい店を見つけるのが上手だな」

佐野常民が、首をぐるりとめぐらせる。町なかにある食堂で、佐野とワグネル、芳男、塩田真《しおだまこと》の四人がテーブルを囲んでいた。店は八割方が客で埋まっていて、めいめいが食事やお喋りを楽しんでいる。高級な店のように気取っておらず、といってがやがやと騒がしくはない。

巴里へは下級役人として赴いた芳男も、維也納では一級事務官とあって、佐野のような上層部と食事をする折にも恵まれた。佐野とは博覧会事務局の会合などで挨拶をしたことはあるが、親しく言葉を交わすようになったのは、こちらに来てからである。

「我々はアパルトメントを数人で借りているのですが、時折、どこかで飯を食おうとなると、田中さんが探してきた店に入るのです。いずれも外《はず》れがないのですよ」

先に口を開いたのは塩田だった。芳男と同じく一級事務官で、出品物の陳列を担《にな》っている。

「通りから店の中が見えて、土地の人でにぎわっているところでしたら、まず間違いはありません。この店は、前にも塩田さんと入ったのですが、食後の珈琲に付いてくるチョコレートが絶品でしてね。ホテル・ザッハーやカフェ・デメルにあるザッハートルテも美味ですが、日本人の胃には重すぎて、それだけで腹いっぱいになりますので」

佐野は口許に微笑を浮かべて聞いていた。五十二歳という年齢もあるにせよ、三十代半ばの芳男や塩田にはない堂々とした風格が備わり、目鼻立ちに思慮深さが滲《にじ》み出ている。佐賀藩の精錬方主任を務めていた佐野は、新政府になると兵部省《ひょうぶしょう》に出仕した。のちに工部省《こうぶしょう》へ移り、澳国博覧会御用掛兼務となっている。

巴里の博覧会では、佐野は佐賀藩の一行を率いていた。佐賀藩は薩摩藩に倣《なら》って徳川幕府とは別の場所に展観場を設けた経緯《いきさつ》もあり、芳男はあまりよい感じを持っていなかったのだが、維也納でその高潔な人柄に触れ、認識を改めた。

とりわけ、鎌倉大仏の模型を燃やしてしまった男に対する寛大な取り計らいには感じ入った。後日、芳男がそのことを話すと、佐野はしばし目を伏せ、こう語った。

「巴里では、佐賀から赴いた仲間のひとりを急病で失った。異郷で斃《たお》れた当人の無念や祖国に残された家族の悲しみを思うと不憫《ふびん》でな。すべての団員を心身とも健《すこ》やかに日の本へ帰すまでが団長の責務と、そのとき胸に刻んだのだ。こたび、火を出した男にしても、過失は咎められるべきだが、きつく叱責《しっせき》された本人が気を病むようなことがあってはならぬ。そう思案してな」

ほどなく、皿が運ばれてきた。牛肉を薄く伸ばして油で揚げたものや、小麦粉でこしらえた団子《だんご》が入ったスープなど、澳太利らしい料理を堪能すると、しまいに珈琲が供される。

添えられているチョコレートを味わって、佐野が芳男へ顔を向けた。

「田中君に、ひとつ訊ねたいことがあったのだ」

「何でございますか」

「ミュヂェム、博物館のことだ。湯島にある博物館を、この先、どのように導いたらよいだろうか」

珈琲を飲んでいた芳男は、茶碗《ちゃわん》をテーブルに戻す。

「と申されますと」

「湯島の博物館には幾度か足を運んだが、西洋の博物館に比べると収蔵品の数がまるで少なく、見劣《みおと》りする。正直なところ、まだこれからだ。私はこの万国博覧会に参加するのを機に、日の本にも他国に誇れるような博物館を設置し、博覧会を開催する基礎をととのえるべきだと考えているが、貴公はどう思う」

佐野は昨年、太政官正院に対して上申書を差し出し、こたびの万国博覧会に参加する目的を五つほど述べている。

第一に、日の本の優れた産品を陳列し、海外で国の栄誉を挙《あ》げること。第二に、西洋各国の風土や物産、学術、芸術について調査し、器械技術を伝習して日の本の学芸向上と殖産興業に役立てること。

そして第三に、博物館の設置と博覧会の開催について触れている。

第四は、優れた産品を陳列し好評を得て、輸出を増やすこと。第五は、各国の特産物やその値段、需要を調査することである。

「副総裁のおっしゃるように、湯島の博物館は誕生したばかりです。産声《うぶごえ》を上げはしたものの、博物館とは名ばかりで、右も左もわからぬ赤子も同然。西洋の博物館に範を求め、正しい方向へ導いてやらねば、うまく育ちません」

「して、貴公はどのような博物館に範を求めるべきと」

「巴里のジャルダン・デ・プラントです」

芳男は即答した。

「ほう。ジャルダン・デ・プラントには、六年前の博覧会のとき、私も行ったことがある。あの博物館に陳列されているのは、動物の剝製や骨格標本、植物や鉱物の標本、化石……。すなわちあれは、自然史博物館であった」

「敷地の内には、動物園と植物園もあります。それらをひっくるめたものが、手前の頭にある博物館でして」

ちょっと待てと、佐野が右手をかざす。

「ということは、貴公の構想する博物館には、動物園と植物園も備わっていなくてはならんのだな」

「さようです」

「ドクトル」

佐野は隣《となり》にいるワグネルに呼び掛け、低い声でやりとりを始めた。

独逸《ドイツ》人のワグネルは本国で数学や自然科学を修め、ドクトルの学位を受けた。派遣団では技術顧問を受け持っている。かつて有田焼の改良のために佐賀藩へ招かれたという経緯もあって佐野の信頼は厚く、維也納では常に行動を共にしていた。博覧会が閉幕した後に伝習生たちの実習先をあっせんする役どころも、このワグネルが担っている。

佐野が芳男に向き直った。

「日ごろ、ドクトルとも話しているのだが、いまの日の本は器械技術を向上させ、産品の質と生産力を上げることが課題となっている。それゆえ、博物館には農業や工芸に関する品、それらの加工に用いる器械といったものを陳列し、人々の知見を広げるのに役立ててはどうかと算段しておってな」

「ふうむ、殖産興業の考えを柱とする博物館ですか」

工部省出身の佐野らしい案であった。工部省は旧幕府や諸藩が抱えていた鉱山や造船所を引き継ぎ、殖産興業政策を推《お》し進めている。

「いかにも。範を求める博物館を挙げるとすれば、倫敦《ロンドン》にあるサウスケンジントン博物館だ。私は巴里の博覧会が終わったあと、英吉利《イギリス》へ渡った折に足を運んだのだがな」

サウスケンジントン博物館は、いまから二十二年前の一八五一年に催された倫敦万国博覧会の収益をもって創設されたという。倫敦万国博覧会では、英国が陳列した産品の意匠が欧州《おうしゅう》諸国に比べてすこぶる野暮ったく、その質を向上させることが急務であるとの声が英国内で湧《わ》き起こった。

「自国の産品の質を上げようと、洗練された意匠を施《ほどこ》された織物や金属、陶磁器、硝子器などが陳列されていた。かたわらには細工の手順を記した説明書きが添えてあって、そうした産品に携わる職人が見れば、技術を磨くことができるという仕組みだ」

「サウスケンジントン博物館……」

芳男は首をひねった。町田久成から話を聞いたことがある気もするが、さして心に残ってはいない。

「それというのも、先から米欧の国々を歴訪しておられる岩倉《いわくら》全権大使のご一行が、近いうちに維也納へお立ち寄りになるという報せが入ってな。ご一行は亜米利加、英吉利、仏蘭西、独逸、露西亜《ロシア》などを訪れ、外交の合間にその国の文物を見聞しておられるが、とりわけ大久保卿が博物館を熱心にご覧になられているとか。中でも、サウスケンジントン博物館にいたく関心を持たれたようなのだ」

「む、大久保卿が」

芳男の脳裡《のうり》に、築地ホテル館で見かけた大久保利通の容貌《ようぼう》がよみがえる。冷徹な光を宿したあの目に、サウスケンジントン博物館はどう映《うつ》ったのだろう。

「大久保卿は何やら急ぎの用ができて帰朝されたそうだが、ご一行を博覧会に案内する際には、博物館の話も出ようかと……。折しも、この博覧会にはサウスケンジントン博物館のオーウェン館長が英国の事務官長として参っておられるゆえ、わしも面会を申し込むつもりでいる。ただ、日の本に帰ってからのこともあるし、貴公の意向をうかがっておこうと思った次第だ」

「さようでございましたか」

芳男は茶碗に残っている珈琲を口に含んだ。こうばしい香りは失せ、濁った苦味だけが舌に広がる。

これはまた厄介《やっかい》だな。

肚《はら》の中で、そっとぼやく。芳男の属する博物局も殖産興業の一翼を担っているし、面と向かって異を唱える気はないが、博物館をめぐっては芳男と町田で目指す方向に違いがあるところへ、佐野によってまた別の指針が示されようとしているのである。

「ともあれ、ご一行がお見えになる前に、田中君と話すことができてよかった」

佐野がナプキンを折り畳んでテーブルに載せる。

「こちらにいるあいだに、ドクトルの力を借りながら、西洋各国の風俗や制度、学校、工業、農業など、いろいろな項目を調べる手筈《てはず》になっている。もちろん、博物館や博覧会についてもだ。日の本へ帰国したのちは、項目ごとに報告書を作成して政府に提出する。その折には、貴公の知恵も貸してもらいたい」

「むろんです。手前でお力になれることがあれば、何なりと」

芳男は応じる声に力をこめた。

七月に入った頃から、維也納ではコロリが流行《はや》り始め、博覧会場を訪れる見物客がくんと減ったが、しばらくすると流行は下火になり、客足も戻ってきた。

芳男は日の本の展観場を受け持つだけでなく、紙部門の万国審査官にも任命され、各国の展観場に並べられている紙製品を吟味して回った。審査においては国ごとの係員から紙の材料や漉き方、用途などの話を聞き、芳男自身も新たな知見を得ることができた。

ほかに万国審査官を務めたのは、農具部門の津田仙、木具・竹細工部門の塩田真、陶器・硝子器部門の納富介次郎《のうとみかいじろう》などがいる。そうした者どうしが各々の領分をまたいだやりとりをすることで、さらに見識が広がった。

民間の職人たちも、諸外国の品々を見てたいそう刺激《しげき》を受けたようだった。各国の展観場へ通詞と一緒に出向き、細工について訊ねている姿をそこ此処《ここ》で目にするにつけ、博覧会とは互いの知恵や技量を教え合い、学び合う場だと、芳男は改めて実感した。

短い夏が去ると朝晩はにわかに冷え込むようになり、季節が日ごとに深まっていく。開会式から半年後の十一月二日、万国博覧会は閉幕した。

職人たちは印刷や建築といった技術を学ぶために各地にある学校や工場へ散っていき、芳男は引き続き維也納に留《とど》まって出品物の売り捌《さば》きや残務処理に精を出した。

新しい年を迎え、おおかた仕事も片付いた頃、芳男に帰国の命が下った。芳男は、伊太利《イタリア》の弁理公使を兼任している佐野常民や数名の事務官らと威内斯《ベニス》や羅馬《ローマ》を見物したのち、逗留を続ける佐野たちと別れて日の本へ向かう船に乗り込んだ。

第八章　出羽守《でわのかみ》

一

芳男を乗せた船は、明治七年（一八七四）三月七日、横浜港に入った。横浜から汽車に乗り、一時間もすると新橋《しんばし》に着く。

およそ一年とふた月ぶりに今川小路にある我が家へ帰ると、お栄が玄関で出迎えてくれた。

「お前さま、お帰りなさい。お疲れさまでございました」

お栄の隣《となり》には、数え四つになった奈津がかしこまっている。髪をおかっぱに切り揃《そろ》えた奈津は、母親の見よう見まねで、膝《ひざ》の前に手を支《つか》えた。

「父《とと》さま、お帰りなさい」

「おお、奈津。大きくなったな。父さまを憶《おぼ》えていてくれたかい」

顔をのぞき込まれた奈津は戸惑ったように顎《あご》を引いたが、芳男に抱き上げられると、きゃっと笑い声を立てた。

茶の間に入り、奈津を腕から下ろす。維也納《ウイーン》で買った旅行鞄《かばん》を開け、小ぶりの紙包みをふたつ取り出した。

「お土産《みやげ》だ」

「わざわざ恐れ入ります。まあ、なんて暖かそうな」

包みを開けたお栄が、目を輝かせた。

「あちらではショールといって、婦人たちが肩に掛けている。薄手の羊毛地で、少しばかり肌寒いときなどは膝掛けにもなるし、持っていると何かと重宝《ちょうほう》するそうだ」

「この、淡《あわ》い黄色がきれいですこと」

お栄がショールを肩にあてる。

維也納の店先で品を見定めた折、卵焼きの色を連想して買うことにしたのだが、それを津田に話すと「卵焼きうんぬんは奥方にいわないほうがいい」と釘を刺されたので、芳男は黙って微笑するにとどめた。

「どうもありがとうございました。奈津はどんなものを頂いたのかしら」

お栄が奈津へ目を向ける。

「母さま、怖《こわ》いよう」

奈津は顔を歪《ゆが》めていた。包みに入っていたのは、翼を広げた蝙蝠《こうもり》をかたどった、紙製の玩具《おもちゃ》だ。

「翼に仕掛けがあって、宙に向かって飛ばすと、くるりと円を描いて元の位置に戻ってくるのだ。なかなか愉快なものだぞ」

「いや」

何ゆえ奈津が半べそをかいているのか、芳男にはさっぱり見当がつかない。日ごろ、己《おの》れを〝鳥なき里の蝙蝠〟とわきまえているのもあり、我ながら気の利いた土産を見つけたと、いささか得意になっていた。

「女の子はお人形とか髪飾りを好みますから」

お栄が困ったような笑みを浮かべ、腰をかがめて奈津の目を見る。

「これは紙でこしらえてあって、暗がりにいる本物の蝙蝠とは違いますよ。ちっとも怖くなんかないの。あとで父さまに飛ばしていただきましょうね」

穏《おだ》やかに声を掛けられて、こくりと奈津がうなずいた。

芳男は翌日から職場に復したが、十日ほどして小野職愨《もとよし》らが帰国を祝う会を開いてくれた。といっても、仕事帰りに行きつけの縄のれんに立ち寄っただけだ。

芳男たち六人は、入れ込みの土間の奥に設けられた小上がりで卓《たく》を囲んだ。外国のレストランで葡萄酒《ぶどうしゅ》を嗜《たしな》むのも嫌いではないが、縄のれんで白魚の卵とじをつつきながら燗《かん》のついた酒を口に含むと、心底ほっとする。

「東京をしばらく離れて戻ってくるたび、浦島太郎《うらしまたろう》になった気がするよ。新橋停車場で汽車を降りてまず感じたのは、散切《ざんぎ》り頭が増えたことと、帯刀した者が減ったこと。しかし何といっても変わったのは、湯島にあった博物館が内山下町《うちやましたちょう》へ移ったことだ」

芳男が維也納へ発《た》った時分には、男の六割方が頭に髷《まげ》を載《の》せていたが、帝《みかど》が断髪して洋服をお召しになったのを機に散切り頭がいっきに広まり、洋服では刀を腰に差せないので士族の脱刀《だっとう》も進んだ。

文部省の博物局と博物館が、太政官正院に置かれた博覧会事務局に合併され、内山下町に移転したのは、昨年の明治六年（一八七三）三月であった。同時に、書籍館《しょじゃくかん》や小石川御薬園も文部省から所管を移している。

「博覧会事務局の名称にしたって、私がこちらを発ったときには頭に澳国《おうこく》という冠《かんむり》が載っていたのに、帰ってきたら、いつの間にか取れていたし」

「澳国博覧会事務副総裁をお務めになった佐野さまが維也納へ赴《おもむ》かれる直前、来る明治十年（一八七七）を目途《めど》に日本国内で勧業博覧会を開くことを建議されましてね。政府内でもそうした気運が高まっているとみえ、博覧会事務局が業務を引き受けることになったんです。ただ、忙しくなるのはもう少し先の話ですが」

右隣に坐《すわ》った小野が、芳男の猪口《ちょこ》に酒を注《つ》いでくれる。

博物館が移転した先の内山下町は、旧幕の時分には薩摩島津家の装束《しょうぞく》屋敷があったあたりで、新橋停車場にもほど近い。

芳男が維也納で佐野常民と博物館の話をしていたときには、すでに湯島から移転していたことになる。むろん、芳男は心得ていたが、じっさいに開館したところを目にしていないのでは想像がつかず、あえて湯島の博物館と口にしたのだった。それは佐野も同じだろう。

内山下町の博物館では、この三月一日から博覧会が催《もよお》されていた。その只中《ただなか》に、芳男は帰国したのだ。

芳男がお返しに酌《しゃく》をすると、小野が軽く頭を下げる。

「いま開かれている博覧会は、澳国博覧会での成果をお披露目《ひろめ》するものとあって、我々もわくわくしていますよ」

「うむ。竹細工や七宝《しっぽう》焼といった出品物は維也納で売り捌《さば》いたが、名古屋城の金鯱《きんしゃち》をはじめ、純金の茶釜《ちゃがま》や太刀《たち》などは日《ひ》の本《もと》へ返す手続きが取ってある。こちらから持っていった動物の剝製《はくせい》を欧州《おうしゅう》で製作されたものと幾《いく》つか交換したし、工業品の見本も何点か買い入れた。荷を積んだ船の第一便が、明日か明後日あたりに横浜へ到着するのではないかな」

「へえ、剝製を。それは楽しみですね」

左隣では、動物学を専門にしている田中房種が目を細めている。向かいには、久保弘道《くぼひろみち》、織田信徳《おだのぶのり》、横川政利《よこかわまさとし》が坐っていた。内山下町の博物館は、大まかにいって天産物《てんさんぶつ》と古器旧物、この二本立てで陳列が成り立っているが、いま卓を囲んでいる六人が、動植物や鉱物などの天産物に関わっている。

ここに師、伊藤圭介の顔が見えないのが、芳男にはいささか寂《さび》しく思われた。伊藤は博覧会事務局へ移らず、文部省に残ったのだ。三日ほど前、本郷真砂町《ほんごうまさごちょう》にある伊藤宅へ芳男が帰国の挨拶《あいさつ》にうかがうと、

「わしは殖産興業《しょくさんこうぎょう》よりも、ひたすら学問に打ち込みたいのじゃ。『日本産物志《にほんさんぶつし》』も刊行されたし、植物学に関する書物の草稿《そうこう》も練《ね》っておるところでな」

そういって、学究への意欲を見せていた。

洋書の翻訳や『博物図』の編輯《へんしゅう》では校訂《こうてい》を引き受けている久保が、芳男の顔をしげしげと眺《なが》める。

「田中さん、少しばかりふっくらされたんじゃありませんか。頬《ほお》とか、顎の周りとか」

「維也納では、甘いものをたらふく食べた。ザッハートルテが、また格別でな」

動物学と鉱物学を研究する織田が、肩を上下させて笑う。

「我々は、田中さんよりも先に帰国した方々から持ち帰り品を借りて陳列しているのですが、ご覧になってどのように思われましたか」

「鉱物標本の見せ方には、いま少し工夫が欲しいところだな。維也納の万国博覧会では、独逸《ドイツ》の地質に関する陳列に見応《みごた》えがあった。山の断面を模型にして、砂礫《されき》の下に粘土の層があり、またその下に岩の層があるといったことが示されていた。水晶などの鉱物が、どんな層に含まれているかも、ひと目で見て取れる。鉱物標本に添えられた説明書きの札に、水晶とだけ書かれているのとは、見る者の得られる知見にたいそうな差が生じる」

「ははあ、たしかに。水晶は内山下町でも陳列しておりますし、参考になります」

「陳列品の見せ方は大事だぞ。維也納では、岩倉使節団に随行する方から各国の博物館や動植物園に関する話をうかがったが、桑港《サンフランシスコ》の動物園では、鳥の卵から雛《ひな》が孵《かえ》り、成鳥となって巣を構える過程が、つぶさに示されているそうだ。以丁堡《エディンバラ》の博物館では、工業品の原料から完成に至るまでの工程を、順を追って見せている。巴里《パリ》の器械展観場《ば》では、溶鉱炉の模型を見物客が分解したり組み立てたりできるのだ。伯林《ベルリン》の動物園では……」

気がつけば、ほかの者たちは黙々と酒を呑《の》んでいる。

芳男がぼんのくぼへ手をやると、小野が話の向きを変えた。

「田中さんが留守になさっているあいだに、町田さんが『博物館建設ノ議』という建《けん》言《げん》を提出されたのですよ」

「先に町田さんがちょっと話してくれたが、詳しくは聞いていないのだ。内山下町で博覧会をやっているあいだは、目の前のことで手一杯ゆえな。ただ、湯島にしろ内山下町にしろ、いまの博物館はもともとあった建物を当座のあいだ使わせてもらっている、いわば仮の施設にすぎぬ。いずれはどこかに、れっきとした大博物館を設けたいものだと、町田さんも私も思案しているのだ」

巴里のジャルダン・デ・プラントを思い浮かべながら、芳男は猪口に口をつける。

猪口が空になると、田中房種が酒を注ぎ足してくれた。

「町田さんは前々から、倫敦《ロンドン》の大英博物館を手本にした博物館を日の本に作りたいとおっしゃっていましたが、先般の建言では、サウスケンジントン博物館についても言及されましてね」

「ほう、サウスケンジントン博物館と」

「田中さん、ご存じですか」

「別の人との話に出てきただけだがな」

維也納で佐野と交わした会話を思い返した。

それにしても、あれほど大英博物館にこだわっていたのに、急にサウスケンジントン博物館にも触れるなんて、町田さんは宗旨替えをなさったのかな。

サウスケンジントン博物館は、工業や産業に関する陳列を軸《じく》とする博物館だ。古器旧物の収集と保存に熱心な町田からはもっとも遠いところにある気がして、芳男は首をひねった。

卓の上には、蕗《ふき》の薹《とう》の天ぷらや菜の花のお浸《ひた》しなど、日の本の春を感じさせる皿が並んでいた。

「博物館に収蔵する植物標本も、もっと種類を増やさなくてはなりません。夏になったら、どこかへ出張《でば》って採集しましょうよ」

「『教草』も、昨年は〈稲米一覧《いねこめいちらん》〉や〈糖製《とうせい》一覧〉を刊行しました。〈豆腐《とうふ》一覧〉や〈澱粉《くずこ》一覧〉など、これから出すものの草稿も幾つかまとまっておりますので、目を通していただけますか。やはり田中さんに見ていただかないと心許《こころもと》なくて」

小野や久保が皿に箸《はし》を伸ばしながらいう。

「そうだな、植物の採集は日光山《にっこうさん》がよかろう。『教草』の草稿は、明日にでも見せてもらえるかね。それと、維也納では、動物学や植物学の書物を入手してきた。それらもおいおい翻訳するとしよう」

酒の席は和《なご》やかに進み、芳男たちはこの先の業務について話し合った。

二

町田に前年の建議のことを聞く折は、なかなかめぐってこなかった。

芳男たちが縄のれんで一献傾けた数日後、澳太利《オーストリア》からの荷を積んだニール号が伊豆沖で嵐に遭《あ》って沈没し、ゆっくりと話をするどころではなくなったのだ。ニール号は、約九十名の乗員乗客のうち、数名の溺死者《できししゃ》を出した。内山下町でお披露目されるはずであった百九十一個の荷も、海底に沈んでしまったのである。

博覧会事務局からも局員が伊豆へ出向いて確認作業にあたり、内山下町では博覧会の会期を日延べして、第二、第三便で送られてくる荷を待つことになった。第一便に積み込んだ荷の目録には名古屋城の金鯱も記《しる》されており、事務局には重苦しい空気が漂《ただよ》ったが、目方が重すぎて途中の港に留め置かれていたらしく、第二便の船に載せられていることが判明すると、一同から安堵の声が洩《も》れた。

博覧会が六月十日に閉幕すると、博物館では陳列品を平常の配置に戻し、毎月一と六が付く日に開館するようになった。

博物館の入り口には、旧薩摩藩邸の間口《まぐち》六十間《けん》（約一〇八メートル）ほどもある表門が用《もち》いられ、町田の筆による「博物館」の扁額《へんがく》が正面に掲《かか》げられていた。来館者は表門の窓口でひとりにつき二銭《せん》の入館料を払って中へ入る。

門をくぐると、コブシやマンサク、ブッソウゲ、サンタンカなどの植えられた庭が通路の両側に広がり、進んでいくと第一号列品館《れつぴんかん》が見えてくる。列品館は旧藩邸にあった建物に少しばかり手を入れて使っており、第一号列品館には古器旧物、第二号列品館には動物の剝製や骨格標本、第三号列品館には植物や鉱物標本、第四号列品館には農業に関わる物品、そして東《ひがし》ノ館《かん》と呼ばれる建物には舶来品が並べられていた。

東ノ館の裏手は旧白河《しらかわ》藩邸の跡地で、屋敷どうしを隔《へだ》てていた塀《へい》に改修を加えて行き来ができるようになっており、そちらも合わせると敷地は約一万七千坪《つぼ》にもなる。湯島聖堂の構内に匹敵する広さだ。

旧白河藩邸のほうには博覧会事務局の建物や収蔵庫、植物の苗《なえ》を育てる育苗場《いくびょうじょう》が設けられていた。芳男が維也納から持ち帰ったニセアカシアやシンジュの苗木も、ここに植えられている。

事務局のかたわらにある動物養育所の前へさしかかると、獣舎の隅《すみ》にいたシカが芳男へ顔を向けて短く鳴いた。ほかにはキツネやトビ、ワシ、フクロウ、クサガメ、オオサンショウウオなどがいる。いずれも湯島に博物局があった頃から養われている日本産の動物だが、内山下町に移ってきてから仲間入りしたスイギュウは清国の生まれで、横浜で買い取られたものだった。スイギュウ舎は、旧白河藩邸の庭園にある池のほとりに建っている。

二年ほど前に上申された「博物局／博物館／博物園／書籍館／建設之案」に基《もと》づいて博物館の構内に動物養育所が設けられ、芳男がいないあいだも、田中房種が中心となって動物たちの世話にあたっていたのだった。馬小屋や牛小屋にも似《に》た簡素な獣舎で、養われている動物の種類も限られているが、ジャルダン・デ・プラントにもあった動物園づくりに向けて一歩を踏み出せたと思うと、何ともいえぬ感慨がこみ上げてくる。

「よう、田中出羽守《でわのかみ》。シカとお見合いでもしているのか」

振り返ると、町田が立っていた。

「なっ。このシカは雄《おす》ですよ。それはともかく、どういう意味です、その、出羽守というのは」

町田は顎に手をやって、にやにや笑うきりだ。

少し前までは、その強引さを腹立たしく思った時期もあるが、何のかんのいっても博覧会事務局の実質的な長は町田なのだ。近ごろは芳男も、平生は裏方に徹して町田を支えつつ、ここぞというときは剛腕ぶりにあやかってこちらの望みもかなえてもらえばいいと、頭を切り替えていた。

「博覧会が終わって、ようやくこの博物館の通常の姿を目にすることができるようになりましたのでね。遅まきながら、陳列品をじっくりと見て回っていたところです。前庭に植えられている植物は国内外のものが混在していて、区別したほうがよろしいかと。ジャルダン・デ・プラントでは、そうなっておりましたので。それと、有用植《ゆうよう》物は別の区画に集めて整備してはいかがでしょう。ジャルダン・デ・プラントでは、やはり」

そこまで口にして、気がついた。帰国してからこっち、維也納では、ジャルダン・デ・プラントでは、と、知らず知らずに外国の例を引き合いに出している。おおかた天産物掛の連中が、そんな芳男をいささか持て余して、出羽守と渾名《あだな》を付けたに相違ない。

町田の笑いが大きくなった。

「天産物はきみの領分だ。思うようにしたらいい。動物養育所も、湯島のときより幾らか広くなったぞ」

「町田さんにもキジとミツバチを献納していただいたと、房種君から耳にしました。ありがとう存じます」

芳男が頭を低くすると、わずかに照れたのか町田が斜め上へ顔を向けた。空には梅雨の晴れ間が広がっている。

「ジャルダン・デ・プラントに、きみほどのこだわりは持っていないが、この博物館で動物を養い始めたからには、生命《いのち》の灯《ともしび》を途絶えさせぬよう見守っていく責があるのでな」

「ミツバチは、わざわざ薩摩から取り寄せてくださったとか」

「博覧会事務局は、外国で開かれる万国博覧会に参加する事務を扱うほかに、国内で勧業博覧会を開催する役どころも担《にな》っている。ミツバチからは蜂蜜《はちみつ》が採《と》れるし、殖産興業の役に立つこともあろうかと思案したのだ」

後ろで物音がして、芳男は首をめぐらせる。事務局の奥にある裏門から、大工たちが材木や板などを運び入れているのが見えた。天産物と古器旧物の二本立てでやってきた博物館に、このほど工業部門が置かれることになり、新たに数棟《とう》の陳列館を建てているのだ。そこでは、維也納で購入した器械や殖産興業に関わる品々が陳列される見込みだった。

「町田さんは、工業部門が加わることに、あまり気が進まないのではありませんか」

空から降ってくる陽射《ひざ》しに、町田が少しばかり顔をしかめる。

「博覧会事務局が所管する博物館に、澳国博覧会の持ち帰り品を並べるのは当たり前のことだろう」

己れにいい聞かせるような口調だった。いくぶん間があって、町田が芳男に向き直る。

「昨年、一蔵《いちぞう》と博物館のことで話をした」

「一蔵……」

「大久保利通というほうがわかりやすいのかもしれぬが、薩摩にいる時分からそう呼んでいて、いまさら変える気にはなれぬ。話をしたのは、一蔵が外遊中の岩倉使節団を抜けて一足先に帰国したすぐあとだ。米欧の各国でさまざまな博物館を見て、一蔵は深く感銘を受けていた。その折、倫敦にあるサウスケンジントン博物館の名が出た」

「………」

「一蔵の言を踏まえて、私は『博物館建設ノ議』を建議した。大英博物館とサウスケンジントン博物館、これら両方の体裁を併せ持つ大博物館を日の本に建設するべきだと提言している。岩倉使節団が米欧を外遊して、政府内にも博物館とはどのようなものであるかを知る者が増えた。そうした者たちの意向を盛り込まないと、この先は話を進めにくくなるだろうしな」

宗旨替えとも取れる建議を差し出した裏にはそういう経緯《いきさつ》があったのかと、芳男は合点がいった。

「建議では、大博物館を建設する場所に関して、上野の山を賜《たまわ》りたいとも上申している。動物園や植物園、書籍館なども備えた施設をこしらえるには、広い場所でなくてはならぬのでな。建議の肝《きも》は、むしろそちらのほうだ」

町田と芳男は、湯島に博物局があった時分から、将来の大博物館を建設するにふさわしい場所を探してきた。東叡山《とうえいざん》寛永寺境内《けいだい》や芝増上寺《しばぞうじょうじ》境内、飛鳥山《あすかやま》、諸侯の旧藩邸など、これはと目を付けたところには足を運び、さまざまな観点から検討を重ねている。土地の広さをはじめ、火事や風水害、地震への備え、来館者の行き来がしやすいこと、周囲の景観などを考え合わせると、東叡山寛永寺境内、つまり上野の山がもっとも適しているとの結論に達していた。

「そうは申しましても、上野の山はよそが手を付けていて、博物館に土地を分けてもらうのは難しそうだという話であったかと」

芳男は眉《まゆ》をひそめる。

江戸庶民に桜の名所として親しまれた上野の山には、徳川将軍家の菩提《ぼだい》所である寛永寺の堂宇《どうう》が建ち並び、壮麗な景観を呈していたが、官軍と彰義隊の戦で伽藍《がらん》のことごとくが火に包まれ、一帯は焼け野原となった。明治に入ってからは国に没収され、立ち入り禁止とされた期間もある。禁止が解かれると、学校を建設したい文部省、軍の埋葬地を確保したい陸軍省、公園を整備したい東京府がそれぞれの言い分を主張して取り合いになったが、町田が建議を提出した時点では、上野の山全体が東京府の所管となっていた。

「たしかに、容易なことではない。だが、政府首脳の意向を汲《く》んだ博物館を建設するという名目があれば、こちらにも分があるのではないかと踏んだのだ。しかしまあ、ほとんど門前払いだったがね」

　吐《は》き捨てるようにいって、町田は眉を持ち上げた。町田が建議するのと前後して、太政官に不服を申し立てた文部省の訴えが通り、根本《こんぽん》中堂跡から本坊《ほんぼう》跡にかけてが文部省に下げ渡されることとなったのだ。その後ほどなく、町田の建議は正式に却下された。

「建議なさった時期が、いささかまずかったのかもしれませんな。大久保さまが岩倉使節団を抜けてお帰りになったのは国内の情勢が不穏になってきたゆえと、維也納でも耳にしました。征韓論《せいかんろん》の騒動で政府もがたがたしましたし、そうした折に、上野の山をどうのこうのと申したところで、まともに取り合ってはもらえないでしょう」

　征韓論争に敗れた西郷隆盛《さいごうたかもり》や板垣退助《いたがきたいすけ》らが政府を去ったのち、今年に入ってからは岩倉具視《ともみ》が刺客《しかく》に襲われて負傷したり、佐賀で征韓派による乱が起きたりしている。先月の五月には、台湾《タイワン》に出兵もしているし、政府にとっては舵取《かじと》りの難しい局面が続いていた。

「時期がよくないのは承知の上だ。それでも考えようによっては、これで上野の山の争奪戦に名乗りを上げることができたんだ。政局がいま少し落ち着いたら、改めて掛け合ってみるつもりだよ」

町田が両手を突き上げ、大きく伸びをする。だが、芳男はそれほど楽観する気持ちにはなれない。

「陸軍省はともかく、文部省に比《くら》べてこちらはずいぶんと出遅れているんですよ。そう思い通りに事が運ぶでしょうか」

「一蔵に、うまく取り計らわせるのだ」

鋭く、断固とした声が返ってきた。築地ホテル館で大久保利通と顔を合わせた折、「あれは使える男だ」と町田が口にしたことを、芳男は思い出す。

それにしても、大久保に対してどうしてそこまで強気になれるのだろう。

「あの、いささか立ち入ったことをうかがってもよろしいですか」

「む、何だ」

「町田さんと大久保さまは、その、どういう……。おふた方が薩摩のご出身というのは、いうまでもなく心得ておりますが」

町田が手許に目をやり、指を折り始めた。

「ざっと十年ばかり前、私は一蔵や小松帯刀《こまったてわき》と図って薩摩藩に洋学所を設けた。私が大目付、一蔵が側役《そばやく》、帯刀が家老職に就《つ》いていた時分のことだがね。その折、一度やると言い出したら何が何でもやり遂《と》げる、一蔵の実行力には瞠目《どうもく》したものさ」

「はあ、洋学所を」

「ともかく、上野の山よりほかに大博物館を建設する場所は考えられぬ。できることなら、山をまるごと手に入れたいくらいだ」

冗談ともつかぬことを口にして、町田が話を切り上げる。芳男は何となくはぐらかされたような心持ちがした。

ひと月ほどして梅雨が明けると、博物館の前庭に植えられた木々がこしらえる影も濃くなった。

その頃から、芳男は週の半分を博物館に、もう半分を内藤新宿にある農事試験場に通うようになった。

内藤新宿は江戸四宿のひとつとして栄えた宿場町で、かつては高遠藩《たかとお》内藤家の下屋敷が背後に控《ひか》えていた。約十八万坪もある敷地には、屋敷の東側を流れる玉川上水《たまがわじょうすい》の余り水を用いた庭園が築かれ、名園との評判が高かった。

幕府が倒れると屋敷は政府に買い取られ、内藤新宿試験場が開設された。当初は大《おお》蔵《くら》省の所管だったが、いまは内務省の勧業寮に属している。

昨年、西郷や板垣らが政権から退いたのちに新設された内務省は、内治政策と殖産興業を主導していた。内藤新宿試験場は、我が国の農業を改良する役回りを与えられている。

場内には水田や果樹園、蔬菜《そさい》畑、穀類《こくるい》畑などがあり、国内外から取り寄せられた種子や苗が育てられていた。農事修学場も設けられ、農学生たちに実地での伝習も行われている。

そこに、このほど農業博物館を設置する運びとなり、旧開成所の物産方で外国の草花や蔬菜類を栽培した経験があり、湯島や内山下町の博物館で物品の収集や陳列にあたっている芳男に、白羽の矢が立ったのだった。すでに建物の普請《ふしん》は始まっていて、陳列に関わる諸々を任《まか》された芳男は、内山下町で所有している農具類のうち複数あるものを試験場に分けたり、入り用な書物を本屋に注文して買い揃えたりした。

試験場にいるときは、たびたび場内を見て回った。開成所にあった培養地などとは比べようもないほど広々として、芳男でも目にしたことのない葉を繁《しげ》らせた蔬菜が植わっていたりするのだから、何時間でも見ていられる。

果樹園にさしかかると、平菓花《アップル》の木を手入れしている男がいた。二十代半ばの農学生だ。

「ご苦労さん。この暑い中、精が出るな」

「平菓花の実は、夏のあいだに葉を摘《つ》んで陽に当ててやらないと、色づきにむらが出ますので」

農学生が応えながら、首に垂《た》らした手拭《てぬぐ》いで額《ひたい》の汗をぬぐう。

「田中さんは開成所にいらした時分にいろいろと栽培なさったとうかがいましたが、どのようなものを育てておられたのですか」

「キンギョソウやチューリップのような花々や、カウリフラワー、キャベツ、香港菜《な》……。香港菜は、このごろでは白菜《はくさい》と呼ばれているようだがな。そうそう、平菓花の接《つ》ぎ木もやったことがある。巴里に赴く前だから、もう八年くらいになるか」

「へえ。そんなに前から」

「なにぶん時世の変わり目で、その後のことは存じておらんがね。それはそうとして、亜米利加《アメリカ》から取り寄せられた平菓花がこの試験場で育てられているのを見ると、何とも懐《なつ》かしく、親しみを覚えるよ」

「試験場の平菓花も実が生《な》るようになりましたので、これから先は各府県に苗木を配り、それぞれの土地で栽培を試《こころ》みてもらおうと算段しているのです。気候や土壌によって向き不向きがあるでしょうし、各府県には試験栽培の記録を提出してもらおうと」

芳男は少しばかり沈思する。

「巴里へ渡った折、香港や新嘉坡《シンガポール》ではもっぱらパインアップルやバナナが植えられていて、平菓花は見かけなかった。船旅のあいだ、初めて平菓花が供されたのは埃及《エジプト》のスエズだったんだ。新嘉坡などからすると、スエズはずいぶんと涼《すず》しかった憶えがある。栽培は東京よりも冷涼な土地、たとえば東北や信州が適しているかもしれんよ」

「では、東北や信州で栽培するよう、特に勧《すす》めてみましょう」

陽に灼《や》けた農学生の口許に、白い歯がこぼれた。

平菓花の実が赤く色づく十月になると、内藤新宿試験場に農業博物館が開館した。陳列されたのは、農具類のほかに国内外の植物の種子や材木見本、肥料、紙、動物の骨格標本、鉱物、農業や動植物に関する書物や辞書などである。芳男が携《たずさ》わる『教草』や、翻訳した『林娜氏植物綱目表《リンネししょくぶつこうもくひょう》』、『植物自然分科表《ぶんかひょう》』なども収蔵された。

三

明治八年（一八七五）一月、芳男とお栄にふたりめの子が誕生した。こんども女の子で、睦子《むつこ》と名付けられた。

二月に入ったある日、芳男は上野の山へ足を向けた。肩を並べて歩くのは、年の暮れに維也納から帰国した佐野常民である。

「ふうむ。広さといい位置といい、大博物館を建設するには、この地がもっともふさわしい。貴公や町田さんのいう通りだ」

佐野は羊毛地で仕立てられた外套《がいとう》を身にまとい、首許を暖かそうな襟巻《えりまき》で覆《おお》っていた。芳男と伊太利《イタリア》で別れたのち、工業や農業、商法、学校などを視察するために欧羅巴《ヨーロッパ》の各地を回ったが、無理をしたとみえて途中で身体《からだ》を壊したらしい。いまも顔色がいくぶん冴《さ》えないものの、目の力は衰《おとろ》えていなかった。

「先だっても申し上げましたが、上野の山はいまのところ、麓《ふもと》の一帯を東京府、根本中堂跡から本坊跡にかけてを文部省が所有しております。我々が大博物館の用地にと目を付けているのは根本中堂跡で、このごろは町田さんが直接、文部省に掛け合っているのですが、向こうがどうにも首を縦《たて》に振らんのです」

表向き動いているのは町田だが、目に見えないところでは大久保利通も働きかけているようだ。

「文部省は、ここに学校を建設したいのだったな」

「すでに外国人教師の住宅を建てているので、いまさら取り壊すことはできないと申しまして」

芳男と佐野は、往時の根本中堂が建っていたあたりにいる。用地の件が宙に浮いているせいで周辺は荒れるがままになっており、そのおかげといっては何だが、だいぶ離れた場所に建っている文部省の洋館がまるまる見て取れる。

官軍と彰義隊の戦で兵火を免《まぬが》れ、かつての姿を留《とど》めているのは、山の西側に配された五重塔や大仏殿、東照宮《とうしょうぐう》と、その周りにこんもりと繁る木立のみであった。

荒涼とした地を険《けわ》しい表情で見つめていた佐野が、芳男に顔を向ける。

「用地の件は町田さんに引き続き尽力していただくとして、大博物館の陳列構成についても詳細を詰めていかねばならん。維也納にいるときに少し話してあるが、ドクトル・ワグネルの提案書がそろそろ上がってくる。大博物館のほかにも議院や礼法、農業、道路、山林、蚕業《さんぎょう》、教育など、十六部門にわたるものになる見込みだ」

「ほう、たいそう膨大《ぼうだい》な」

「私は部門のひとつひとつに、澳国博覧会事務副総裁としての意見書を添えたいと考えておってな。ドクトルとは視察中に打ち合わせをして大体のことは心得ているのだが、提案書の細かな部分まで、いちいち吟味《ぎんみ》を加えてはおられぬ。それゆえ、大博物館部門については貴公にも目を通してもらい、内容を検討してほしいのだ」

「それはもう、願ってもないことで」

「大博物館に関していうと、私の意見書を添えた報告書が、のちに作成される正式な事業計画の叩《たた》き台になるはずだ。貴公にはそのつもりで、万事よろしく頼む」

「は」

身の引き締《し》まる思いで頭を下げながら、芳男には気になることがあった。

「ひとつたしかめておきたいのですが、日の本に建設する大博物館が手本と仰《あお》ぐのは、やはりサウスケンジントン博物館なのでしょうか」

「うむ。いまの日の本は西洋の技術を移入し、諸産業を盛り立てて貿易の利益につなげることが肝要《かんよう》だからな。我が国は、西洋から半文明国や野蛮国と見做《みな》され、不平等条約を押し付けられている。不平等を是正し、条約の改正にこぎつけるには、国の力を上げ、文明国と認めてもらわねばならぬのだ」

そう応じた佐野が、芳男の表情に目を留めた。

「そうか、貴公の頭にあるのは、ジャルダン・デ・プラントであったな」

「さようです。動物園と植物園が併設されて初めて、大博物館と呼べるものと」

「といって、私とて意を翻《ひるがえ》すわけにもいかぬが……。まあしかし、上野の山はもとはといえば公園なのだし」

謎めいたいい方をして、佐野が話を変えた。

「維也納から持ち帰った品や向こうで伝習した技術を、この夏にも天覧に供したいものだが」

「内山下町の博物館では、構内に試業場をととのえているところです。煉瓦《れんが》製造や製糸、鉛筆製法、時計製造、セメント製法といった技術を身につけた伝習生たちも、器械や道具類を携えて、徐々に帰国しておりまして」

「沈没したニール号も、仏蘭西《フランス》の船会社と費用の折り合いがついて、このほど引き揚げ作業に掛かれそうだ。少しでも多くの品を陸へ揚げられるとよいがなあ」

佐野はそういって身をすくめ、襟巻に顎を埋めた。

ワグネルの提案書が芳男の手許に届けられたのは、それからひと月ほどが経《た》った三月末であった。佐野の直筆による意見書の素案が添えられ、これに芳男が肉付けを施《ほどこ》してほしいとの指示が与えられていた。

ワグネルの提案書は、目を通すだけでも数日を要するほどの分量があった。内容はほぼ佐野から聞いていた通りで、産業の面に重きを置いた記述が多く、サウスケンジントン博物館が設立された経緯や規則なども組み込まれている。だが、日の本に大博物館を建設する場所をはじめ、動物園や植物園についてはひとことも触れられていなかった。

提案書を読み進め、気になる点を検討しているあいだに、内山下町の博物館に植わっている桜も咲いて散ってゆき、やがて新緑に包まれる季節となった。

そうしたある日、内務卿《きょう》の大久保利通が内山下町を訪ねてきた。

「このたび博物館が内務省の管轄となったとあって、私としても一度きちんと見ておかねばと思うてな」

事務棟の一室へ入ってきた大久保を、町田久成が出迎えた。

「これはこれは。内務卿《きょう》にわざわざお運びいただき、光栄に存じます。構内をご案内いたしましょう」

慇懃《いんぎん》に腰を折ると、後ろを振り返った。

「田中さんも同行してくれ。天産物はきみのほうが詳しい」

「承知いたしました」

「ほう。きみには一度、会ったことがあるな」

席から立ち上がった芳男を、大久保がちらりと見る。薩摩訛《なま》りはずいぶん薄まったが、こちらのすべてを見透《みす》かすような、ひやりとする目は変わっていない。

大久保と町田、芳男の三人が裏庭に出ると、金槌《かなづち》を使う音が響いていた。音はあちらでもこちらでも上がっている。

町田が大久保に顔を向ける。

「このごろは一と六の付く日に加え、日曜日も開館しておりましてね。維也納からの持ち帰り品や外国からの寄贈もあり、当博物館の収蔵品も増えました。織物の器械などは従来の建物だと軒先《のきさき》に閊《つか》えて運び入れることができませんので、改築しているのです。そちらに新築しているのは、伝習技術の試業場でして」

内山下町の博物館が内務省に移管されたのは、芳男がワグネルの提案書を受け取った頃のことである。幾度目かの移管に、芳男はもはや慣れっこになりつつあったが、内務省に組み入れられると、博物館の構内には殖産興業の色合いがいちだんと濃くなった。

普請の様子を眺めながら、大久保が満足そうにうなずいている。上野の山のことで町田とやりとりを重ねているはずだが、内山下町に姿を見せたのはこれが初めてだ。

三人は第一号列品館から順に見て回ったものの、町田は自分が受け持っている古器旧物の説明を終えると、あとは芳男に任せて事務棟へ戻っていった。芳男は動植物の標本や鉱物標本、農業や山林に関する品々、澳太利から持ち帰った測量器具や器械類などをひとわたり案内した。大久保は説明を聞きながら相づちを打ったり、時折、わからないことを問い掛けたりする。

築地ホテル館で芳男と顔を合わせた折も威厳を漂わせていたが、この数年で佇《たたず》まいはさらに研《と》ぎ澄まされ、隣に立つだけで畏敬《いけい》の念を抱かずにはいられなくなるような気高さが備わったようだった。

八棟の列品館をすべて見終わると、芳男と大久保はふたたび裏庭へ出た。

「なかなか見応えのある陳列だった。内山下町では手狭《てぜま》だと、町田さんに聞かされてはおったが、たしかに別の広いところへ大博物館を建設する必要があるな」

そういって、大久保が腕組みになる。

「岩倉使節団の一員として亜米利加や欧羅巴諸国を回った折、農業、工業、商業のいずれの面においても、我が国は立ち遅れていると痛感した。博物館もまた然《しか》り。あちらこちらで廃仏毀釈《はいぶつきしやく》が叫ばれている時分、町田さんから古器旧物を集めた博物館をこしらえたいと聞いて、私は寺社の宝物殿に毛が生えたようなものを想像したが、じっさいに米欧の博物館を見て、まるで別物だと思い知ったのだ」

「内務卿……」

「視察した中でも、倫敦にあるサウスケンジントン博物館は興味深いものだった。工芸技術を指南する学校も併設されていて、数多《あまた》の優れた職人を育てることができる仕組みがととのっているのだ。我が国でも農、工、商業の底上げを図るために、そうした仕組みを取り入れてはどうかと思いついてな」

なるほど、ワグネルは内務卿の意向を汲んで提案書を作成したらしい、と芳男は察しをつけた。もちろん、そのあたりは佐野常民も心得ているだろう。

「ふうん、外では動物も飼っているのだな」

大久保が動物養育所のほうへ大股で進んでいく。

「巴里へ参った折に見学したジャルダン・デ・プラントには、動物園もございましたので」

芳男の声が聞こえているのか否《いな》か、大久保は獣舎をのぞいている。

内山下町で養われている動物もだんだんと増えて、いまでは台湾生まれのヤマネコや、北海道から来たオットセイもいる。先だっては、佐野が澳太利から連れ帰った仏国産のウサギも加わった。

裏庭には、剝製をこしらえる動物細工所や、硝子《ガラス》張りの温室も建っている。

大久保はウサギを飽《あ》かずに眺めていて、しばらく動きそうにない。どことなく、先ほどよりも横顔が柔和になったようだ。

「町田さんも、薩摩からミツバチを取り寄せてくださいましてね」

「ほう、ミツバチを」

「先にご当人からうかがったのですが、内務卿とは、薩摩藩の洋学所を共に立ち上げられたそうで……」

「町田さんが、そう申したのか」

芳男に横顔を見せたまま、大久保が口を動かす。

「たしか、十年ばかり前の話だと」

「十年やそこらのつき合いなものか」

ふっ、と自嘲《じちょう》ともため息ともつかぬ声が、大久保から洩れた。

「詳しくは話せぬが、私が若かった時分、大久保家は藩内の政争に巻き込まれて、どん底の暮らしを味わったことがある。その日の食べる物にも困ったものよ。そうした折、町田さんのお母上の実家《さと》が、陰ながら手を差し伸べてくださってな。あのときのお慈悲がなかったら、いまの私はない」

独り言のようにいって、大久保は町田のいる事務棟のほうをじっと見つめた。芳男に向き直ったときには、もういつもの目に戻っている。

「そういえば、きみは内藤新宿試験場にある農業博物館も受け持っているのだったな。昨年の開館式には、台湾出兵の後始末もあって顔を出せなかったが、このあいだやっと足を運ぶことができた。きみが非番で、別の者に案内してもらったがね。陳列されていた『教草』、あれは結構なものだ。子供向けだそうだが、大人にもわかりやすい」

「恐れ入ります。このところは『動物学』の翻訳に取り組んでおりまして、同じ内容を子供向けにやさしくまとめた『動物訓蒙《きんもう》』の執筆も進めております。刊行されましたら、農業博物館にも納めようと」

大久保が帰ったあとで、そうだ、鷹《たか》だと芳男は思い当たった。構内を案内しているあいだじゅう、ずっと何かに似ている気がしていたが、大久保利通は、鷹の目をしているのだ。

佐野から回ってきた意見書の素案をいかに肉付けするか、芳男は慎重に検討した。佐野の素案も、ワグネルの考え方とおおむね一致していて、サウスケンジントン博物館を手本とした施設を日の本に導入することを提言している。

ふたりの意向をこのまま通せば、日の本に建設されるのは産業博物館となり、動物園も植物園もない施設になってしまう。

さて、どうしたらよいものか。

考えあぐねた芳男が、その日も内山下町から家に帰ってくると、居間では睦子を負ぶったお栄と奈津が額を寄せ合っていた。

お栄が慌《あわ》てたように顔を上げる。

「あら、もうそんな時間。すみません、お出迎えもせずに」

「何をしていたのかね」

「風ぐるまが、回らないの」

奈津が手にしたものを芳男のほうへ向けた。

「きれいな千代紙を買って参りましてね。奈津がそれで風ぐるまをこしらえたいというので、わたしも母が作ってくれたのを思い出しながら手伝っているのですけど、どうにもうまくいかなくて」

「どれ、貸してみなさい」

芳男は奈津から風ぐるまを受け取った。四つの羽根がついた風ぐるまで、中心に竹ひごを通して竹の棒に取り付けられている。奈津が千代紙で羽根の部分をこしらえ、お栄がそれを取り付けたのだろう。

口をすぼめて息を吹きかけると、羽根ひとつぶん動いただけで回転が止まる。

「羽根の向きがばらばらで、正面からの風をうまく受け止められんのだ。こう、ちょっとばかり角度を変えて、斜めから息を吹きかけてごらん」

奈津がいわれた通りに試《ため》すと、羽根がなめらかに動き始めた。

「回った、回った」

「ふむ、正面ではなく斜めから……。そうか、そうすれば」

娘の喜ぶ顔を眺めながら、芳男はこのところ頭を悩ませていた一件を解決へと導く糸口を摑《つか》んだような気がした。

夕餉《ゆうげ》をすませて自室に入ると、ワグネルの報告書と佐野の素案を鞄から取り出し、机に向かった。

硯箱《すずりばこ》の蓋《ふた》を取り、墨を磨《す》るあいだに、頭の中で考えをまとめていく。

やがて、墨汁を含ませた筆の穂先を紙に下ろした。

要するに殖産興業を主軸として、そこから大きく外《はず》れさえしなければ、細かい部分に手を加えても差し支えはないということだろう。いささか勝手ながら芳男はそう解釈して、ワグネルの考え方を尊重しつつも、ひとつの分野には偏《かたよ》らない六部門から成る大博物館を東京に建設するべきだと述べた。そして、大博物館の周囲には広くて麗《うるわ》しい公園をととのえ、動物園と植物園を設ける。いまの東京で、そのように大規模な施設をこしらえるとなると、上野をおいてほかにふさわしい場所はない。

これが正式な博物館事業計画の叩き台になるのだと思うと、筆を持つ手にも力が入る。上野の山に関しては依然として文部省が土地を手放そうとしないが、ここで佐野も「上野に博物館を」と声を上げれば、何かしら新たな動きが生じるのではないだろうか。

ワグネルの提案書に佐野常民の意見書を付した「澳国博覧会報告書／博物館部」は、明治八年五月に提出された。太政官では受け取った報告書を内務省に交付し、省内で検討して意見があれば申し出るようにと促している。

内務省では、町田久成が報告書の検討に掛かった。いよいよ、博物館事業計画の成案を策定する段階に入ったのだ。

芳男はというと、翌年に亜米利加で開催される費拉特費《フィラデルフィア》万国博覧会の準備に大わらわとなっていた。事務方には前回の万国博覧会に携わって要領を学んだ者も増えたものの、最終的な取りまとめとなると、どうしても芳男にお鉢《はち》が回ってくるのである。

博物館事業計画のことが気にはなったが、叩き台づくりで己れの思うところは余さず盛り込んだし、成案の起草にあたっては町田が大久保内務卿に意見を求めることは疑いようがない。芳男にできるのは、成案が上がってくるのを待つのみだ。

その成案が「博物館之儀ニ付《はくぶつかんのぎについてのうかがい》伺」として内務卿、大久保利通から太政大臣宛てに上申されたのは、八月半ばであった。

大久保内務卿の上申では、佐野の報告書を大筋では支持しているが、実施するには困難と思われる項目が幾つかあり、それらを勘案したと断った上で、事業計画案が策定されていた。

佐野の報告書と具体的に異なるのは、博物館に技術伝習場を設けること、博物館と連携して博覧会を開催すること、全国に博物館の支館と技術伝習場の支場を設けることなどが、事業計画案では削られている。

また、博物館を構成する部門は各省の要望を受けて六つから八つに増え、次のように掲げられた。

第一　天産部
第二　農業山林部
第三　工芸部
第四　芸術部
第五　史伝部
第六　教育部
第七　法教部
第八　陸海軍部

上野の山については、文部省との交渉が大詰めを迎えているとみえて言及されていないが、博物館の周囲を公園にして動物園と植物園を設けるという文言は、しっかりと記されている。

後日、内務卿の上申は太政大臣、三条実美《さんじょうさねとみ》の裁可《さいか》を得た。

ともかくこれで、博物館に関する政府の方針が定まったのだ。

芳男はわずかながら目の前が開けたような心持ちがした。巴里のジャルダン・デ・プラントを三十歳で目にしてから、およそ八年の月日が流れている。

万国博覧会の準備は着々と進み、年が明けた明治九年(一八七六)三月、芳男は船で亜米利加へ向かった。

第九章　上野《うえの》の博物館

一

明治九年（一八七六）五月十日から半年間にわたって開かれた費拉特費《フイラデルフイア》万国博覧会は、亜米利加《アメリカ》の独立百周年を記念する催《もよお》しでもあった。

会場となったフェアモント公園は、芳男がこれまでに訪れたことのある万国博覧会でも随一《ずいいち》の広さで、鉄で組み立てられた本館をはじめ美術館、器械館、農業館、園芸館など、大小の展観場《ば》が約二百五十棟《とう》も設《もう》けられていた。三千エーカーもある敷地は幾《いく》つかの谷間で分かたれていて、架け渡された橋の上を馬車や鉄道が走っている。芳男の目を引いたのは、農業館と園芸館のあいだを結ぶモノレールという乗り物で、一本のレールにまたがった車体が動いているさまには驚嘆した。

歴史や伝統を重んじる欧羅巴《ヨーロッパ》とはいくぶん違って、亜米利加は躍動感や勢いに満ちていた。工業品の陳列には目を見張るものがあり、四階建ての建物に匹敵する高さの蒸気機関や、ベル氏が考案した電話機、レミントン社のタイプライターなどを見て、芳男は新しいものを発明する力や技術の高さに圧倒された。

日の本《ひもと》は、維也納《ウイーン》でも好評だった工芸品をおもに出品した。伝習生たちが欧羅巴で身につけてきた技術を反映した品もあり、欧州《おうしゅう》風の油漆《ニス》を塗《ぬ》って仕上げた箪笥《たんす》や化粧台、色大理石《いろだいりせき》の小片を漆喰《しっくい》に埋め込む石象眼細工《モザイク》などは、芳男の目にも新鮮に映《うつ》った。

米国には内山下町博物館の部下、久保弘道も事務官として渡航していた。久保は、自分で研究して成果をまとめることでは小野職愨《もとよし》や田中房種に引けを取るものの、小野らが途中で音《ね》を上げるような細かい確認作業を着実にこなすし、なにより物品の扱いが丁寧《ていねい》である。芳男は博覧会場で久保を常に伴《ともな》い、出品物の飾り付けから説明書きの札づくり、他国の係員とのやりとりなど、事務官の仕事を仕込むよう心掛けた。

「どうだね、万国博覧会を見物して」

亜米利加で売り出されたばかりのアイスクリーム・ソーダを味わいながら、芳男は久保に訊《たず》ねた。

「会場の広さや博覧会に関わる人たちの多さなど、話に聞くのとじっさいに目にするのとでは大違いだと肌身で感じています。出品物は蒸気機関やさまざまな器械類に迫力があり、亜米利加や欧羅巴諸国の文明の力を見せつけられました。それに比して、日の本が陳列している工芸品は、貧弱で見劣《みおと》りがいたします。まさに巨象と蟻《あり》といった按配《あんばい》で」

「きみのいう通り、大掛かりな工業品では日の本は西洋諸国の足元にも及ばないが、そう卑下《ひげ》することはない。日本人の器用な手先から生み出される工芸品は、西洋人にしてみれば羨望の的なんだ。げんに紐育《ニューヨーク》の新聞は、日の本の銅器を精巧絶妙と褒《ほ》め称えている。日本人にとっては当たり前で見過ごしがちなことを、海外の人たちは気づかせてくれる。そんなふうに、万国博覧会とは互いの長所を認め合う場でもあると、私は思っているのだよ」

出品物の飾り付けも滞《とどこお》りなく進み、開会式が済んでしばらくすると、芳男はあとを久保たちに任《まか》せて引き上げた。

鉄道で亜米利加大陸を横断し、桑港《サンフランシスコ》からは船旅となる。およそひと月後の八月九日、船が横浜に着いた。

日の本を留守にすると、多かれ少なかれ以前とは異なっていることがあって驚かされるが、このたび一新されていたのは、上野の山であった。

上野の山に大博物館を建設しようとする町田久成ら博物館側は、学校の建設用地として寛永寺根本《こんぽん》中堂跡や本坊《ほんぼう》跡を所有している文部省と交渉を続けていたが、芳男が米国へ向かう少し前に文部省側が折れ、根本中堂跡のみを割譲《かつじよう》することを受け入れた。町田はさらに、東京府が持っている公園地も博物館の所属にして動物園と植物園を整備したいと上申し、これも聞き届けられた。

用地のことがいちおう片付き、ひと安心といった心持ちで芳男は日の本を発《た》ったのだった。しかし、一件にはまだ続きがあったのである。

町田は上野公園の所管を移すのに成功した余勢をかって、壮大な博物館を建設するにつき本坊跡も賜《たまわ》りたいと声を上げ、大久保利通内務卿《ないむきよう》を表に立てて文部省に掛け合い、芳男が帰国する頃になると本坊跡も手に入れる見通しがついたのだ。

「きちんとした書面での引き継ぎは、いま少し先になるだろうがね。文部省も本坊跡を手放すにあたっては相当ごねていたが、ほど近いところに替え地を用意することで決着がついた。これで上野の山は、ほとんどが博物局の所管となったんだ」

約半年ぶりに内山下町へ出勤した芳男を、町田は意気揚々《ようよう》として出迎えた。内務省に移って以降、部局の名称も幾度か替わっていて、いまは陳列の施設を博物館、事務を執《と》る組織を博物局と呼んでいる。

「いつでしたか、上野の山をまるごと手に入れたいと町田さんがおっしゃったときは、大言壮語《たいげんそうご》をなさるものだと、あっけにとられましたが……。まさか、本当になろうとは」

大久保利通が後ろに控《ひか》えているにせよ、町田の粘り強さと交渉力に、芳男は改めて感服した。もっとも、外務省で外交の任にあたっていた町田にしてみれば、これしきは朝飯前なのかもしれない。

「じつのところ、内国勧業博覧会が上野公園で開催されると決まったことが、我々には追い風になったのだ。博覧会が開催されるのは来年で、博物館の普請《ふしん》に取り掛かるのはそのあとになる。しばらく待たされることにはなるが、文部省とずるずる話し合いを続けているより、よほどましだ。博覧会のために建てる陳列館のいくつかを、閉幕後は博物館で使わせてもらえるよう、一蔵とも話をつけてある」

「大久保さまと……。博物館の普請にはべらぼうな費用が掛かりますし、それは助かりますな」

内国勧業博覧会の準備が控えていることもあり、芳男は費拉特費を早めに引き上げてきたのだった。帰国した一週間後には、内国勧業博覧会事務局の兼務を仰《おお》せつかっている。

日々が目まぐるしく過ぎていった。朝晩がしのぎやすくなり、秋晴れが続いていると思っていたら、あっという間に木枯《こが》らしの吹く季節となった。

「お前さま」

家の玄関で芳男が沓《くつ》を履《は》いていると、弁当の包みを抱えたお栄が奥から出てきた。母親を追いかけるようにして、長女の奈津が妹、睦子の手を引いてくる。

「父《とと》さま、行ってらっしゃい」

「行ってらっちゃい」

奈津は数え六つ、芳男が費拉特費で買ってきた飾紐《リボン》を頭につけてもらって、にこにこしている。二つになる睦子は、それほど髪が伸びていないので、手首に飾紐を巻いていた。

「あの、お帰りはどのくらいになりますか」

おずおずと、お栄が包みを差し出す。

「夕方から打ち合わせが入っているし、今日も遅くなりそうだ。夜は先に食べてくれ」

芳男がそういっても、お栄は何かが咽喉《のど》に閊《つか》えたような表情をしている。

「ふむ、どうした」

「いえ、何も……。気をつけて行ってらっしゃいまし」

包みを受け取って、芳男は玄関を出た。

このところは内山下町の博物館と内藤新宿試験場、内国勧業博覧会の開催が予定されている上野公園を行ったり来たりしていて、そのときにならないとどこで昼食を摂《と》ることができるかわからない。このほど内藤新宿試験場にある農事修学場をどこかへ移し、本格的な農学校を創設するという話がまとまり、先だっては建設用地の下調べで上目黒《かみめぐろ》村の駒場野《こまばの》にまで足を延ばしている。

そんな芳男に、お栄は手軽につまめる稲荷《いなり》ずしや小ぶりの握り飯をわっぱの弁当箱に詰めてくれていた。むろん、甘めに味付けした卵焼きも欠かさない。

その日、芳男が向かったのは上野公園で、午前中は秋田県産の土瀝青《どれきせい》を用《もち》いたアスファルトを試《ため》しに敷《し》く工事に立ち会った。

博物局が上野公園を所管すると決まったのち、荒れるに任せていた一帯は内務省によって整備が進められ、いまでは景観も見違えるほどになっている。雑草や枯れ木を取り除《のぞ》いて道を通し、ところどころに設けた休憩所にはベンチが置かれ、厠《かわや》がこしらえられた。築地にある西洋料理店の精養軒《せいようけん》も、公園内に支店を出している。芳男が費拉特費に行っているあいだに、天皇皇后両陛下の行幸《ぎょうこう》を仰《あお》いで公園の開園式も執り行われていた。

向後《こうご》は不忍池の周りにも馬車道をととのえ、堤に花木を植えることになっていた。元来、寛永寺の寺領ではなかった不忍池も、上野の山の所管をめぐってああだこうだとやっているあいだに、いつのまにか公園地に組み入れられている。

屏風坂《びょうぶざか》の上に建てられた公園事務所で弁当を使い、ひと息ついていると、博覧会事務局の根岸《ねぎし》という男が顔を見せた。

「田中さん、お待たせしました」

根岸に頼まれて、午後はとある場所を訪ねる段取りになっていた。

「うむ、さっそく参ろうか」

事務所を出た芳男たちは広小路のほうへゆるゆると坂を下り、山下《やました》に抜けると、広《こう》徳寺《とくじ》の前の通りを浅草《あさくさ》へ向かって歩いた。

「ええと、仏師のところへ行くという話だったな」

「さようです。号を東雲《とううん》といって、蔵前《くらまえ》に仕事場を兼ねた住まいがありましてね。なんでも、日本一の彫刻《ほりもの》の名人だそうで、博覧会に仏像を出品してほしいと声を掛けたのですが、博覧会が何なのかも知らなければ、どんなものを出せばよいかもわからないという返答でして。手前が説明しても、うまく伝わらんのです」

「仏師の得心《とくしん》がいくように話して、仏像を出品させればよいのだな」

「田中さんもお忙しいのに、すみません」

歩きながら、根岸がわずかに頭を低くする。博覧会事務局では内国勧業博覧会の出品規則や出品者心得などを公布《こうふ》して出品を募《つの》っているが、世間の反応は鈍《にぶ》かった。

「私への気遣《きづか》いは無用だよ。この頃では京都や奈良でも博覧会が開かれるようになっているが、世の中の大半にとっては馴染《なじ》みがないのがじっさいだ。各府県でも町や村で勧誘掛《がかり》を選んで、品を出してもらえるように声を掛けて回っている。こうして出品者の許《もと》に足を運ぶのも、我々の大事な役どころだ」

大通りに突き当たると、芳男たちは南へ折れた。

仏師の家は、かつては札差《ふださし》が軒《のき》を連《つら》ねていたあたりに建つ間口《まぐち》四間《けん》（約七・二メートル）ほどの二階家で、根岸があらかじめ断りを入れておいたので、すんなりと奥へ通された。

「おや、本日はお役人さまがもうひとりお見えで」

四畳《じょう》半ほどの仕事場に腰を下ろしていた東雲が、根岸のあとから入ってきた芳男に目を留める。五十がらみで、実直そうな目鼻立ちをした男だ。

木の香りが漂《ただよ》う仕事場に、仏像が何体か並べられていた。彩色が施《ほどこ》されたものもあれば、彫りかけのものもある。壁には大きさの異なる小槌《こづち》が並べて掛けられ、鑿《のみ》や切り出しなどの入った道具箱が手前に置いてあった。

芳男は仏像や仏具にはさほど関心がないが、日ごろ、内山下町の博物館で見ていて目が肥《こ》えたのか、東雲が指折りの仏師と称賛されているのが、何となくわかるような気がした。

東雲に坐《すわ》るよう勧《すす》められ、芳男と根岸は向かいに膝《ひざ》を折る。

「博覧会事務局の田中芳男と申します」

「田中さんは、巴里《パリ》や維也納、費拉特費の万国博覧会にも赴《おもむ》かれたことがあって、博覧会については手前などよりずっとご存じなのですよ」

根岸が言葉を添えると、東雲が弱ったように眉《まゆ》を下げた。

「なにせ文政の生まれなもんで、人間が旧式に出来ております。博覧会だの巴里だのといわれても、ちんぷんかんぷんでございましてね。申し訳ねえが、うちの弟子も一緒に話をうかがってようございますか」

もちろん、と芳男が応《こた》えると、東雲は腰を上げて部屋の障子《しようじ》を引き、「幸吉《こうきち》、こっちへ来てくれ」と奥へ声を投げた。

じきに、二十代半ばの男が現れた。団子鼻の上につぶらな目がちょん、ちょんと並んでいて、どことなく愛嬌《あいきよう》のある人相だ。

「この幸吉が生まれたのは嘉永ですし、お役人さまの話も、ちっとはわかるんじゃねえかと」

東雲はそういって、幸吉を隣《となり》に坐らせる。

芳男はいかめしく聞こえないよう、穏《おだ》やかな口調を心掛けた。

「だいたいのところは先に根岸君が申し上げた通りですが、いまの日の本は西洋の国々と比《くら》べると、いずれの産業においても後《おく》れを取っておりましてね。西洋と互角に渡り合っていくためにも、それぞれの産業に磨きをかけて国の力を上げていこうと、そうした趣意の下に、勧業博覧会を開くことになったのです。ついては、日本一の仏師と名高い東雲さんにも、美術の部に何か出していただけないかと存じまして」

「そういわれましてもねえ。どんなものを出せばいいのか」

「ふだんこしらえておられる仏像でいいのです。博覧会に出せば、大勢の人に見てもらえますよ」

「仏像を置いて人に見せるってえと、御開帳《ごかいちょう》みてえなもんですか」

東雲が首をひねる。

「博覧会は、御開帳や見世物とは違います。産業を盛んにするのに有用な品だけが陳列されるのですから……。優れた品には、褒美《ほうび》も出ます。出品者どうしの腕を競わせ、産業ぜんたいの底上げを図ることは、外国の博覧会でも行われておりましてね」

「はあ」

わかったようなわからないような顔をしている東雲の横で、幸吉が口を開いた。

「あの、お役人さま。外国の博覧会には、仏師の腕比べがあるんですかい」

「仏師と限られてはいないが、木像や石像など、彫刻の技を競う場にはなっていますよ」

幸吉がわずかに思案する。

「師匠、博覧会ってえのがどんなものか、あっしにもよくはわかっちゃおりませんが、わからねえからこそ面白い気もいたします」

「ふうむ。じゃあ、お前がやってみるか。白衣観音《びゃくえかんのん》でも彫ってみろ」

「へ、あっしがですか」

「東雲さん、いくら何でもお弟子の作を出されたのでは当方も困ります。博覧会は、当世一級の技を披露する場なのですよ」

芳男が思わず口を挿《はさ》むと、それまで右へ左へ傾くばかりであった東雲の首が、しゃんと伸びた。

「弟子といってても、こいつはもう十一年の年季を無事に勤め上げておりましてね。号につきましても、手前の東雲から一字を取って光雲《こううん》と名乗り、年明《ねんあ》けの身となってからもここで仕事をしておりますんで。ただ、一本立ちしたとはいえ、古人の名作や今日《こんにち》の上手な人たちの作を見て、己《おの》れなりの工夫を重ねていかなくてはなりません。ゆえに、こんどの博覧会とやらに作を出せば、当人の身のためになるんじゃねえかと思案したんでさ。こいつの腕前は、小僧の時分から仕込んだ手前がきっと請《う》け合います」

「そこまでおっしゃるのでしたら、こちらから申すことはありませんが……」

芳男が応えるのを聞いて、東雲が幸吉、いや、光雲を振り向く。

「いつも通り、力一杯、腕一杯に仕上げるように」

「へい、心得ました」

光雲の目に、生き生きとした力がみなぎった。

二

内山下町の博物館では、裏庭に設けられた育種場《いくしゅじょう》で、樹木や草花の苗《なえ》が栽培されている。

「ヒヤシンスにフリージア、チューリップ……。秋に植えた球根は、いずれもよく育っています。温室では、種から蒔《ま》いたナデシコやキンギョソウも芽を出しました」

芳男は部下の小野職愨と、育種場を見て回っていた。明治十年（一八七七）二月末になり、厳しい寒さもいくぶん和《やわ》らいでいる。

「この調子なら、近いうちに前庭の花壇へ移し替えてもよいだろう。それはそうと、上野の博覧会が始まるのは夏だからなあ」

内国勧業博覧会の主会場には寛永寺本坊跡の約二万九千八百坪《つぼ》があてがわれ、陳列館の普請が昨年の暮れに始まっていた。八月には開幕する見込みで、さまざまな植物で会場を彩《いろど》ることになっている。

「夏でしたら、ケイトウやセンニチコウ、ホウセンカあたりでしょうか。サルスベリやキョウチクトウ、ムクゲも暑い時期に花を咲かせますが」

「珍しいところでは、ダリアやカンナなどもあるな。サボテンを幾種か集めて植えてもよいかもしれん」

「ほう、サボテンですか」

「巴里へ赴いた折、イボサボテンやウチワサボテン、ヒモサボテンなど、およそ三十種を日の本へ持ち帰って研究した。サボテンは見て楽しむほかに、葉に寄生する虫から赤い染料が得られたり、食用にもできる。暑さに強くて手入れが容易だし、そうしたことを札に書いておけば、来場者の知見もひとつ増えるだろう」

「ふうむ、おっしゃる通りで」

「上野の博覧会場は、維也納や費拉特費での万国博覧会に倣《なら》ったものとなる。あちらでは、陳列館の周りに花壇が設けられ、会期中も花を絶やさぬよう、適宜《てきぎ》に植え替えられていた。内藤新宿試験場とも手分けして苗を育てているが、数が間に合うかどうか」

ちなみに、先般、内務省内で組織の変革があり、内藤新宿試験場を所管していた勧業寮は勧農局《かんのうきよく》と呼ばれるようになっている。

「上野では十一月頃まで博覧会が開かれることになっているから、秋の花木についても算段しておかなくてはな」

「はい」

「己れが持っている見識は、惜しみなく伝授するつもりだ。不明なことがあれば、この出羽守《でわのかみ》に、何なりと訊《き》いてくれ」

「はい、出羽……」

　小野が、あっという顔になる。

「外国から帰ってくると浦島太郎になった気がしていたが、出羽守とは、何だか恐れ多いようだな」

　芳男はいたずらっぽく笑いかけた。

　小野が事務棟《とう》へ戻ったあとも、ひとりで草木の育ち具合をたしかめていると、しばらくして町田久成が顔を見せた。

「やあ、育種場もだいぶ春めいてきたな」

「上野の山に植える花木を、小野君と話し合っていたところで」

　畝《うね》をまたいで町田へ近づくと、芳男は声を低くした。

「しかし、まことに博覧会を開催できるのでしょうか。薩摩では大きな暴動が起きたそうですが」

　内国勧業博覧会の開催を半年後に控えているというのに、世の中は不穏な軋みを上げていた。

　政府に不平を抱く士族たちが佐賀で蜂起《ほうき》したのは、いまから三年ほど前のことだった。乱が平定されたのちも、福岡の秋月《あきづき》や山口の萩《はぎ》など、各地で不平士族たちの不満が爆発した。そしてつい十日ばかり前、鹿児島にいる西郷隆盛が挙兵したのだ。

西郷は征韓論争《せいかん》に敗れて鹿児島に戻ったのち、私学校を開設して生徒の教育にあたっていたが、こたびの反乱は、その私学校生らが中心となっているようだ。西郷たちに不穏な動きがあるとは、今月に入って「東京日日《にちにち》新聞」などが報じていたが、なにぶん九州で起きていることでもあり、詳細には伝わってこない。政府からはただちに征討令が出されたものの、この先どうなるかは芳男にも見当がつきかねる。場合によっては、存外に長引く戦になるかもしれなかった。

眉をひそめている芳男を、町田がのんびりと見返した。

「開催できるもできないも、博物局の我々がやきもきしたところで、どうなるものでもない。判断を下すのは、一蔵たちの政府なのだ」

そっけない口調だが、表情はどこか寂《さび》しそうでもある。

「町田さんがおっしゃるのも、ごもっともではありますが……」

プォワーッという音が響き渡り、芳男の声が掻《か》き消された。なんともみやびな調べである。

「お、越天楽《えてんらく》が」

町田が第二号列品館を振り返った。音は建物の向こうから聞こえてくる。

このところ、博物館では前庭の一隅《いちぐう》へ設けられた奏楽所《そうがくしょ》に正院式部寮《せいいんしきぶりょう》雅楽課《ががくか》の伶《れい》人《じん》を招き、管弦や舞楽の会が催《え》されるようになっていた。発起人は町田である。

「演奏に間に合うようにと事務棟を出てきたのに、きみと話すあいだに始まったではないか」

町田の声が尖《とが》った。

「お言葉ですが、先に声を掛けてよこしたのは町田さんですよ。それに、博物館は遊芸を披露する場ではありません。ジャルダン・デ・プラントはもちろんのこと、念のため佐野さまにも問い合わせましたが、大英博物館やサウスケンジントン博物館でもそうした例は見聞きしたことがないと」

「いちいち細かいことをいう男だな。当博物館では植物標本が陳列され、じっさいの草花が植えられている。獣《けもの》や鳥の剝製《はくせい》が陳列され、生きた動物が養われている。ならば、古楽器が陳列され、生の音色を聴《き》くことができたって、何も差し支えはないだろう」

芳男が黙ると、町田は薄く笑った。

「打楽器の羯鼓《かっこ》にはヒツジやウマなど、釣太鼓《つりだいこ》にはウシの皮が張られている。何なら、奏楽所の舞台袖《そで》に動物たちを連れてくるかね」

「いや、それはちょっと勘弁してください」

「こんなところで、ぐずぐずしてはおられぬ」

町田は小走りに去っていった。

その日は夕方からの打ち合わせもなく、芳男はふだんより早めに博物館を出ることができた。少しばかり遠回りして子供たちに大福を買い、今川小路に帰ってくると、家の玄関に男がいた。こちらに背を向けていて顔は見えないが、框《かまち》に出たお栄にしきりに話し掛けている。

「ただいま。お客さんかね」

戸口に立った芳男を、男が振り返った。知らない顔である。齢《とし》は五十前後、頭は散《ざん》切《ぎ》りだが首から下は旧幕時分の商人そのもので、小店に勤める番頭といった風体《ふうてい》だった。赤ら顔で、暑くもないのに額《ひたい》がやたらとてらてらしている。何が入っているのやら、大ぶりの風呂敷《ふろしき》包みを大事そうに抱えていた。

「お前さま……」

どういうわけか、お栄が泣きそうな顔をしている。

およそ一時間後、茶の間に腰を下ろした芳男は、むすりとした面持ちで膳《ぜん》に向かっていた。今しがたまで赤ら顔に応対していて、結局、いつもと変わらぬ頃合いになっている。

お栄は膳を運んできたあと、子供たちを寝かしつけに寝間へ行った。

ご飯と味噌汁《みそしる》から湯気が上がっているものの、なかなか箸《はし》をつける気にはなれない。思い出しても、胸がむかむかする。

赤ら顔は下谷《したや》御徒町《おかちまち》で古道具屋を営《いとな》んでいるといい、書斎に通されるとおもむろに風呂敷包みを解《と》いた。

「こちらさまでは、古物を集めておられるとうかがいまして」

「さっきもいった通り、私は骨董《こっとう》などに興味はない」

玄関先で断ったのに、品を見るだけでもと押し切られたのだ。

「そうおっしゃいましても、そちらにございます棚《たな》を見ると、たいそうな数の箱が並んでおりますが……。ともかく、これなどはいかがでしょう。小さな仏像ですが、世の中が御一新となるまでは由緒ある寺院に安置されていたものでございましてね」

「だから、仏像は要《い》らんのだ」

「書画のほうがお好みでございますか。軸物《じくもの》も持って参っておりますよ。探幽《たんゆう》や一蝶《いっちょう》とは申しませんが、じつに品のある達磨《だるま》図でして」

「要らんといったら要らん。そこにある棚の箱には、植物標本や鉱物標本が収まっているのだ。外に出しておくと、埃《ほこり》を被《かぶ》るゆえな。草花の種や押し葉、貝殻もある。だが、この家に骨董や書画のたぐいは置いておらん」

「ですが、あちらの箱の寸法ですと、掛け軸が入っているのではございませんか」

赤ら顔が別の棚を手で示す。芳男は立ち上がって箱を開け、中のものを広げた。

「掛け軸には違いないが、書画ではない。半切紙《はんせつし》に、幾種もの桜の葉を印葉図《いんようず》にして散らし、ひとつずつ解説を付けてある」

「印葉図……」

「葉の表面に墨《すみ》を塗り、紙に写し取ったものだ。搨写《とうしゃ》という手法で、昔、名古屋にいた時分に嘗百社《しょうひゃくしゃ》の先輩方から伝授していただいた。大島桜の葉はふっくらと丸みを帯び、彼岸桜の葉はほっそりとして、深山《みやま》桜の葉は周りがぎざぎざしている。天から授かった姿にはそれぞれの特徴があって味わい深く、仏像や達磨図などよりはるかに興趣を覚える」

「は、はあ」

「ここにある掛け軸は、いずれも自作の印葉図だ。値打ちのある品ではない」

「さようでございますか。しかし、こちらに古物を持参すれば、たいがいの品は買い取ってもらえると聞いたのですが、はて」

「む？」

「ご主人は内山下町の博物館にお勤めされている官員さまで、仏像や仏具、書画を集めておられると。たいそうな目利きでいらして、意にかなった品には金に糸目をおつけにならないとも……。ええ、同業の仲間内でも評判でございます。古楽器もお好きだそうですが、あいにく手に入るものがございませんで」

芳男の頭に浮かんだのは、町田の顔だった。

部屋の障子が開いて、お栄が入ってくる。

「まあ、まだ召し上がっていないのですか。汁を温め直して参りましょうか」

「いや、ちょっと考え事をしていてな」

お栄に応えながら、ふと思い出した。半年ほど前だったか、芳男を見送りに出た玄関先で、お栄が何やらいい出しにくそうにしていたことがある。

「あの男、ずいぶん前から顔を見せているのか」

「先ほどの人は今日が初めてですが、ほかにも幾人か」

「なにゆえ、黙っていたのだ」

「ああした人がお見えになるのは、ほんのたまにですし、つまらないことをお前さまの耳に入れて、仕事に差し支えてはいけないと思ったのです。毎日、お疲れになっているのに」

お栄が困惑した表情になった。

三日後の日曜日、朝餉《あさげ》を食べた芳男は、身支度《みじたく》をととのえて家を出た。ふだんはジャケツにズボンだが、休日でもあり、着物に羽織を着けている。行き先がいくぶん遠いので、柳橋から舟に乗った。大川を遡《さかのぼ》って、向島へと渡る。

徳川幕府が瓦解《がかい》してしばらくになるが、向島には江戸の頃と変わらぬのどかな風景が広がっていた。川沿《ぞ》いの通りには、いまは水戸徳川家の本邸となった旧水戸藩下屋敷の塀《へい》が続き、北へ歩いていくと三囲《みめぐり》神社の社《やしろ》が見えてくる。

堤に植えられた桜並木は花見の名所だが、芳男の目に映る蕾《つぼみ》は、川面《かわも》から吹いてくる風を受けて硬く引き締まっていた。

界隈には、風光明媚《ふうこうめいび》な眺《なが》めを売りにした料亭や、裕福な商人の別荘もある。

町田久成の居宅も、そうした中の一軒だった。ひなびた趣《おもむ》きのある門をくぐり、玄関で訪《おとな》いを入れると、町田本人が出てきて芳男を奥へ通してくれた。前に一度、物を届けにきたことがあるが、家に上がってはいない。

磨き込まれた廊下を幾度か折れて案内されたのは、六畳ほどの座敷だった。床の間に山水《さんすい》を描いた水墨画が掛かり、博物館に陳列されていてもおかしくないような壺《つぼ》が飾られている。床柱《とこばしら》には檜《ひのき》の銘木があしらわれていた。

町田がふだん寝起きしているこの居宅は別邸で、内務省に届け出ている本邸は橋場《はしば》にあった。官員の俸給くらいでは、とてもではないがこんな屋敷をふたつも抱えられはしない。旧薩摩藩で要職に就《つ》いていたとあって、大久保利通のほかにも、それなりの後ろ盾が付いているとみえる。

「休みの日にわざわざ訪ねてくるとは、どんな用向きだ」

床の間を背にした町田が、芳男に座布団《ざぶとん》を勧めながら訊ねる。

芳男はざっと、赤ら顔の古道具屋が今川小路の家にきたことを話した。

「男がどうも町田さんと手前を取り違えていたようなのです。手前は骨董などにはちっとも心を惹《ひ》かれません。それなのに、町田さんみたいな好事家《こうずか》と一緒にされては、甚《はなは》だ迷惑です」

国許では大人物《だいじんぶつ》だったかもしれないが、芳男にとっては上役とはいえ同い齢で、多少ずけずけした物言いをしても許されるだろうといった気安さがある。それでもこうして居宅を訪ねたのは、博物館ではほかの下役の目もあり、面と向かって苦情を申し立てられては町田も立場がなかろうと慮《おもんぱか》ってのことだった。

はっはっは。町田がゆったりと笑った。

「何だ、そんなことか。日ごろとはいささか顔色が異なっているし、少しばかり身構えたぞ」

「そんなことではありませんよ。先日の男は手前がはっきりと断って追い返したからよいものの、家内の話では、いくら要らないといってもずいぶんとしつこい手合いがいるそうですし」

「きみの家には、ヘビとかカエルをアルコール漬《づ》けにした標本が山ほどあるだろう。それを玄関先に並べておけ。奥方が黙っていても、向こうで勝手に退散する」

「おや、うちにアオダイショウのアルコール漬けがあるのを、なにゆえご存じで」

「見なくたって、大抵のことはわかるさ。きみといつからつき合っていると思うんだ」

町田があきれ顔になる。

それにしても、静かだった。先ほどから、座敷には物音ひとつ聞こえてこない。閑《かん》静《せい》な向島にある広い屋敷といっても、人がいれば気配くらいは感じそうなものだ。

「つかぬことをうかがいますが、こちらにはひとりでお住まいですか」

「いかにも。独り者なのは、きみも知っての通りだ。住み込みの下男と飯炊きの婆《ばあ》さんはいるが、いま時分は裏の畑に出ている」

「…………」

「どうした、腑《ふ》に落ちぬという顔をして」

「ええと、誰に聞いたか忘れたのですが、町田さんがどこぞの芸者を身請《みう》けなさったと」

その女を側に置いているものとばかり思っていた。

「芸者だと。ああ、あれのことかな」

町田が腰を上げ、襖《ふすま》を引いて隣の部屋へ入っていく。しばらくのあいだごそごそやったのち、一張《いっちょう》の琴《こと》を抱えて戻ってきた。

「数年前、京へ宝物調査に赴いた折、祇園《ぎおん》の茶屋に上がってな。そこで、この琴にめぐり合ったのだ。ひとたび音色を耳にしたら忘れることのできない、まさに名器でな」

町田はそういいながら、芳男の前に琴を置く。

「琴の持ち主だった芸者に譲ってくれと掛け合ったものの、座敷勤めの身には欠くことのできない商売道具だといって手放そうとせぬ。そんなわけで、琴と芸者をまるごと引き取ったのだ。むろん、その日のうちに芸者には暇《ひま》を与えたがね」

琴には弦が張られていないので音を耳にすることはできないが、杢目《もくめ》の見事な桐材《きりざい》が用いられているのは、芳男でも見分けがつく。

町田はうっとりと琴を眺めている。

「あの、隣の部屋を見せてもらってもよろしいですか」

芳男には、琴よりも気になるものがあった。

「どうぞ」

芳男は立ち上がると、襖が開いたままになっている敷居際へと足を進めた。

「ほう、これは……。すべて町田さんがお集めになったのですか」

壁際《かべぎわ》ばかりでなく部屋の中ほどにも棚が設けられ、小仏像や香炉《こうろ》、古鏡《こきょう》などが並べられている。古楽器に造詣《ぞうけい》の深い町田らしく、横笛や笙《しょう》もあり、棚に載らない薩摩琵琶《びわ》は手前にしつらえられた台に置かれていた。軸物が収まっていそうな箱も幾つかある。

「宝物調査で各地を回ると、いつのまにか増えているのだ。東大寺《とうだいじ》正倉院《しょうそういん》などの勅《ちょく》封《ふう》宝物は内務省の管理するところとしたが、在方にある諸寺の仏器《ぶつき》や什物《じゅうもつ》などは博物館で買い上げることもかなわぬ。といって、それらが打ち捨てられ、失われるのを見捨ててもおけぬ。それゆえな」

「そうはいっても、よくもまあこんなに」

「裏の蔵には、これの倍の数ほども収まっているよ」

どうということもないといった口調だった。

芳男はため息をつき、元の位置に坐り直した。

縁側《えんがわ》に面した障子へ、町田がゆっくりと顔を向ける。

「かつて倫敦《ロンドン》に留学していたとき、壮麗な町並みや人々の繁栄ぶりに、度肝《どぎも》を抜かれた。また同時に、日の本にしかないものがあることにも気づかされた」

「手前にも覚えがあります。海外へ出ると、自分の国のありようがつぶさに見えるものですな」

深くうなずいた芳男に、町田が目を戻す。

「万国博覧会で日の本の陶器《とうき》や蒔絵《まきえ》などの出品物がもてはやされるのは、そこに日の本ならではの風趣が宿っているからだ。だが、当節の我が国は、そうしたものをいっさい否定して、西洋に傾こうとしている。こういう座敷にしても、そうだ。床の間も欄間《らんま》の彫刻も、畳《たたみ》に坐したときにもっともうつくしく見えるよう按配されているのに、それがわからん連中は畳に絨毯《じゅうたん》を敷き詰めて洋式の卓《たく》を置き、椅子《いす》にふんぞり返って開化を気取《きど》っている」

「町田さん……」

「上辺《うわべ》を真似《まね》たところで、所詮《しょせん》は借り物でしかないのにな。そんなことではいつになっても、西洋諸国に追いつけはせぬ」

町田の声が、熱を帯びた。

「日の本には日の本の、人々が長きにわたって営んできた日々の蓄積がある。私が博物館に収めようとしているのは、そういう、歴史とか文化といったものだ。日の本のうつくしさを、正しく確実に後世へ伝えたいのだ」

芳男の脳裡《のうり》に、巴里で町田に出会ったときの光景がよみがえった。あのとき町田は、仏蘭西《フランス》人とのやりとりで困っていた芳男に、通詞《つうじ》を買って出てくれたのだった。帰国後は、ずば抜けた語学力と交渉力を生かして外交の任にあたっていたが、どういうわけか外務省から文部省へ移ってきた。おそらく本意ではなかっただろう。それでも、与えられた場で為《な》すべき仕事を見つけ、ひたむきに歩んできた。町田が声を上げなかったら、古器旧物の保存と保護は為されなかったのである。

「なあ、田中さん。こんな私は、好事家なのだろうか」

混じり気のない目で問われて、芳男は返事に詰まった。

「あれまあ、旦那さま。お客さまがおありでしたか。お茶も差し上げずに、とんだご無礼を」

下男が畑から戻ってきたらしく、裏のほうで声がしている。

九州で西郷軍と政府軍の激しい攻防が続いている最中《さなか》も、上野の山では内国勧業博覧会の準備が敢然と進められた。山下から根本中堂跡にかけては三本の通路を設け、会場の入り口となる寛永寺旧表門まで、馬車で乗り付けられるようになった。

博物局の芳男たちは、清水谷《しみずだに》と呼ばれている周辺の木立や藪《やぶ》を切り拓いて花園《かえん》を設け、内山下町の育種場で育てた花木を植え付けた。ゆくゆくはここを植物園にするという目算があってのことだ。

費拉特費万国博覧会に倣って、出品物は工業及び冶金《やきん》の部、製造物の部、美術の部、器械の部、農業の部、園芸の部に分けられ、会場には東本館、西本館、美術館、器械館、農業館、園芸館が建設された。会期後に博物館の建物として使うことになっている美術館のみは煉瓦《れんが》造りだ。中庭の中ほどには直径六十尺《しゃく》（約一八メートル）の池を掘って噴水が設けられ、十四馬力の蒸気機関を用いたポンプと鉄管で不忍池から水を汲《く》み上げた。

それぞれの建物が出来上がると、各府県を通じて集められた出品物が運び入れられた。もっとも、戦の只中《ただなか》にある鹿児島県からの出品はない。

農業館の附属施設として動物館も建設され、ウシやウマ、ロバ、ヒツジなどが内山下町から移された。

力強くわき立った入道雲の下、セミの鳴きたてる上野の山で内国勧業博覧会の開会式が執り行われたのは、八月二十一日のことであった。皇族方や各国公使、政府首脳が控える中、美術館の前に設けられた玉座《ぎょくざ》で帝《みかど》が開会の勅語《ちょくご》を発し、博覧会総裁を務める大久保利通内務卿が祝辞を述べるのを、芳男は官員席から見守った。

上野の山は、連日、見物に訪れた人々でごった返した。山下から会場の入り口へと続く馬車道沿いには売店が並んでいて、ぶらぶらするだけでも楽しめるのだ。

来場者の注目を集めたのは、器械館に陳列された臥雲辰致《がうんときむね》の綿糸紡《めんしつむ》ぎ機であった。作動するときの騒音からガラ紡《ぼう》と呼ばれたこの器械は、手で紡ぐよりも効率がよいうえに安価とあって、会期中に数十機の取り引きが成立している。そのほか、内務省勧農局の女工たちが繭《まゆ》から糸を繰《く》る実演も評判となった。

同じ頃、内山下町の博物館でも連日開館が行われた。目玉となったのは、先ごろ亜米利加から送られてきたばかりの、剝製のキリン、トラ、ライオン、シロクマなどである。芳男が費拉特費へ赴いた折、木材見本や薬草、鉱物、漆《うるし》、紙といった日の本の出品物と交換する段取りをつけてきたものだ。

博物館で養育される動物も、栃木《とちぎ》県産のニホンカモシカや、伊藤博文《いとうひろぶみ》から寄贈されたクマなどが加わり、たいそうにぎやかになっている。

鹿児島の城山《しろやま》に立てこもっていた西郷隆盛が最期を遂《と》げたのは、九月二十四日だった。上野の山から見上げる空には、いわし雲が浮かんでいた。

博覧会場に植えられた木々が紅葉し、やがて風に舞うようになった。

十一月二十日、内国勧業博覧会の賞牌《しょうはい》授与式が行われた。八万点を超える出品物の審査には、町田久成や伊藤圭介、田中芳男らが携《たずさ》わった。一等にあたる龍紋賞《りゅうもんしょう》には、高村《たかむら》東雲の名義で出品された、光雲作の白衣観音像も選ばれている。また、澳国《おうこく》万国博覧会のときの技術伝習生であった藤島常興《ふじしまつねおき》が測量器製造器械を、納富介次郎が磁器などを出品して、おのおの龍紋賞を獲得した。

授与式から十日後、内国勧業博覧会は百二日間の会期中におよそ四十五万人の入場者を数え、成功のうちに幕を閉じた。

ひと月後の十二月末には、寛永寺本坊跡に博物館を建設することが、太政官《だじょうかん》から正式に裁可《さいか》されたのだった。

三

「次はいよいよ博物館が建つ番だ」

「お前さまったら、まるで子供みたいなはしゃぎようだこと」

「これがはしゃがずにいられるか。博物局が上野の山を手に入れてから、内国勧業博覧会をあいだに挟《はさ》んだせいで、まる一年も待たされたのだぞ」

芳男は遅い夕餉を摂《と》っていた。時刻は午後九時をまわり、子供たちもすでに床《とこ》に入っている。

膳には初夏らしい蕗《ふき》の煮物《にもの》が載っていた。明治十一年（一八七八）、五月半ばにさしかかっている。

「とはいえ、上野の山をものにできたのは博覧会のおかげでもあるし、美術館として使われた煉瓦造りの建物を引き継がせてもらえるのだから、あまり不平をいうと罰《ばち》が当たるな」

「上野では普請工事が始まっているのですか」

かたわらで給仕についているお栄が、お代わりのご飯を茶碗《ちゃわん》によそいながら訊ねる。

「煉瓦造りの建物と器械館を残して、それ以外は取り壊された。ほとんど更地《さらち》になったのが二月で、三月には起工式も済んでいる」

「新しい博物館は、どんな建物になるのでしょうね」

「博物局へ回されてきた図面を見たが、たいそう立派なものだった。煉瓦造りの総二階建てで、正面には、こう、丸い屋根を載せた望楼《ぼうろう》が、玄関の左右に付いておってな」

お栄から受け取った茶碗を膳に置いて、芳男は両手で屋根の形をこしらえる。

「コンドル氏という英国人の設計で、建坪《たてつぼ》が七百からあるらしい。博覧会から引き継ぐ煉瓦造りの建物が八十二坪としても、相当なものだ」

「まあ。博覧会のあの建物だって、見たときはびっくりしましたけど」

お栄が目を丸くした。

「順調にいけば、来年の秋には建物が出来上がる見込みだ。内山下町にある陳列品を上野へ移すのに、いまから少しずつ準備を始めんとな。博物館の引っ越しの見通しがついたら、こんどは動物園と植物園だ。先だっての博覧会では、農業館の裏手に動物館が設けられていただろう。あの場所を動物園にできるとよいがなあ。植物園は、清水谷にこしらえてある花園を不忍池あたりまで広げられたらと思っているのだ。向後はますます忙しくなるぞ」

声がはずんでいるのが、自分でも感じられた。

「お前さま、どうかお身体《からだ》にはくれぐれもお気をつけになって」

「わかっておる。そうだ、上野の山の博物館が開館したら、奈津や睦子を連れてきなさい。私が案内して回ろう」

「それは楽しみですこと。ふたりとも、きっと喜びますよ」

芳男とお栄は、和《なご》やかに笑みを交わしたのであったが。

凶報は、唐突に飛び込んできた。

翌五月十四日、内山下町の博物館に出勤した芳男が博物局天産課室にある机で書類に目を通していると、部屋へ入ってきた小野職愨《もとよし》が、まっすぐに歩み寄ってきた。

「いま、史伝課の者と話したのですが、どうもとんだことに……」

書類から目を上げた芳男は、小野が血相を変えているのを見て、ただならぬことが起きたと直感した。

「大久保内務卿を乗せた馬車が赤坂《あかさか》御所へ向かう途中、紀尾井坂《きおいざか》下にて何者かに襲撃されたようなのです」

「なに、大久保さまが」

「川路《かわじ》大警視が駆けつけたときには、内務卿はすでに絶命されていたそうで、今しがた町田さんのところに内務省から遣《つか》いが」

芳男はすぐさま史伝課室へ向かったが、一足違いで町田が出ていったあとだった。

今年の一月、駒場農学校の開校式で大久保利通と顔を合わせたときのことを思い出した。空の青さが冴《さ》えわたり、耳が痛くなるくらいに風の冷たい日であった。天皇陛下の臨席の下、開校の祝辞を述べた大久保内務卿は、式典が終わると官員席にいた芳男に声を掛けてきた。

「農学校設立の建議や用地の選定では、きみにも造作《ぞうさ》をかけたが、おかげで無事に開校の運びとなった。上野の博物館も、暖かくなる頃には着工すると聞いているよ」

「博物館の建設については、先般、正式な裁可が下りましたが、附属する動物園と植物園に関しても、仔細《しさい》を詰めて上申しませんと」

「ふむ、建設費の工面もあるものな。近いうちに、また話し合おう」

そういって別れたが、多忙な大久保に会う機はしばらくめぐってこなかった。よもや、あれが最後になろうとは。

その日、町田は内山下町に戻ってこなかった。

ほどなく、東京は雨の降りこめる季節に入った。例年、あまり気持ちのよい時季ではないが、今年はいつにもまして気が滅入《めい》るように感じられた。

やがて、雲間から夏の陽《ひ》が射しかけるようになっても、芳男の心は晴れなかった。上野で行われている普請工事が滞りがちになったのは、秋風が吹き始める頃だった。

博物館の陳列品には目方の重いものが多く、来館者の体重も加わるため、二階をより堅固な造りにする必要があると、工事を取り仕切る工部省が申し入れてきたのだ。建物を支える基礎も、もちろん補強しなくてはならない。

いずれにせよ、費用の掛かる話であった。予算に組まれている十万円では、いかに節約したとしても足が出る。内務省では、工事費を増額してもらえるよう太政官へ伺《うかが》ったものの、回答はなかなか得られなかった。大蔵省が、支出を渋ったのである。

芳男は週に一度は上野へ足を運んだが、工事は遅々《ちち》として進まなかった。大久保さまが生きていてくださったらと、我知らずため息が洩《も》れる。「上野の博物館は後世に残る施設で、内外の要人も訪れるのだ。けちけちしてはならぬ」と大久保が一喝《いっかつ》すれば、わけもなく片が付いたに相違ない。

十二月に入ると、芳男はサケやマスの人工孵化《ふか》事業を視察する用務で各地への出張が続き、明治十二年（一八七九）の正月は新潟県で迎えることとなった。魚の養殖に関しては、費拉特費《フィラデルフィア》へ渡った折、事務官を務めた関沢明清《せきざわあけきよ》がマスの養魚場を見学し、帰国したのちに茨城県や内藤新宿試験場に養魚池を設けて研究している。新潟県では、村上《むらかみ》の三面《みおもて》川《がわ》でサケの人工孵化を試《こころ》みていた。

出張から帰ってきても雑事に追われ、二月に入ってようやく時間がとれた。

上野の普請場を目にして、芳男は愕然《がくぜん》とした。ふた月ほど前と、ほとんど何も変わっていないのだ。

公園は市民に開かれていて散策する人たちも見受けられるし、園内にある精養軒やほかの売店も商《あきな》いをしているが、普請場には足場が組まれたきりで、人影もなくがらんとしている。公園事務所に詰めている守衛に訊くと、足場が組み上がったあとは職人たちの出入りがなくなったという。

「むう、これはいかん」

内山下町に戻って博物局の庶務課に問い合わせてみても、工事の進捗《しんちょく》については自分たちではわかりかねると当惑している。

こうしたときに先頭に立って指揮を執るべき博物局長、町田久成も、このところは勤務を休みがちになっていた。

次の日曜日、芳男は町田を訪ねることにした。小ぶりの風呂敷包みを携えて今川小路の家を出ると、春の嵐のような風が吹き荒れている。舟に乗るのはやめ、歩いて向島へ向かう。

町田の居宅に着いたのは、午後三時頃だった。玄関に出てきた下男は芳男のことを憶《おぼ》えていて、いつぞやはお茶を出すのが遅くなりましてあいすまぬことを、と腰をかがめながら家に上げてくれた。

座敷へ通されて待っていると、ほどなく町田が入ってきた。無愛想な顔つきで芳男を一瞥《いちべつ》し、向かいに腰を下ろす。頬《ほお》の肉が削《そ》げ落ちて、生来《せいらい》の精悍《せいかん》な顔立ちがどことなくすさんで見えた。

「何の用だ」

「ここしばらく内山下町にお見えにならないので、お加減《かげん》がよろしくないのかと案じまして」

「見舞《みま》いなら無用だ。身体はどこも悪くない」

町田が応じたとき、襖が開いて下男が茶を運んできた。ふたりの前に湯呑《ゆの》みを置き、部屋を下がっていく。

縁側の障子戸が、風で小刻みに震えていた。近くに竹林でもあるのか、ざわざわと枝葉の立てる音が聞こえてくる。

芳男は茶をひとくち飲んだ。

「大久保さまが亡くなられてからこっち、上野の普請工事が遅れているのを、町田さんもご存じでしょう。先だって見て参ったところ、足場が組まれたきりで煉瓦は一段も積まれていませんでした。今年の秋には出来上がるという話でしたが、あれでは到底、間に合いませんよ」

町田は腕組みになり、目を閉じている。

前に訪れた折に山水画の掛かっていた床の間には、鷹《たか》を描いた画があった。松の枝に止まった鷹が、空《くう》を鋭く見つめている。

「このままだと、完成がいつになるかも見当がつきません。内務卿を引き継がれた伊藤さまに大蔵省へ働きかけていただくよう、町田さんから願い上げてもらえませんか」

「伊藤博文とは話にならぬ」

低くいって、町田が瞼《まぶた》を持ち上げる。

「あの男の頭の八割は己れが手柄《てがら》を上げること、あとの二割は女のことで占められている。博物館を上野の山の飾りくらいにしか捉《とら》えておらんのだ。岩倉使節団に加わっていながら、いったい何を見てきたのやら」

上野の山の飾りと聞いて、芳男は気が抜けるようだった。

「博物館についての見識を持たぬのは、伊藤ばかりではない。内務省の官吏たちも、博物館事業の根本となる精神など、考えたこともないのだ。これまでは一蔵がまとっている威風に気圧《けお》されて、ただ追従していたにすぎぬ」

「博物館事業の根本となる精神とは……」

芳男がつぶやくと、町田がわずかに目を動かす。視線をたどった先に、脚付きの碁《ご》盤《ばん》がひっそりとたたずんでいた。

「この日の本を、世界に誇れる文明国にするのだと、一蔵は折あるごとに話していた。政治や軍事、産業の面ばかりに目が向きがちだが、文化面での開化なくして真の文明国とはいえないと。博物館や図書館、学校の建設に力を入れるのも、それゆえと」

大久保の囲碁好きは、芳男も耳にしたことがある。激務の合間に町田を訪ね、碁を打っていたのだろうか。ここならば、舟であまり人目に触れず行き来できるし、ひとりで考え事に集中したいときも、町田に取り計らってもらえる。

「これまで博物館事業を推《お》し進めてこられたのも、一蔵の後押しがあったからこそ。

その一蔵がいなくなっては、もう……」

碁盤に目を向けたまま、町田が深々と息をついた。

「しかし、一蔵が生きていたとしても、いまと似《に》たような状況に直面していたかもしれんな」

「といいますと」

「西南《せいなん》戦争では戦費を手っ取り早く調達するために、政府が不換紙幣《ふかんしへい》を濫発《らんぱつ》した。それが響いて、いまでは物に対して金が余る状態になっている。すると次にどういうことが起きるか、想像できるかね」

芳男はわずかに思案する。

「物の値が上がるかと。じっさい、このごろは米の値が高くなって困ると、家内がこぼしておりました」

「この先しばらく、物の値は上がり続けるだろう。博物館の建築資材も大工の給金も上がって、もっと金が入り用になる。予算に十万円を計上するにあたっては、大蔵省にかなり無理をいって認めさせているし、博物館事業に対する風当たりは、相当きついものになると覚悟しておかなくては」

「そ、そんな」

「万事休すとは、こういうことだ。きみが私を訪ねてきたところで、どうにもならんよ」

町田が首を左右に振った。

外は風がいっそう強まったとみえ、竹林の葉音が海鳴りのように伝わってくる。

芳男は上体を前後に動かして坐り直した。

「町田さんは、上野の博物館を断念なさるおつもりですか」

「断念するも何も、こうなってはお手上げだといったばかりだ」

「用地にしても、町田さんが方々に掛け合って、ようやく手に入れたんじゃありませんか。ここであきらめたら、あのときの骨折りが、まるごと水の泡になるんですよ」

「だから、あれは一蔵が」

「日の本のうつくしさを正しく確実に後世へ伝えたいと、ご自分がいったのをお忘れになってはいませんでしょうな。町田さんと手前は領分が違いますし、模範と仰ぐ博物館も、それぞれ別にある。だがそれでも、町田さんの信条には共感しているのです。植物や動物、鉱物などは、同じ日の本であっても土地ごとに見られるものが異なります。標本に向かい合うと、その土地の風景やそこに棲む生き物たちの息吹きが、ありありと浮かび上がってくる。山並みや野辺《のべ》、里、川、海、陽の光、風の匂《にお》い……。陳列棚に並んでいるのは単なる物にすぎませんが、それらを通して日の本のうつくしい風土を垣間見る《かいま》ことができますからね。そもそも」

いいさして、息を継ぐ。

「博物館の博物という語は、博く《ひろ》物を知るという意味のほかに、植物、動物、鉱物といった天産物を指してもいます。ジャルダン・デ・プラントを訪ね、自然史博物館と植物園、動物園が広い敷地に揃っているのを見たときは、まさに博物の殿堂だと胸が躍りました。そして、これを日の本に移入したいと思いついたのです」

芳男の脳裡に、巴里で目にした光景がよぎった。

「天産物であれ古器旧物であれ、あるいは産業物であれ、博物館を訪れた人々が陳列品を目にして何らかの知見を得たり、刺激《しげき》を受けたりする。それこそが、文化面での文明開化につながるのではないでしょうか」

芳男の言葉に、町田はじっと耳を傾けている。

「昨今の情勢からいって、殖産《しょくさん》興業に役立てるためという制約はつくでしょうが、我々は何としても、上野に博物館を建設しなくてはなりません。その責務があるんです」

自分でも気づかぬうちに、芳男は膝を乗り出していた。

「どうか、いまの事態を打開する方策を練《ね》っていただけませんか。それができるのは、町田さんよりほかにはいない。指図を与えてくだされば、手前はどうにでも動きますから」

町田の返答はなかった。

しばし風が熄《や》み、葉擦れの音が途絶える。

芳男は目の前が真っ暗になった。

博物館は、芳男にとって文明の標徴《しるし》である。度重なる所管替えや事業方針をめぐる相違に戸惑いながらも熱意をもって取り組んでこられたのは、己れの仕事が文明開化の一翼を担っていると信じるからこそであった。

それがいま、脆《もろ》くも崩れ去ろうとしている。

町田は口を引き結び、目を伏せている。その沈痛な面持ちが、博物館事業において大久保の力に与《あずか》るところがいかに大きかったかを物語っていた。

大久保の死によって空いた穴は、一介の官員ごときに埋め切れるものではない。暗《あん》澹《たん》たる心持ちで、芳男は座布団からはみ出した膝を元に戻す。

「本日は、いきなり押しかけてすみませんでした」

これにて失礼を、といいかけて、用件がもうひとつあったのを思い出した。

家から持ってきた風呂敷包みを開き、中のものを手に取る。

「どうぞ。町田さんに差し上げます」

「何だ、これは」

蝙蝠《こうもり》の玩具《おもちゃ》を受け取りながら、町田が眉をひそめた。

「維也納《ウイーン》へ参った折に見つけましてね。紙でこしらえてあるので軽くてかさばらないし、土産《みやげ》にと同じものを幾つか買ってきたんです。手前の娘に渡したら、怖《こわ》いと泣かれましたが」

「維也納の土産を、何ゆえいまごろ」

町田が怪訝《けげん》そうに芳男を見る。

「町田さんは、〝鳥なき里の蝙蝠〟というのをご存じですか」

「鳥なき里の……。すぐれた者がいないところでは、つまらない者が我が物顔をしていばることの譬《たと》えだな。似たものでは、〝鼬《いたち》の無き間の貂誇《てんほこ》り〟というのもある」

町田はさすがにすらすらと応じた。

「何をほざくかとお笑いになるでしょうが、手前は己れを鳥なき里の蝙蝠とわきまえております。大空を翔《か》けめぐる鳥のような働きは、蝙蝠には到底かないませぬゆえ」

この部屋の隣には、町田が私費で集めた古器旧物が所狭《せま》しと並べられている。芳男は先にそれを目にしたとき、己れと相通じるものを町田に見出《みいだ》したのだった。

「鳥といえば、大久保さまは空の天辺《てっぺん》に羽ばたく鷹のようなお方でございましたな。いったん狙《ねら》いを定めたらまっしぐらに突き進む、あの目がいまも瞼に焼き付いております」

芳男はそういって、床の間へ顔を向ける。

「大久保さまは、鷹にしかできぬことをなさって、この世を去られました。ならば、蝙蝠にしかできぬこととは何だろうかと、このごろ、つくづく考えるようになりましてな」

町田が手許にある玩具を見つめた。

「蝙蝠にしか、できぬこと……」

「しつこいのは承知で、いま一度、いわせてもらいます。我々は、人々という土壌に知見の種を蒔《ま》こうとしている。種が芽を吹き、茎《くき》を伸ばし、葉を繁《しげ》らせ、花を咲かせるまでにはかなりの時間を費《つい》やします。伊藤さまをはじめ、いまの政府が博物館事業に金を出し渋るのは、目に見える成果をすぐに得ることが難しいからでしょう。だったら、我々がやるしかない。何なら中身はあと回しにしたっていいのです。外枠となる建物だけでもととのえて、後世に博物館建設の道筋をつけてやらなくては。さもないと、文化面での文明開化など、いつになっても到来しません。諸外国から立ち遅れ、文明国の仲間にも加えてもらえない日の本を、町田さんは黙って見ていられるのですか」

四

およそ三年の年月が流れ、明治十五年（一八八二）となった。

上野の山の桜は数日前からほころび始め、四月に入ったいまがちょうど見頃を迎えている。

芳男はお栄や子供たちを連れて家を出ると、半月ほど前に開園したばかりの上野動物園へ向かった。といっても、一家は昨年から公園内にある官舎を住まいにしていて、動物園は目と鼻の先である。

「お父さま、お母さま、わたしたちは先に参りますね」

満開になった桜の下を、ふたりの娘が駆けていく。奈津は数え十二歳、睦子は八歳になった。

「ふたりとも気をつけて。転《ころ》んだりすると、よそ行きの着物が台無しになりますよ」

娘たちに声を掛けたお栄は、二年前の秋に生まれた長男、稲生《いねお》を負ぶっている。うららかな陽射しが花びらに透《す》けて、お栄と稲生の顔をほんのりと桜色に染めていた。

公園の黒門口を入り、ゆるやかな坂道をのぼりきったところには、博物館の本館が堂々たる姿で建っている。

動物園は、博物館の手前にあった。芳男たちは博物館の威容を右手に眺めながら、公園内の通路を横切るように歩いていく。木立に囲まれた小径《こみち》に沿って坂を下っていくと、動物園の正門が見えてくる。観覧券売り場のかたわらで、奈津と睦子がこちらに手を振っていた。

観覧券を買って門を入ろうとすると、芳男の顔を目にした門番が、おやという表情になった。だが、後ろにお栄や子供たちがいるのを見て、得心《とくしん》したように目許《めもと》を弛《ゆる》める。

「お父さま、ウサギはどこにいるのですか。わたし、ウサギが見たいの」

奈津がいうと、わたしも、と睦子が手を挙《あ》げた。姉につられて、稲生の手も挙がっている。

ごく近くに住んではいても、子供たちが動物園を訪れるのは初めてだった。

「ウサギはあとにして、まずは人の暮らしに役立つ動物から見て回りなさい。ほら、そこにヒツジがいる。ヒツジは年に一回、毛を刈り取って、その毛で羅紗《ラシャ》などの毛織物をこしらえる。肉も美味《うま》く、滋養になるんだ。従順な性質をしているが、少しばかり身体が弱くて、養育するのは容易ではない。それに比べて」

芳男はぐるりと首をめぐらせる。

「あすこにいるヤギは、毛の質こそヒツジに劣るものの、身体は丈夫にできている。体温がたいそう高くて、雨風に負けることがない。乳にはとくに滋養があって、西洋では乾酪《チーズ》をこしらえて食べるんだよ。それから」

ロバのいるほうを指差そうと、身体の向きを変えた芳男の目に、稲生が大きな欠伸《あくび》をしているのが映った。奈津と睦子からも、いつのまにか笑顔が消えている。

何ともいえない表情をしているお栄に、芳男は肩をすくめてみせた。

「私はこのあたりにいるから、子供たちと好きなように見ておいで。ウサギは、この先を少し行ったところにいる。小鳥なども、子供には人気があるぞ」

お栄と子供たちの後ろ姿を見送って、芳男は近くにあるベンチに腰掛けた。

園内は、芳男たちと同じような家族連れや、若い男女のふたり連れ、どこからか東京見物に訪れたとみえる旅姿の人たちなどでにぎわっていた。フロックコートにシルクハット、ステッキを手にした紳士や、洋服に身を包んだ外国の婦人もいる。

三年前、途中で潰《つい》えるかと思われた博物館事業はなんとか息を吹き返し、この春、博物館と動物園を開設するところまでこぎつけることができた。

第二回の内国勧業博覧会を明治十四年（一八八一）に開催するという話が持ち上がった機を捉えて、町田久成が各所に掛け合ったのである。その結果、普請工事の滞っている建物を急いで完成させ、博覧会場の一部として使用することになった。

「第二回内国勧業博覧会が終わったあとに建物を譲り受け、博物館を開館させる。いってみれば、第一回の折と同じだな。博物館の開館は当初の予定よりも先延ばしになるが、背に腹は代えられぬ」

町田は苦々《にがにが》しい顔をしていたものの、それよりほかに手はないと、芳男にも思われた。当人が明かさないので憶測の域を出ないが、話をまとめる段においては岩倉具視や大隈重信の力を借りたようだ。岩倉とは、町田が薩摩にいた時分から大久保利通を介して行き来があるし、大隈とは、町田が明治政府に出仕した直後、長崎裁判所へ派遣された折に現地で共に職務に就いている。

ともかく、話がまとまると、大蔵省は工事費を増額した。予算を審議したのは、大隈の後任として大蔵卿に就いた佐野常民であった。

建物の普請工事はふたたび進み始めたが、動物園や植物園については仔細が決まっていなかった。芳男としては、博物館の構内に動物園を、清水谷から不忍池にかけての一帯に植物園をこしらえる構想を温めていたものの、その後の経緯で動物たちの臭いや鳴き声を問題とする声が上がったこともあり、ここ清水谷に動物園を設けざるを得なくなったのだった。草木よりも、動物たちの生命を優先させた恰好《かっこう》だ。ついでにいうと、このほど不忍池に競馬場を築くという話が出て、近いうちに不忍池は公園地から外れる見通しとなっている。

建物は明治十四年一月末に竣工《しゅんこう》し、三月一日には第二回内国勧業博覧会が開幕した。第一回の開催を経て、博覧会とはどのようなものであるかが世間に浸透したとみえ、第二回は不況下にもかかわらず、前回の倍近くもの出品が集まった。

ところで、この博覧会の会期中に機構改革があり、内務省の博物局は新設された農《のう》商務省《しょうむしょう》へ、またしても移管されることとなった。それに伴い、長いあいだ博物局出仕を本務としてきた芳男の肩書きに変化が生じた。省内に設けられた農務局長に抜擢《ばってき》され、博物局天産課長が兼務となったのである。

第二回内国勧業博覧会は、百二十二日間におよそ八十二万人もの来場者を数え、六月三十日に閉幕した。

博物館の本館となる建物が博物局に引き渡され、八月頃には内山下町からの引っ越し作業が本格的に始まった。

十一月に入り、動物園を清水谷に設けることが本決まりとなると、そちらの工事も大急ぎで進められた。

そしてついに、明治十五年三月二十日、上野の博物館が開館したのである。

煉瓦造り、総二階建ての本館は、高さ約四十五尺（一三・五メートル）、東西の長さ約三百五十四尺（一〇六メートル）で、建坪は約七百二十四もあった。陳列室は一階が十四室、二階が十六室から成っている。正面玄関の両脇には、イスラムのモスクにも似た丸屋根を載せた望楼が備わり、それが建物に気品を添えていた。

本館のほかには、第一回内国勧業博覧会の折に建設された二棟の建物が、別館として附属している。

各陳列室には、天産部、農業山林部、園芸部、工芸部、芸術部、史伝部、兵器部、教育部、図書部の九部門から構成される陳列品が、硝子《ガラス》製の陳列棚などに並べられた。ただし、当初の案で併設されることになっていた書籍館《しよじやくかん》は開設に至っておらず、この秋に書籍室を公開できるよう、引き続き準備を進めている。開館した時点で、博物館には約十一万点の収蔵品があった。

博物館の正門には寛永寺旧本坊の門をそのまま用い、本館の前庭には噴水の上がる池が設けられた。池の周囲に、芳男は草木と有用植物を植えて、小さな植物園とした。本館の裏手は庭園になっており、六窓庵《ろくそうあん》や五角堂《ごかくどう》といった建築物が配されている。

開館した当日の様子は、芳男の記憶にも新しかった。

午前十時に本館へ到着された天皇陛下が、二階にある便殿《びんでん》にお入りになると、初代博物館長となった町田久成や、博物局天産課長を務める芳男らが拝謁《はいえつ》した。

そのあと行われた開館式には、皇族方や大臣、参議、各省の長官、外国公使らおよそ二百人が列席した。大蔵卿を退いたのちに元老院《げんろういん》副議長となった佐野常民や、陶磁器などの技術指導にあたっているワグネル、本館の建物を設計したコンドルも招待されていた。芳男と親しい津田仙や、伊藤圭介の顔もある。

津田仙は、維也納万国博覧会の折に阿蘭陀《オランダ》人の高名な農学者に師事して西洋の農業技術を研究し、帰国後に同志たちと学農社《がくのうしゃ》を結成した。『農業雑誌《のうぎょうざっし》』を刊行するとともに、私費を投じて学農社農学校を設立し、生徒たちに西洋農業を教授している。

文部省に残った伊藤圭介は、『日本産物志』や『日本植物図説《しょくぶつずせつ》』などを編輯《へんしゅう》し、いまは東京大学理学部教授を務めていた。もっとも、八十歳になった伊藤が教壇に立つことはなく、小石川植物園での植物取り調べを受け持っている。

小石川植物園は、前に小石川御薬園と呼ばれていたところで、博物館が内務省の所管となった頃に文部省へ戻された。それを機に小石川植物園と改称すると、薬草だけでなく、一般の植物も栽培するようになった。

東京大学は、大学東校の流れを汲む東京医学校と、大学南校の後身である東京開成学校が合併して、明治十年(一八七七)四月に創設された。それに伴って、小石川植物園は東京大学附属の施設となっている。

伊藤は小石川植物園に通うかたわら、文部省管下の教育博物館にも、月に三回ほど出勤するよう命じられていた。かつて上野の山に抱えていた学校用地の大半を内務省に奪われたかたちの文部省が、根本中堂跡の西側にかろうじて残っていた場所に建設したのが、教育博物館であった。二百坪ほどの敷地にある木造二階建ての建物には、学校教育のための資料などが陳列されており、東京大学の創設と同じ年に開館した。収蔵品には芳男が手掛けた『博物図』や『教草』のほか、弟、義廉が編輯した国語教科書『小学読本』も含まれている。

上野の山へ通ってくる伊藤とは、公園内の官舎に住む芳男も、たびたび顔を合わせていた。まだ動物園の工事が続いている頃、「ジャルダン・デ・プラントのような本式の植物園をこしらえる見通しがついていないのです」と肩を落とす芳男に、「上野の山にこだわらずとも、別の場所に充実した植物園があればよいのではないかな。小石川植物園には、いまや千二百五十点を超す植物が栽培されておる。お前さんが信濃へ出張して採集してきてくれた草木も、育てられているのだぞ」と、気遣ってくれた。

博物館が開館したその日、附属する動物園も開園して一般に公開された。向後は、一月五日から十二月十五日まで、月曜日を除く毎日、来場者を受け入れる。ちなみに、初日の博物館の入館者は千四百人、動物園の入園者は七百九人であった。

動物園は約七千坪ほどの広さで、ヒツジやヤギ、ロバ、ウサギをはじめクマ、サル、キツネ、タヌキ、スイギュウ、エゾシカ、イノシシ、タンチョウ、マナヅル、コウノトリ、マガン、ヒシクイ、オシドリ、トビ、イシガメなどが養育されていた。目下のところは魚類の陳列室を普請中だ。

動物園を所管するのは、博物局天産課だった。農務局長との兼務とはいえ、博物局天産課長の芳男は、開園してから連日、ほんの数分であってもここに顔を出している。入り口の門番が芳男を見て怪訝な顔をしたのは、それゆえだ。

柔らかな風に運ばれてきた桜の花びらが、芳男の鼻先をかすめていった。

博物館の開館式が終わったあと、町田と交わした言葉が心に残っている。

「田中さんからもらった蝙蝠の玩具には励《はげ》まされた。もうひと踏ん張りしてみようと、あれで背骨にぐっと力が入ったんだ。礼をいうよ」

「礼を申し上げるのは、こちらのほうです。町田さんがいてくださらなかったら、上野に博物館は建設できなかったでしょう」

どちらからともなく、ふたりは固い握手を交わしたのだった。

そういえば、一年ほど前には、こんなこともあった。芳男と小野職愨《もとよし》がいる農商務省の執務室を、二十歳前後の青年が訪ねてきた。牧野富太郎《まきのとみたろう》と名乗ったその青年は、第二回内国勧業博覧会を見物するために土佐《とさ》の佐川《さかわ》から上京したといい、清流で育った魚のような目を輝かせた。

「子供時分から草木が好きなのですが、小学校の教場に掛かっていた『博物図』――葉の縁のギザギザや根の一本一本まで微細に描かれていたあの図を見て、いっそう興味を掻き立てられたんです。いまではただもう、どんなことがあっても植物学にしがみついて生きていきたいと望んでいます。上京した折には、田中先生と小野先生にひと言ご挨拶《あいさつ》申し上げたいと、そんなわけで参上しました」

芳男はそれを聞き、自分たちの蒔いた種が目の前にいる青年の中でたしかに芽吹いたことを実感し、感激に心をふるわせたのであった。

芳男の脳裡に、ふと、『三字経』の一節がよみがえる。

犬は夜を守り、鶏は晨《あした》を司《つかさど》る。苟《いやし》くも学ばずんば、曷《なん》ぞ人と為さん。蚕《さん》は糸を吐《は》き、蜂《はち》は蜜《みつ》を醸《かも》す。人学ばずんば、物に如《し》かず。

己れは、自分の持つ力を充分に発揮して、世のために尽くすことができただろうか――。

いや、まだだ。これから先も、鳥なき里の蝙蝠として、空の下を飛び回らなくては。

動物園にしても、ジャルダン・デ・プラントでは獣舎が煉瓦造りや石造りであったのに、上野では従来通りの木造で改善の余地があるし、養育する動物の種類も、もっと増やしたい。

「お父さま」

軽やかな足音とともに、奈津と睦子が駆け寄ってきた。

「おお、戻ってきたか。ウサギはいたかい」

「わたしたちがいる柵のすぐ手前まで寄ってきてくれたんですよ。もう、可愛くって」

姉妹の後ろから、お栄も顔をのぞかせる。

「稲生がサルをたいそう気に入りましてね。しばらくのあいだ、熱心に見入っていたのですけど」

お栄の背中では、稲生がうっとりと目をつむっていた。

「どれ、私が替わるよ」

芳男はベンチから立ち上がり、お栄に負ぶわれている稲生を抱き上げた。

「広い園内を見て回って、少しばかり疲れたのだろう。今宵《こよい》は精養軒で美味しいものでも食べようか」

奈津と睦子から、わあっと歓声が上がった。

上野の山は、春たけなわである。

※　※　※

上野の博物館は、開館から約七ヶ月後には初代館長の町田久成が退き、二代目館長に田中芳男が就任した。が、芳男が在任したのも七ヶ月ほどで、後任の野村靖《のむらやすし》へ引き継いでいる。

明治十九年（一八八六）になると、博物館は宮内省へ移管され、そのあたりから古美術を中心に陳列する施設へと軸足を移していった。以降、帝国博物館、東京帝室博物館などの改称を経て、東京国立博物館につながっていく。

二代目館長を退任した芳男は、大日本農会、大日本山林会、大日本水産会といった団体の幹事長や会長を務めるかたわら、『有用植物図説』、『林産名彙《めいい》』、『水産名彙』などを著《あらわ》して、農林水産業の振興と知識の普及に努めた。

明治十六年（一八八三）には元老院議官に選ばれ、明治二十三年（一八九〇）からは貴族院勅選議員となっている。

大正《たいしよう》四年（一九一五）、それまでの勲功により、芳男は男爵《だんしやく》の爵位を授けられることになった。

「若い時分、博物局の部下たちからは出羽守と呼ばれたが、このほど男爵を賜ろうとは。いやはや、えらく出世したものよ」

周囲の者にそう語ったとも伝えられるが、真偽のほどは定かではない。

翌大正五年（一九一六）、芳男は東京本郷にある自宅で永眠した。享年七十九であった。

芳男がこの世を去った七年後、大正十二年（一九二三）九月一日に起きた地震で、関東一円は壊滅的な打撃を受けた。東京帝室博物館も建物の一部が損壊し、芳男たちが採集に携わった天産部資料を陳列できなくなる事態に陥った。また、教育博物館の流れを汲む東京博物館は上野から湯島へ引き移っていたが、この地震で生じた火事により本館が全焼している。

その後の復旧過程で、天産部資料の陳列場所を失った東京帝室博物館から、陳列品そのものを失った東京博物館へ、天産部資料が譲渡されることとなった。

東京博物館は、昭和六年（一九三一）に東京科学博物館と改称すると同時に、上野の山へふたたび移転した。これがのちの国立科学博物館となっていく。

現在、国立科学博物館には芳男の胸像が設置され、東京国立博物館には、芳男が維也納を訪れた折に買ってきた蝙蝠の玩具が収蔵されている。

解説——燃え移る探究熱、明治のマルチクリエイター

作家・クリエイター　いとうせいこう

二〇二三年度前期の朝の連続テレビ小説は『らんまん』で、主人公のモデルは植物学者牧野富太郎《まきのとみたろう》であった。ドラマ内で槙野万太郎《まきのまんたろう》と呼ばれるこの人物は、長年ヘタクソなベランダ園芸を続ける私にとって常に興味の尽きない対象で、その多くの有名なエピソードの中には「少年たちから送られる手紙のいちいちに熱心に返事をし続けた」というものがある。

実際牧野に手紙を送り、植物に関する文通のようなことになって感激した人を、私は偶然二人知っていて、そのうちの一人は高知県立牧野植物園の園長を務めていた方であり、もうおひとかたは広島大学で確か名誉教授をなさっていた方で、つまり彼らは牧野からの返信に感情と知識欲を揺さぶられ、両者とも世界的な学者になったのであった。

田中芳男《たなかよしお》の半生を描いた長編小説『博覧男爵《はくらんだんしやく》』の解説で、なぜ長々と牧野富太郎

について書いているのかというと、多忙きわまりない牧野がなぜこうして植物好きの少年たちに知と励ましを与えてやまなかったかの原点に、間違いなく田中芳男の存在があると思うからである。

本書の最終章にも出てくるが、田中芳男と彼の弟子ともいえる小野職愨《おのもとよし》のもとを若き牧野富太郎は訪ねている。土佐《とさ》から初めて上京した牧野は、少年の頃からこの二人の研究を尊敬し続けていた(小学校に彼らの描いた『博物図』があったからだ)。そしてドラマでも描かれていたように、田中と小野にこそ自《みずか》らが完全な独学で作り上げた『土佐植物目録《とさしょくぶつもくろく》』を見てもらいたかったのだった。

だからこそ牧野は彼らが当時所属していた農商務省をいきなり訪問した。ツテも何もないようなその若者を、田中芳男と小野職愨はこころよく受け入れ、おそらくは励ました。

冒頭に書いた「少年たちから送られる手紙のいちいちに熱心に返事をし続けた」のは、この田中と小野への恩返しでもあり、自分と同じように植物を愛してやまない子供たちへの、田中と小野から受け取ったエールの引き継ぎだったろうと私は考える。学問はそういう熱い魂の引火で燃え上がるものなのに違いない。『博覧男爵』でも田中が伊藤圭介《いとうけいすけ》によって導かれたように、少なくとも彼らの時代にはそうだった。

というわけで、右の牧野のエピソードを知っていたがゆえに、私は自然に田中芳男を尊敬してきた。つまり牧野からの小さな引火であった。そして『田中芳男傳』（みやじましげる編著、田中芳男・義廉顕彰会刊）くらいは取り寄せて読んでいた。その私にある時『らんまん』のプロデューサーから連絡があり、なんと田中の役をやらないかというのである。これには驚いた。牧野好きの私が、牧野が生涯敬意を持ち続けた人物を演じていいというのだから。

しかも本書でも飯田弁が使われているように、田中は長野県飯田《いいだ》の人であった。私はといえば父が上諏訪《かみすわ》、母が岡谷《おかや》の出で、いわゆる同じ南信《なんしん》の人間たちだ。だから脚本家長田育恵《おさだいくえ》が書いてくるセリフの中に、私は子供時代の親の帰省で見たことのある山国育ちの人間の生真面目《きまじめ》さ、と同時に豪放磊落《ごうほうらいらく》でもあるナチュラルな二面性のような部分を反映させていればよかった。きわめて役作りが楽だったのである。

これはドラマ撮影が終わる頃だったが、私は東京都立大学の牧野標本館に呼ばれ、ありがたいことにそこで田中芳男の作った植物標本を見た。なおなおありがたいのは田中の師である伊藤圭介の標本があり、シーボルト作の標本があり、当然牧野富太郎のものがあった。いわば日本の植物標本の歴史そのものを私は目の前にしたことになる。

並べられた標本には、面白いように性格が出ていた。例えば、私が勝手に私淑《ししゅく》する牧野は大胆不敵な標本を作っていた。採集した植物を一秒でも早く、しかも対象が格好良く見えるように閉じこめようとする手並み。

それに対して田中の標本は少なくとも私が見たものから判断する限り、律義そのものであった。先ほど書いた「生真面目さ」が茎を折り、葉を表と裏に分けて貼り、枝の特徴をひたすら実直に再現しようとしていたのだ。本編でもその苦労が仔細《しさい》に描かれている。

ただし、彼が百冊ほど残した『捃拾帖《くんしゅうじょう》』（スクラップブック）の一部分が出版されているのでそれを見ると、お菓子の包み紙やら馬車のチケットやら博覧会の地図などなど、貼込みの丁寧さに「実直」ぶりは出ているものの、そもそものコレクター気質と集めるもののユーモラスなセンスに実は田中芳男のお茶目さが横溢《おういつ》していて、これが植物標本の印象とはまったく異なっている。

むろん学問のための標本作りと、趣味のためのスクラップでは傾向が違っていて当たり前だろうが、それにしてもこのスクラップブックを田中は誰に向けて作っていたのか。そのあたりを想像しながら本書を読むのもまた楽しい。

私の友人に一人、やはりおかしなものをスクラップしている人間がいて、そのみうらじゅんという人物は例えばエロ本の気に入った部分のみを切り取り、構図や登場人物を変えてスクラップしており、さっきショートメールで聞いたところ「現在コクヨのスクラップブックで七百九十八冊です。四十五年目に突入です」と返信があった。著作権の問題もあって絶対に公開出来ないコレクションでもあり、病膏肓《やまいこうこう》に入《い》るとはこのことだろう。

　こうした「スクラッパー（みうら命名）」の笑えるほどの執着、無駄さ、うまれついての癖は、それ以外の学問や表現の枠外にあって、しかし枠内を常に刺激する。私も一度でいいから、田中芳男が一人自室でスクラップを作っている姿を見てみたかった。そこにこそ官僚としてあまりに多くの偉業を成し遂げた田中の知られざる可愛らしさ、そしてある種の日本刀にも似た狂気のような凄《すご》みが輝いていただろう。

ずいぶん昔、上野《うえの》観光連盟の会長と話していた時、「かつては不忍池《しのばずのいけ》のまわりに、日本最初の競馬のトラックがあったんですよ」と言っていて、私はそれを忘れられない不思議な過去の逸話として覚えていたのだが、実は立案者は田中であった。そこにもひょっとしたら漏《も》れ出る彼のクリエイティビティがあったのかもしれないと私は夢想する。

ともかく、明治には田中芳男のようなあらゆるジャンルに精通するマルチな大偉人が何人もいた。

牧野富太郎について『ボタニカ』という作品を書いた朝井《あさい》まかてさんと、牧野記念庭園のイベントでお話しした時、なぜ往時の偉人はそうなのかとふと質問する流れになった。

するとまかてさんは、明治までの教養の幅と深さは今とまるで違っていたからでしょうと答えた。的確な時代把握であった。我々がもはや泳ぎきることなど想像も出来ない、それは大河のように広い流れで、明治の川底には濃密な泥が堆積《たいせき》していたのだ。

その教養が何百年に一回か、突如実践的に役立つ時が来る。

まさにその時を生きたのが田中芳男であった。しかし彼ら教養人はもし「その時を生き」られなくとも、ひたすら学問を続けたのだろう。

何か得をするためだけに役に立つ教育しか考えない時代との、あまりの認識の差に私たちは絶望する以外ない。

それでも田中芳男に憧れておくこと。私でいえば牧野富太郎に憧れておくこと。

そのことの重要さを、志川節子《しがわせつこ》の『博覧男爵』が教えてくれている。

《主要参考文献》

『伊藤圭介』杉本勲　吉川弘文館
『江戸時代の好奇心――信州飯田・市岡家の本草学と多彩な教養』図録　飯田市美術博物館編　飯田市美術博物館
『学問のアルケオロジー　学問の過去・現在・未来　第一部』東京大学編　東京大学出版会
『捃拾帖　東京大学の学術遺産』モリナガ・ヨウ　メディアファクトリー新書
『国立科学博物館百年史』国立科学博物館編　国立科学博物館
『子どもの人間力を高める「三字経」』齋藤孝　致知出版社
『サン・シモンの鉄の夢　絶景、パリ万国博覧会』鹿島茂　小学館文庫
『田中芳男十話　田中芳男経歴談』田中義信　田中芳男を知る会
『田中芳男伝』みやじましげる編　大空社
『田中芳男「博覧会日記　全」(一)(二)』長沼雅子(『伊那』一九九七／三・五月号)
『田中芳男――「虫捕御用」の明治維新』図録　長野県立歴史館編　長野県立歴史館
『東京国立博物館百年史』東京国立博物館編　東京国立博物館
『東京国立博物館百年史(資料編)』東京国立博物館編　東京国立博物館

『動物園の歴史——日本における動物園の成立』佐々木時雄　講談社学術文庫
『日本の博物館の父　田中芳男展』図録　飯田市美術博物館編　飯田市美術博物館
『日本初の理学博士　伊藤圭介の研究』土井康弘　皓星社
『博物館の誕生——町田久成と東京帝室博物館』関秀夫　岩波新書
『幕末史』半藤一利　新潮社
『博覧会と明治の日本』國雄行　吉川弘文館
『プリンス昭武の欧州紀行　慶応3年パリ万博使節』宮永孝　山川出版社

注・この作品は、令和三年五月祥伝社より四六判として刊行されたものです。

博覧男爵

一〇〇字書評

切り取り線

購買動機（新聞、雑誌名を記入するか、あるいは○をつけてください）	
□（　　　　　　　　　　　）の広告を見て	
□（　　　　　　　　　　　）の書評を見て	
□ 知人のすすめで	□ タイトルに惹かれて
□ カバーが良かったから	□ 内容が面白そうだから
□ 好きな作家だから	□ 好きな分野の本だから

・最近、最も感銘を受けた作品名をお書き下さい

・あなたのお好きな作家名をお書き下さい

・その他、ご要望がありましたらお書き下さい

住所	〒				
氏名		職業		年齢	
Eメール	※携帯には配信できません	新刊情報等のメール配信を 希望する・しない			

この本の感想を、編集部までお寄せいただけたらありがたく存じます。今後の企画の参考にさせていただきます。Eメールでも結構です。

いただいた「一〇〇字書評」は、新聞・雑誌等に紹介させていただくことがあります。その場合はお礼として特製図書カードを差し上げます。

前ページの原稿用紙に書評をお書きの上、切り取り、左記までお送り下さい。宛先の住所は不要です。

なお、ご記入いただいたお名前、ご住所等は、書評紹介の事前了解、謝礼のお届けのためだけに利用し、そのほかの目的のために利用することはありません。

〒一〇一・八七〇一
祥伝社文庫編集長　清水寿明
電話　〇三（三二六五）二〇八〇

祥伝社ホームページの「ブックレビュー」からも、書き込めます。
www.shodensha.co.jp/bookreview

祥伝社文庫

博覧男爵《はくらんだんしやく》

令和 6 年 6 月20日　初版第 1 刷発行

著　者　志川節子《しがわせつこ》

発行者　辻　浩明

発行所　祥伝社《しょうでんしゃ》

東京都千代田区神田神保町 3-3

〒101-8701

電話　03（3265）2081（販売部）

電話　03（3265）2080（編集部）

電話　03（3265）3622（業務部）

www.shodensha.co.jp

印刷所　図書印刷

製本所　ナショナル製本

カバーフォーマットデザイン　中原達治

 ISBN978-4-396-35054-3 C0193

祥伝社文庫の好評既刊

〈祥伝社文庫　今月の新刊〉

岡崎琢磨《おかざきたくま》

貴方《あなた》のために綴る18の物語

一日一話、読むだけで百四十三万円——心惑わす奇妙な依頼の真相は？　話題作『鏡の国』へと連なる、〝没入型〟恋愛ミステリー。

志川節子

博覧男爵《はくらんだんしゃく》

少年・牧野富太郎《まきのとみたろう》が憧れ、胸躍《おど》らせた、田中《たなか》芳男《よしお》。「日本博物館の父」と呼ばれた男の、知の文明開化に挑み続けた生涯を描く感動作。

内藤　了

ハンター・ハンター　憑依《ひょうい》作家雨宮縁《あまみやえにし》

無慈悲に命を奪う「暗闇を歩くもの」の正体は？　覆面作家の縁が背水の陣で巨悪に挑む！　大人気クライム・ミステリー、遂に完結！

泉ゆたか

横浜コインランドリー　今日も洗濯日和

妻を亡くした夫、同居の姑に悩む嫁、認知症の母と暮らす息子…人々の事情やお悩みも洗い流し、心をときほぐす。シリーズ第二弾！

西村京太郎

スーパー北斗殺人事件

車椅子の女性ヴァイオリニストと名門料亭の娘。殺されたのは、双子と見紛う二人のどちら？　十津川は歴史の中に鍵を追う！

河合莞爾《かわいかんじ》

かばい屋弁之助《べんのすけ》吟味控

「罪なき者、この俺が庇《かば》ってみせる」大名家の子息で今は町人の弁之助は、火付犯にされた男の弁護のため、奉行所のお白洲に立つ！

畠山健二

新　本所おけら長屋（一）

二〇〇万部突破の人気時代小説、新章開幕！　あの万造《まんぞう》が帰ってきた！　相棒の松吉《まつきち》と共に、おけら長屋《ながや》の面々を巻き込み騒動を起こす！